予路人文阅读系列丛书

彭元鹤——著

唐诗

一百零一夜

中华书局

图书在版编目(CIP)数据

唐诗一百零一夜/彭元鹤著. —北京:中华书局,2024.5
(予路人文阅读系列丛书/杨晓燕主编)
ISBN 978-7-101-16401-5

Ⅰ.唐… Ⅱ.彭 Ⅲ.唐诗–青少年读物 Ⅳ.I222.742

中国国家版本馆 CIP 数据核字(2023)第 207448 号

书　　名　唐诗一百零一夜
著　　者　彭元鹤
丛 书 名　予路人文阅读系列丛书
丛书主编　杨晓燕
责任编辑　吴艳红
封面设计　许丽娟
责任印制　陈丽娜
出版发行　中华书局
　　　　　(北京市丰台区太平桥西里 38 号　100073)
　　　　　http://www.zhbc.com.cn
　　　　　E-mail:zhbc@zhbc.com.cn
印　　刷　天津裕同印刷有限公司
版　　次　2024 年 5 月第 1 版
　　　　　2024 年 5 月第 1 次印刷
规　　格　开本/920×1250 毫米　1/32
　　　　　印张 13⅞　插页 2　字数 300 千字
印　　数　1-8000 册
国际书号　ISBN 978-7-101-16401-5
定　　价　68.00 元

编 辑 委 员 会

目　录

为什么要读唐诗

读到《红楼梦》第六十二回"憨湘云醉眠芍药裀"的故事，不由得让人想起唐代诗人卢纶的《春词》："北苑罗裙带，尘衢锦绣鞋。醉眠芳树下，半被落花埋。"同样是春日，同样是女子醉眠在花树下，同样是落花撒在醉眠的女子身上，相似的情景，约略不同的故事，不知曹雪芹在写史湘云醉眠芍药丛中，是有意袭用了卢纶之诗，还是无心的巧合？

唐诗是中国古典诗歌的最高峰。它对后世文学的影响，至为深远。鲁迅说："我以为，一切好诗，到唐已被做完。"唐之后的宋元明清诗歌，虽偶有佳作，但都没跳出唐诗的"如来手掌"。诗歌如此，词、曲、小说，亦莫不追求唐诗的韵味与意境。如作为中国戏曲"双璧"的《西厢记》与《牡丹亭》，也处处有唐诗的影子。粗略地统计了一下，《西厢记》戏文中化用唐人诗句的，大约有五六十处；《牡丹亭》里的集唐诗句，竟达到惊人的二百多句，几乎到了"无唐诗，不成文"的地步。

唐诗之所以为后世所推崇，在于其内在的魅力。唐诗的魅力是什么？有人说是"真情"，唐代诗人多真性情，个性鲜明，少忸怩作态，敢在诗里说真心话，"仰天大笑出门去，我辈岂是蓬蒿人",敢怒敢骂,痛快淋漓。有人说是"神韵",如钱锺书说"唐诗多以风神情韵擅长,宋诗多以筋骨思理见胜",唐诗的好处就在于它不说教,不生硬,有"韵外之致""味外之旨",读起来齿颊留香,余味无穷。有人说是"气象",如林庚与李泽厚所标举的"盛唐气象",说盛唐之诗大气、雄浑、青春,盛唐之音就是青春之歌、自由之歌、英雄之歌。诸如其他论述,多发人深省,皆令人折服。

笔者以为,唐诗的魅力就在于唐诗中有一股精神,一股始终流淌在中国人血脉里,深深刻在中国人骨子里的进取精神。这种进取精神,不仅初、盛唐诗人多有,即便到了中、晚唐,诗人们也多不屈从于世事的艰难,仍能乐观向上。

唐诗从六朝文学走出来,至"初唐四杰",面貌为之一新。王勃、杨炯、卢照邻、骆宾王之所以被人称为"四杰",不仅仅在于他们写的诗是"为人生的文学",更重要的是,他们的诗洋溢着少年精神,有一股拔剑而起、舍我其谁的男子汉精神。此外,他们的诗还喊出了一个时代的心声:人生在世,就应该奋斗不止,方不辜负这青春韶华,否则,人生何为呢? 王勃《滕王阁序》虽是一篇骈文,但究其主旨,完全可以称得上唐代版的"少年中国说"。"穷且益坚,不坠青云之志",一时的困顿怕什么,人生的磨难就是我的下酒菜,命运越是摔打我,就越能激起我不断奋起的万丈豪情! 杨炯也是一个硬汉,他本是京城一个普通的文书,却不安分于本职工作,喊着"宁为百夫长,胜作一书生",梦想到战场上厮杀一番,建立一番不朽之功业! 骆宾王早年是一个神童,中年入狱为囚,六十几岁时竟毅然加入徐敬业讨伐武则天的行列,写出了震古烁今的《为徐敬业讨武曌檄》。

　　诗至盛唐，更是百家争鸣，繁花似锦。最能代表盛唐气象的，莫过于边塞诗。这些边塞诗，大多表达的是一种积极、昂扬的英雄主义精神。如"黄沙百战穿金甲，不破楼兰终不还"(王昌龄《从军行七首·其四》)、"少小虽非投笔吏，论功还欲请长缨"(祖咏《望蓟门》)、"孰知不向边庭苦，纵死犹闻侠骨香"(王维《少年行四首·其二》)，慷慨激昂，掷地有声，读来振奋人心。高适与岑参是唐代边塞诗人中的双雄。高适早年就胸怀王霸大略，其边塞诗更是气象峥嵘，铁骨铮铮，后来，他辅佐唐肃宗平定了永王李璘的叛乱，真可谓"诗人之达者"。岑参两次出塞，第一次出塞时，因不适应边塞之苦，常在诗中哭鼻子，作儿女之态，但第二次出塞时，脱胎换骨，竟能常作"鼓鼙之声"，如：其《玉门关盖将军歌》"盖将军，真丈夫""骑将猎向城南隅，腊日射杀千年狐"，铿锵有力，豪迈雄浑；其《轮台歌奉送封大夫出师西征》"四边伐鼓雪海涌，三军大呼阴山动"，杀伐之气震天动地，读来令人无不动容，大呼"壮哉"！

　　李白与杜甫是盛唐群星灿烂的诗人群中的两座巨峰。虽然他们的诗风格迥异，但他们继承中国士大夫"圣人之师"的志向却出奇地一致。李白自比管仲、谢安，杜甫自比稷、契，他们在诗中多次称赞诸葛亮，幻想能像诸葛亮一样，成为辅佐君王的一代贤相。虽然在现实中，他们的梦想都破灭了，但正因为有这一志向作为底子，他们的诗歌往往大气磅礴，高昂慷慨，令其他诗人望洋兴叹。尤其是杜甫，虽身处沟渠，百病缠身，却"穷年忧黎元，叹息肠内热"(《自京赴奉先县咏怀五百字》)，有一种将全人类苦难都担在肩上的悲悯情怀。

中晚唐时期，诗人也多积极进取，其精神亦令人赞叹。如刘禹锡，政敌将其反复踩在脚下踩躏，他却将苦难当作磨刀石，不断砥砺自己的心性，说什么"自古逢秋悲寂寥，我言秋日胜春朝"（《秋词》），高歌"沉舟侧畔千帆过，病树前头万木春"（《酬乐天扬州初逢席上见赠》），堪称唐代诗人中的斗士，后世人称其为"诗豪"，绝非浪得虚名。又如李贺，身体羸弱，一生多病，却自比龙马、神马、汗血马，梦想上战场杀敌，建立一番非凡的功业。即使被称为唐代"朦胧诗"魁首的李商隐，竟也有着澄清天下、扭转乾坤的高远志向。其《安定楼上》以范蠡为人生偶像，希望自己像范蠡一样，能建立一番功业，可见其抱负非凡，志向高卓。

迥异于其他时代的文学的进取精神，是唐诗最为突出的特点，也是后人喜欢唐诗，反复阅读唐诗的根本原因。今人读到唐诗，宛若回到了自己的精神故乡。"大鹏一日同风起，扶摇直上九万里""天生我材必有用，千金散尽还复来""长风破浪会有时，直挂云帆济沧海"，读到这些激励人心的诗句，又怎能不让人满心喜欢，反复吟咏，以至于高歌一曲呢？

《唐诗一百零一夜》以故事说诗，通过对诗人生平故事的讲述，回到历史现场，让唐诗在鲜活的故事场景中，像电影画面一样，重现其前世与今生。本书选择最有代表性的一百多首唐诗，模仿古阿拉伯"一千零一夜"旧事，大体以诗人出生年代为序，较为浅显地描述了唐诗三百年里的故事。这些故事，多取材于史书与历代笔记、传记、民间传说，可供一阅。阅读即创造，是一场自我精神的冒险之旅。诚挚地希望读者，在这场关于唐诗的冒险之旅中，都能寻找到属于自己的宝藏。

第一季
春之烂漫 初唐篇

　　初唐诗,宛如春花之烂漫,虽仍蔽于齐、梁之流风遗韵之下,但因"四杰"与陈子昂等人的出现,其峥嵘气象暂露,铮铮风骨初具。"四杰"之诗,音节优美,往往可歌,已初具格律诗的规模。陈子昂标举"风骨",强调直面人生的苦难,从而奠定了有唐一代写实主义的诗风。

第 1 夜　野望　王绩

一首落寞者之歌

东皋薄暮望，徙倚欲何依。

树树皆秋色，山山唯落晖。

牧人驱犊返，猎马带禽归。

相顾无相识，长歌怀采薇。

王绩,字无功,绛州龙门人,是初唐诗人群中的第一人。王绩有两个哥哥,皆颇负盛名。一个是大哥王度。王度曾任隋朝御史,撰有志怪小说《古镜记》等。另一个是三哥王通。王通是隋代著名的大儒,生徒众多,著述丰赡。王通去世后,被门人尊称为"文中子",大致相当于隋朝的孔子,就连《三字经》也将他与荀子、扬雄、老子、庄子并列为"五子"。王通有三个学生,在唐代也十分出名,他们分别是宰相房玄龄、杜如晦、魏徵。

王绩小时候极为聪慧。相传,他八岁时开始诵读《春秋左氏传》。十五岁时,王绩游历长安,拜谒了权臣杨素。杨素曾伐北齐,灭南陈,破突厥,暗地里辅助杨广登基,是隋炀帝跟前的大红人。

当时,杨素正在家中宴请客人。王绩让人递上自己的名片后,杨素看了看,见王绩只是一个白衣少年,就没理会他。王绩觉得自己被轻视了,就上前高声说道:"我听说,周公礼贤下士,听到客人来了,连忙放下饭碗,连鞋子都来不及穿,就出来迎接。大人您若要保住如今尊贵的地位,就不应该这样傲慢。"杨素听了,颇为尴尬。这时,有一位叫贺若弼的门客连忙起身,打着圆场说道:"这不是御史王度的弟弟王绩吗?听说他和孔融一样聪明,杨公您的胸怀不亚于东汉名士李膺!"杨素听罢,连忙请王绩入座,并与之交谈。谈着谈着,他们就说到了王通。杨素说:"你哥哥王通写的策论,皇帝看了,很是欣赏,现在虽然没有采纳,但也算为国家出谋划策了!"王绩便说:"知而不用,这是谁的过错呢?"众人听了,都大吃一惊,杨素也面露惭色。宴会上,王绩显示出非凡的才华,被称为"神仙童子"。

第二年，王绩举孝廉，出任秘书正字。但王绩不愿在京城任官，就以身体原因请求外任。随后，他被任命为扬州六合县丞，主管粮仓、牢狱之事。王绩上任之后，就整日在家饮酒，据说一喝就是好几斗，居然没有醉过。他常常对人说："好遗憾啊，竟然碰不到像刘伶这样的酒友，要是遇见了，我就关上门，和他在家狂饮。"他的上司见他如此放诞无礼，很是生气，屡次给他考核不合格，还警告他，说要向吏部告发他。王绩叹息道："做官不自由，算了，我不干了！"于是，他将上一个月的官俸放在县衙门外，推说自己患有风疾，连夜乘着小舟回家了。

不久，隋朝灭亡，唐朝建立。皇帝李渊见官员短缺，就下诏让前朝的官员重新回来做官。王绩便以前朝扬州六合县丞的资格，进入门下省，出任待诏。他的七弟王静也在京城任李渊的侍卫。一日，王静见到王绩，就问："你在门下省做待诏，开心吗？"王绩说："待诏的工资少得可怜，但每天的三升美酒，还算差强人意！"后来，这话传到宰相陈叔达的耳朵里。陈叔达是王绩的好友，便对人说："王绩的酒量我知道，三升酒怎么能够呢？听我的话，给王绩一日一斗酒。"时人听了，皆传为美谈。王绩也被人称为"斗酒学士"。但这个时期，因李世民与李建成政争得很厉害，王绩预料必有一场恶战，便又以足疾辞官回家。

后来，果然发生了"玄武门之变"。李世民登基后，王绩又回到了长安。他看中了太乐丞这个职位，就托人找关系，想调为太乐丞。王绩之所以想成为太乐丞，就是因为太乐府有一个叫焦革的人，十分擅长酿酒，堪称大唐第一酿酒高手。王绩就想近水楼台先得月，尝尝焦革新酿的美酒。经过一番波折，王绩终于如愿以偿。但谁料，好日子没过多久，焦革就死了。焦革的妻子袁氏也会酿酒，在焦革死后，还能经常送些美酒过来。可第二年，袁氏也死了。王绩叹息道："老天爷啊，老天爷，你怎么这么狠心，竟不让我饱饮这人世间的美酒！"于是，王绩第三次挂冠而去，回家种地去了。

王绩回家后，就经常吆喝着牛，在东皋之地耕种。这首《野望》，就是王绩辞官归隐时写的。

这首《野望》，实在是一首落寞者之歌。想当年，神仙童子的风姿何等光彩，可如今，竟成了东皋上的一个落寞诗人。

王绩曾自撰墓志铭，说他有父母，没朋友，唯一的朋友就是酒。

王绩晚年，经常骑着一头紫色的驴，带着两只白色的狗，四处饮酒，或找人谈笑，或给人题诗，或给人算卦。他也给自己占了一卦，知道了自己的死期。于是，在那个日子到来的前一天，他对家人说，明天他就要死了，并嘱咐家人在死后薄葬，不要惊扰到乡人。家人听罢，觉得甚是荒诞，都不相信。结果，第二天，王绩就真的死了。

第 2 夜　在狱咏蝉　骆宾王
从神童到囚徒

西陆蝉声唱，南冠客思深。

不堪玄鬓影，来对白头吟。

露重飞难进，风多响易沉。

无人信高洁，谁为表予心。

骆宾王,字观光,浙江义乌人。相传,骆宾王七岁时,祖父骆雪庄的一位好友来访。两人谈天论地,甚为惬意。后来,客人起身告辞,骆雪庄便叫来骆宾王,一起送好友出门。骆雪庄夸耀孙子颇有诗才,那客人便有意考他一下。

这时,他们正好走到一座池塘边。池塘里,波光粼粼,荷叶田田,几只美丽的大白鹅正在湖中来回游弋。那客人便指着这些大白鹅,对骆宾王说:"请以这水中的鹅,作一首诗吧!"

骆宾王看着这些鹅,沉吟了许久,这才从嘴里吐出三个字:"鹅,鹅,鹅。"客人听了,哑然失笑,以为骆宾王不会作诗。谁知,骆宾王马上又吟道:"曲项向天歌。"这让来客很是惊讶,不禁连连称好。接着,骆宾王稍作沉吟,便一口气高声唱道:"白毛浮绿水,红掌拨清波。"那客人听完,惊叹不已,对骆雪庄说:"你的孙子,真是一个了不起的江南神童啊!"

此后,骆宾王"江南神童"的名声便不胫而走。可谁知,造化弄人,骆宾王一生命运多蹇,真是令人唏嘘。

骆宾王十七岁时,父亲骆履元忽然病死在青州,他和寡母相依为命,生活一下子陷入困顿。二十来岁时,骆宾王以乡贡生的身份来到长安参加科举考试,不幸落第。随后,他滞留长安,四处干谒,却无一人赏识。据《旧唐书·骆宾王传》记载,骆宾王在长安穷困潦倒,长期蹉跎,最后竟自暴自弃,整日游手好闲,和一群赌徒混在一起。

后来,有人推荐他去道王李元庆的幕府做幕僚。骆宾王在道王府做了一段时间的幕僚,道王对他极为冷淡,他对道王也敬而远之。过了五六年，骆宾王离开了道王府，回到了兖州。直到四十九岁时，骆宾王再次来到长安，参加明经科考试，并被拜为奉礼郎。不久，他从军西域，奉使西蜀。回到长安后，骆宾王被授为武功县主簿。这年，骆宾王作《帝京篇》，并把它献给了吏部侍郎裴行俭。因为此诗的轰动性与裴行俭的推荐，骆宾王先是出任长安主簿，接着就升任为侍御史。

在侍御史任上，骆宾王仗义执言，多次上书批评时政，检举不法官员，惹怒了武则天身边一些人，竟被人诬陷栽赃，说他在任长安主簿时贪污，随后将他打入大牢。

在狱中，骆宾王十分悲愤。在他的牢房西边有一棵古槐树，每到夕阳西下时，就有一只秋蝉在树上鸣叫。骆宾王听到这蝉声，很是伤感，觉得那蝉就是他自己。于是，他便以蝉喻己，写了这首《在狱咏蝉》，表白自己高洁的品行。

骆宾王在大牢里被关了一年多。适逢唐高宗立英王李哲为皇太子，大赦天下，他得以获释。出狱后，骆宾王性情大变，对武周王朝恨之入骨。后来，朝廷虽授予临海县丞，但他很快就弃官而去，接着就参加了徐敬业在扬州起事的讨武大业。

在徐敬业幕下，骆宾王任艺文令，并起草了《为徐敬业讨武曌檄》。其文辞犀利，字字如锥，句句如刀。据说，武则天听左右诵读这篇檄文时，刚开始还不以为然地笑着，待听到"一抔之土未干，六尺之孤安在"，竟惊得一身冷汗，忙问道："这是谁写的？"左右回答道："骆宾王。"武则天便责问宰相："宰相怎么能痛失这么一个人才呢？"后来，徐敬业兵败，骆宾王也仓皇逃走。

他逃到深山中，用毒草毁了面容，然后一路潜逃，一直逃到杭州灵隐寺，落发为僧。

过了几年，宋之问被贬，途经江南，游览灵隐寺。晚上，他在月下作诗，得了第一联"鹫岭郁岧峣，龙宫隐寂寥"后，苦思冥想，竟然写不下去了，无奈，只好回屋休息。这时，一个老僧点着长明灯，坐在禅床上，问宋之问："年轻人，这么晚还不睡，是不是在吟诗？"宋之问连忙说："弟子喜欢作诗，到了这灵隐寺，诗兴大发，谁知，刚吟了两句，就再也作不下去了。"那老僧说："请告诉我你吟的那两句。"宋之问便把那两句吟了出来。老僧说："何不接着说'楼观沧海日，门对浙江潮'？"宋之问一听，大为惊叹，连忙将这首诗作完了，可回头一看，那老僧竟不见了。接着，他重新读了一下这首诗，觉得还是老僧的那两句最为惊艳。天明后，宋之问就去寻访那老僧，寺庙的僧人说那老僧一早就离开了。宋之问便问这老僧是谁，僧人回答道："他就是骆宾王啊！"

武则天退位后，唐中宗李显继位。李显十分欣赏骆宾王的文章，便令人四处寻访骆宾王。当寻访的人来到灵隐寺时，也没有见到骆宾王的人影。骆宾王晚年去了哪里，谁也不知道。

第 3 夜　滕王阁诗　王勃

往日的峥嵘岁月，都化作了一缕云烟

滕王高阁临江渚，佩玉鸣鸾罢歌舞。

画栋朝飞南浦云，珠帘暮卷西山雨。

闲云潭影日悠悠，物换星移几度秋。

阁中帝子今何在？槛外长江空自流。

　　王勃是王通的孙子，王绩的侄孙。据说，王勃也是一位神童。他六岁时就能作文写诗，九岁时父亲王福畤让他读颜师古注释的《汉书》。谁知，王勃竟挑出颜师古注释中的许多错误，并把它写成了一本十卷厚的书。十四岁时，王勃上书当朝宰相刘祥道，慷慨陈述治国方略。刘祥道读后，大为赞赏，直呼王勃乃"神童也"。

　　十六岁时，王勃应幽素科考试，考中后便被拜为朝散郎。不久，因东都洛阳乾元殿建成，王勃便洋洋洒洒写了一篇《乾元殿颂》的大赋，献给了唐高宗。唐高宗读后，赞叹不已，随后他得知此文乃未及弱冠的王勃所作，更是惊叹不已，便说道："奇才，奇才，王勃真乃我大唐之奇才也！"

　　后来，沛王李贤倾慕王勃的才华，就将王勃召到身边做文学侍从。此时，王勃春风得意，颇为自矜。一帮爱好文学的年轻人见王勃受到王爷的青睐，也逐渐围绕在他身边。其中就有一个姓杜的年轻人。他如今已考中进士，正在听候吏部铨选。一日，王勃接到邀请，原来那位姓杜的年轻人已被吏部任命为四川某县的少府（即县尉），众人设宴为杜少府钱行，也请王勃前来赴宴。宴席上，杜少府觉得自己要离开帝京，被边缘化了，甚是不乐，王勃见状，便写诗《送杜少府之任蜀州》激励他少年当自强，莫要学那小儿女，沉湎于离别的悲伤。

　　可谁承想，世事难料。一日，沛王李贤与英王李哲斗鸡。为了助兴，王勃写了一篇游戏之文《檄英王鸡文》。沛王看后，大为赞赏，竟让人将这篇檄文送到英王府。这篇"檄文"实在太精彩了，还没送到英王手里，便在英王府里争相传阅、抄录。英王看后,不以为忤,竟也连连称赞。

但不料,王勃这篇"檄文"竟落在唐高宗手里。唐高宗看后,震怒不已,说:"歪才!歪才!二王斗鸡,你不去劝诫,却在中间挑拨,是何居心?"于是,唐高宗下令,将王勃逐出沛王府。

王勃遭此打击,很是灰心,在长安蛰伏了一段时间。不久,因杜少府等人的邀请,王勃便去了四川,四处游玩散心。在蜀地,王勃遇见了滞留在此地的卢照邻。两人一见如故,便一同游历彭门、青城、九陇等地,后来结伴回到了长安,并一同参加了吏部的铨选。在朋友的帮助下,王勃谋得了虢州参军的小官。

一日,王勃正和朋友在家中喝酒,忽然,同僚中的一个官奴闯了进来。他见了王勃,立刻跪下就喊道:"大人,救我。我是崔都尉家的奴仆,前两日,因手头有点紧,就拿了都尉家的一点钱。今日都尉大人发现了,就派人抓我,扬言要把我打死!"王勃听了,一时心软,就把这人藏匿了起来。但过了两天,王勃担心事情泄露,被人告发,竟让人将这个官奴给杀了。很快,王勃擅杀官奴一事,便在京城闹得沸沸扬扬,王勃也因此被捕入狱。

幸运的是,王勃入狱后不久,恰逢唐高宗改元,大赦天下,就被放了出来。王勃侥幸逃过一劫,但其父王福畤却受到了牵连,由雍州司功参军贬为交趾县令。交趾在今天越南境内,属于大唐疆域中极为偏远的地区,还未开发,较为荒凉。王勃觉得有愧于父亲,便决心到交趾探望。

王勃探亲途经南昌,正值九月九日重阳日,洪州府都督阎伯屿在滕王阁宴请宾客。滕王阁是唐初滕王李元婴建造的。李元婴是李世民的弟弟,一生骄奢淫逸,行事极为荒唐。李世民丧葬期间,他就言行无状。后来,他被贬到洪州,修建了滕王阁,供自己游乐。

阎伯屿宴请宾客时,听说王勃也在南昌,就邀请了他。宴会前夕,阎伯屿已私底下让他的女婿孟学士作了一篇文章,以便在大宴宾客时当场吟咏。因此,在酒宴到达高潮时,阎伯屿拿来纸笔,请众人写一篇文章,以记录这次盛会。众人心知肚明,都一一推托谦让,不敢下笔。

谁料,纸笔传至王勃那里时,他竟抓起笔,毫不客气地挥洒起来。阎伯屿见状,很是不悦,便拂袖而去,但却让人专门报告王勃写了什么。当报话人喊道"豫章故郡,洪都新府",阎伯屿哂笑道:"老生常谈,马屁文学罢了,这样的臭屁,我闻得多了!"接着,报话人喊道"星分翼轸,地接衡庐",阎伯屿说:"又是马屁,一个接一个,真是让人受不了!"但当报话人喊道"襟三江而带五湖,控蛮荆而引瓯越",阎伯屿沉默了,许久不说话。后来，听到"落霞与孤鹜齐飞，秋水共长天一色"，阎伯屿坐不住了，霍然而起，惊呼道："这真是天才之作，将来必定永垂不朽！"于是，他连忙回到宴席上，观看王勃写作。王勃写完后，阎伯屿与众人阅览后，皆惊叹不已。阎伯屿说："你的文章，大概得到了神仙的帮助，我和滕王的名声都将靠你的这篇诗文流传于后世。"于是，阎伯屿亲自带头，举杯向这位年轻的诗人致敬。《滕王阁诗》就是王勃在这场酒宴中写成的。其序备受称颂，其诗也颇有意味，表达了怀才不遇的愤懑和物是人非的慨叹。

王勃离开滕王阁后不久，就来到了广州，并在此乘船渡海，准备去见他的父亲。谁料，船行至北部湾海域时，突然遭遇大风暴，王勃竟被暴风从船上吹落到水中。众人见状，慌忙打捞。王勃被人从水中捞上来后，惊悸不已，最后竟被自己在水中的影子，活活地吓死了，死时，年仅二十七岁！

第4夜 从军行 杨炯

文书,酷吏,还是"一代贤令"

烽火照西京,心中自不平。

牙璋辞凤阙,铁骑绕龙城。

雪暗凋旗画,风多杂鼓声。

宁为百夫长,胜作一书生。

　　杨炯,字令明,陕西华阴人。十岁时,就因熟习《论语》《孝经》被当作神童,送到弘文馆担任待制。但这一待,就是十六年。二十七岁时,杨炯参加科举考试,得了一个秘书省校书郎的职务。

　　但在秘书省,杨炯一直郁郁不欢。他自视甚高,很看不起朝中的官员,并给他们取了一个名字"麒麟楦"。有人问:"为什么取这么一个名字?"杨炯说:"你看,那些在宴乐中玩耍麒麟舞的,不就是在驴头上戴一个画着麒麟头角的面具,驴身上披着的是画着麒麟皮毛的东西,剥了那层皮,那驴还是那驴,怎么可能是真的麒麟呢? 如今这朝堂上,无德却居高位者,与那麒麟楦有什么区别呢?"众人听了,皆沉默不语。

　　杨炯看不起这些假模假样的同僚,自己的志向得不到舒展,空有冲天的抱负,却只能蜷缩在这旧纸堆里,写写案牍文章,很是憋屈。

　　公元 679 年,杨炯二十九岁。这年,突厥十个部落联合吐蕃突然造反。叛军一路滋扰,固原、庆阳沦陷,长安告急。唐高宗连忙命大将军裴行俭前去征讨。杨炯听到这个消息,十分兴奋,就想跟着裴行俭去征讨叛军。可裴行俭没有征他入幕,他只好以乐府旧题《从军行》为名,写下了他梦中的"从军歌"。诗末直抒胸臆:宁可做一个百夫长上阵杀敌,也胜过做一个舞文弄墨的书生。

可杨炯的梦,终究还只是一个梦。杨炯最终没有上战场。后来他出任盈川县令,倒也做出了一番事业。

盈川即今衢州。据浙江衢州民间文献记载,杨炯出任盈川县令,以铁腕治吏,声闻乡里。他先把那些残害衢州百姓的贪官、恶霸、土豪、强盗,统统抓起来,施以重刑,吓得那些肆意贪污、鱼肉百姓的恶棍们闻风丧胆,有的连夜逃出衢州,再也不敢在衢州任意妄为。百姓见了,无不拍手称快。可是,那些遭到打击的恶棍们,竟串联在一起,向杨炯的顶头上司举报,说杨炯是一个"酷吏"。杨炯向上司辩解道:"盈川,穷山恶水,遍地刁民,若不铁腕惩戒,百姓哪有出头之日?"

后来,盈川的治安整饬,杨炯便四处巡访。他走遍了大大小小的村庄,察看民情农事,了解乡间疾苦,带领百姓挖溪建塘,修筑九龙塘,并在池塘边种植松柏,撒播豆苗,真正造福一方。杨炯死后,盈川的百姓如丧考妣,长哭不已,并为他修建"杨公祠"。每年六月,盈川的村民都会自发地抬着杨炯的塑像,沿着杨炯巡访过的足迹,以"杨炯出巡"等民间节目纪念这位"一代贤令"。

第5夜　长安古意　卢照邻

人世繁华，我却在凄风冷雨中苦吟

　　长安大道连狭斜，青牛白马七香车。玉辇纵
横过主第，金鞭络绎向侯家。龙衔宝盖承朝日，凤
吐流苏带晚霞。百丈游丝争绕树，一群娇鸟共啼
花。啼花戏蝶千门侧，碧树银台万种色。复道交
窗作合欢，双阙连甍垂凤翼。梁家画阁中天起，汉
帝金茎云外直。楼前相望不相知，陌上相逢讵相
识？借问吹箫向紫烟，曾经学舞度芳年。得成比
目何辞死，愿作鸳鸯不羡仙。比目鸳鸯真可羡，双
去双来君不见。生憎帐额绣孤鸾，好取门帘帖双
燕。双燕双飞绕画梁，罗帷翠被郁金香。片片行
云着蝉鬓，纤纤初月上鸦黄。鸦黄粉白车中出，含
娇含态情非一。妖童宝马铁连钱，娼妇盘龙金屈
膝。御史府中乌夜啼，廷尉门前雀欲栖。隐隐朱
城临玉道，遥遥翠幰没金堤。挟弹飞鹰杜陵北，探
丸借客渭桥西。俱邀侠客芙蓉剑，共宿娼家桃李

蹊。娼家日暮紫罗裙,清歌一啭口氛氲。北堂夜
夜人如月,南陌朝朝骑似云。南陌北堂连北里,五
剧三条控三市。弱柳青槐拂地垂,佳气红尘暗天
起。汉代金吾千骑来,翡翠屠苏鹦鹉杯。罗襦宝
带为君解,燕歌赵舞为君开。别有豪华称将相,转
日回天不相让。意气由来排灌夫,专权判不容萧
相。专权意气本豪雄,青虬紫燕坐春风。自言歌
舞长千载,自谓骄奢凌五公。节物风光不相待,桑
田碧海须臾改。昔时金阶白玉堂,即今惟见青松
在。寂寂寥寥扬子居,年年岁岁一床书。独有南
山桂花发,飞来飞去袭人裾。

◎ 甍(méng):屋脊。　◎ 讵(jù):岂,怎。　◎ 幰(xiǎn):车上的帷幔。
◎ 虬(qiú):古代传说中有角的小龙。

卢照邻,字升之,范阳人。卢照邻是"初唐四杰"中唯一不以神童出名的诗人。但他是一个地地道道的"学霸"。卢照邻十岁时,就跟从著名学者曹宪、王义方学习音韵、训诂之学,后入邓王李元裕幕府。邓王府里有藏书十二车,卢照邻日夜披览,几乎将整个王府的书全部记在脑子里了。邓王见了,十分惊叹,经常对人说:"卢照邻就是我的司马相如啊!"

后来,因邓王的举荐,卢照邻调任益州新都县尉。在益州,卢照邻遇到了自己一生的最爱——美丽的歌女郭氏。郭氏虽是风尘女子,但对卢照邻一往情深。卢照邻任期满了之后,因眷恋着郭氏,便滞留在蜀地。

不久,王勃来到四川,卢照邻便陪着王勃,游历彭州等地。这年十月,因朝廷下诏求贤,卢照邻便与王勃一起北上长安,准备参加吏部铨选。临别之际,卢照邻与已有身孕的郭氏执手相看泪眼,信誓旦旦,相约后会有期。卢照邻对郭氏说:"你放心,我得了官后,肯定会迎娶你的!"

郭氏在卢照邻走后生下了孩子。但谁料,孩子不久便夭折了。而卢照邻却音信全无,一去不复返了。过了两年,痛苦万分的郭氏听说卢照邻的好友骆宾王来四川了,便向其诉说了自己的遭遇。骆宾王听后,出于义愤写了一首《艳情代郭氏答卢照邻》的诗,把卢照邻薄情寡义、朝三暮四、不守誓约的负心之举,公之于天下!

话说卢照邻离开蜀地,回到长安,参加吏部考核。谁料,竟没有中选。卢照邻前途阻塞,十分郁闷,因感愤于长安权贵之豪奢与自己仕途的失意,便写了这首《长安古意》。其诗题"古意"表明这是一首拟古诗,写的是古长安的繁华景象,如诗中"汉帝""灌夫""扬子"等皆为汉代人物,但读来分明就是一幅唐代长安豪门贵族的生活画卷。诗末四句,诗人以潦倒穷愁的扬雄自况,与前面权贵骄奢的生活形成鲜明对比。

相传,诗句"梁家画阁中天起,汉帝金茎云外直"让武三思等人看了很不舒服,觉得是在讽刺自己,卢照邻因此被打入了大牢,后来经友人相助而被释放。但牢房潮湿,昏暗无日,卢照邻出狱后,竟染上了风疾,整个人很快就病得不成样子了。他四处求医,甚至拜孙思邈为师,但药王对此病也无可奈何,只让他静养,调心,并教他做一些简单的导引功。

后来,卢照邻在太白山上遇见了一个方士。那方士给了卢照邻一副玄明药膏。此药效果奇好,卢照邻的病情得到了很好的控制。但谁料,父亲病逝,卢照邻悲痛不已,大声嚎哭,竟把方士给他含在口中的丹药吐了出来。此后,卢照邻的病情不断恶化,整个人几近瘫痪,以至于两足匍匐,只能用手走路了!

他离开了洛阳,在具茨山上买了数十亩土地,盖了一座房屋,并在旁边挖了一个墓穴,经常一个人躺在墓穴里,等待死亡的降临。可是,死神迟迟不肯光顾。就这样,卢照邻在病痛中煎熬了多年,后来,他实在忍不住疾病的折磨,投河自尽了!

第6夜　代悲白头翁　刘希夷
一首"落花诗"引发的血案

　　洛阳城东桃李花,飞来飞去落谁家?洛阳女儿惜颜色,坐见落花长叹息。今年花落颜色改,明年花开复谁在?已见松柏摧为薪,更闻桑田变成海。古人无复洛城东,今人还对落花风。年年岁岁花相似,岁岁年年人不同。寄言全盛红颜子,应怜半死白头翁。此翁白头真可怜,伊昔红颜美少年。公子王孙芳树下,清歌妙舞落花前。光禄池台文锦绣,将军楼阁画神仙。一朝卧病无相识,三春行乐在谁边?宛转蛾眉能几时?须臾鹤发乱如丝。但看古来歌舞地,唯有黄昏鸟雀悲。

在唐代诗坛上，最有名的公案，莫过于"宋之问杀甥夺诗"案。据说，宋之问有个外甥，叫刘希夷，比宋之问还大五岁。两人小时候感情很好，经常一起读书，一起玩耍，后来还一起考中进士。刘希夷好弹琵琶，好喝酒，但最喜欢的还是吟诗，经常在院子里吟咏不止。

有一天，刘希夷作了一首诗，就是这首《代悲白头翁》，当吟到"今年花落颜色改，明年花开复谁在"时，忽然悲伤不已，说："这不是谶语吗？当年潘岳给石崇的诗中写道'投分寄石友，白首同所归'，结果潘岳和石崇就真的一起被抓，一起被处决。呸呸呸，这句诗不吉利！"于是，刘希夷又改为"年年岁岁花相似，岁岁年年人不同"，接着读了两遍，又叹息道："唉，这还不一样吗？太悲伤了！"过了一会儿，又说道："算了，算了，死生有命，纸上的虚言，还真能把人怎么样？"

刘希夷因一时拿不定用哪一联，就让人把舅舅宋之问请了过来，请其为自己裁定。宋之问看后，大吃一惊，反复吟咏之后，觉得后一联更胜一筹。于是，宋之问恳求刘希夷将后一联让给自己。刘希夷觉得舅舅开口相求，就答应了。谁知，过了两天，刘希夷又反悔了。宋之问十分恼火，认为刘希夷在玩弄自己，而且此事一旦传出，势必被天下人耻笑，于是，他一不做，二不休，把刘希夷骗到自己家里，让家奴用装上泥土的袋子将刘希夷砸昏，然后活活地压死了！

此事《唐才子传》等书皆有记载，但真伪莫衷一是。此诗袭用古乐府旧题《白头吟》，用一个女子的口吻，讲述了一个青春易逝、人生易老的故事。这位女子见落花而叹息，由落花想到红颜难驻、世事无常，不由得发出"年年岁岁花相似，岁岁年年人不同"的感慨。因此她寄语"红颜子"，要怜惜那些"白头翁"，因为他们也曾是"红颜美少年"，今日的"红颜子"，他日都不免要变成"白头翁"，别说你是什么公子王孙，别说你是什么文官武将，时光何曾饶过谁？此诗堪称"醒世歌"，读来如冷水浇背，发人深省。

刘希夷写这首诗时，才二十来岁，年纪轻轻，就一下子道破人生玄机，真是了不得。只是天妒英才，人嫉贤能，还不到三十岁，就莫名其妙地死了。

第 7 夜　渡汉江　宋之问
渡与不渡的纠结，诗品与人品的反差

岭外音书断，经冬复历春。

近乡情更怯，不敢问来人。

宋之问,字延清,河南灵宝人。二十岁时,宋之问考中进士,并和杨炯一起,在习艺馆充任文学学士。武则天称帝后,听说宋之问诗才非凡,便将他召为自己的文学侍从。

一日,武则天带领群臣到洛阳龙门游玩,只见龙门山树木苍翠,清泉淙淙,白云在山间的楼阁缭绕,野鹿在树丛间潜伏,真是神仙洞府,蓬莱秘境啊!武则天不禁说道:"此处风景宜人,请众爱卿各赋诗一首。谁若写得又快又好,我就赐他锦袍一件!"

众官听了,连忙构思,挥毫写作。左史东方虬出手最快,第一个交了卷。武则天看后,觉得不错,就把锦袍赏给了东方虬。东方虬刚坐下,宋之问就把自己的诗歌交了上去。武则天一看,觉得宋之问比东方虬写得好多了,就命人将赏给东方虬的锦袍收回,转手赐给了宋之问。

宋之问见武则天喜欢自己的诗,便曲意奉承,创作了大量应制诗,大多是吹捧、讨好、阿谀奉承之词。武则天很喜欢这些献媚之诗,一时间朝野上下竟流行起靡丽精巧的"沈宋体"。后来,宋之问赋《明河篇》,向武则天献媚,暗示索要北门学士之职。北门学士多由文章圣手担任,是十分体面又极为核心的职务。但武则天拒绝了。武则天私下里对大臣崔融说:"朕不是不知道宋之问诗才超群,只是宋之问患齿疾,口太臭,朕实在消受不起啊!"

于是,宋之问转向讨好武则天的面首张易之、张宗昌兄弟。为了讨好二张,宋之问竟每天早晨跑到二张家倒尿壶!二张投"官职"以报"尿壶",便不断在武则天耳边吹风,武则天很快就将宋之问提拔为司礼主簿、尚方监丞。从此之后,"尿壶诗人"也就成了宋之问的别称。

后来,武则天退位,张易之、张宗昌兄弟被诛杀,曾经攀附过二人的官员都遭到清算。宋之问首当其冲,被贬到泷州。此地为梅岭以南,即人们常说的"岭外"。宋之问在泷州待了不到一年,就受不了岭外之地的清苦,竟偷偷地从泷州出逃。这首《渡汉江》就是他私自潜逃到汉江边,快要到洛阳时写的,表达了游子久别还乡,即将到家时激动、不安、畏怯的复杂心理。

回到洛阳,宋之问无处可去,就藏匿在好友张仲之家里。当夜,张仲之与驸马王同皎密谋暗杀武三思。宋之问偷听之后,立即通过他的侄子宋昙和好友冉祖雍向武三思告密。武三思得知后,大怒,立刻就将张仲之及驸马王同皎抓捕并处死。宋之问因为出卖朋友,不仅被豁免了逃匿之罪,还被武三思提拔为鸿胪主簿。天下人得知后,都说:"宋之问红色的官服,是张仲之、王同皎的鲜血染成的。"

唐睿宗李旦复位之后,立即以宋之问曾攀附二张、武三思等人,将他赶出皇宫,并再次流放到岭南。后来,唐玄宗李隆基称帝,果断下令将宋之问在贬所处死。

　　当时,宋之问与冉祖雍一起被流放。唐玄宗的使者宣布了让两人自裁的诏书后,宋之问竟吓得浑身冒汗,在屋子里走来走去的,就是不肯自裁。冉祖雍就对使者说:"宋之问有妻子儿女,请让他处理完家事,再自裁吧!"使者同意了。可宋之问战战兢兢,吓得连家事也处理不了。冉祖雍大怒,说:"我和你都辜负了国家,理应受死,有什么迟疑的?"宋之问遂进食、沐浴后自杀了。

第8夜　登幽州台歌　陈子昂

孤独者的呐喊，落寞者的自白

前不见古人，后不见来者。

念天地之悠悠，独怆然而涕下！

　　陈子昂,字伯玉,四川梓州人。陈子昂年少时,家中豪富,整日和一群狐朋狗友骑马游猎,斗鸡赌博。但在十八岁那年,他因以剑伤人,被人追杀,只好潜藏在家。后经其母训诫,他幡然悔悟,毅然和往日的狐朋狗友一刀两断,并前往梓州东南的金华山埋头苦读。

　　二十一岁时,陈子昂北上长安,参加科举考试,很不幸,没有考中。但他没有灰心,第二年,继续参加科举考试,仍然没有考中。

　　一日,他在街上走着时,忽然看见一个商人在叫卖胡琴,索价一百万。许多有钱人都围着那琴观看,但没有一个人愿意出钱购买。陈子昂见状,就走进人群,说:"我愿意花一百万钱买下这把琴。"众人一听,都非常吃惊。次日,陈子昂便在长安宣阳里宴请各方豪贵。在宴席上,陈子昂捧上那把价值百万的胡琴,当着众人的面说:"我,蜀人陈子昂,有文章百篇,却无人知晓,可这么一把胡琴,只是贱工的乐器罢了,却价值百万,竟让大家这么倾心!"说完,他举起胡琴,当场砸烂,然后把自己的文章遍发给参加宴会的人。一日之内,陈子昂名声大振,京城的人都知道他的名字了!京兆司功王适读了陈子昂的文章后,大为赞叹,说:"此人必将成为海内文宗啊!"

　　过了两年,陈子昂再次参加科举考试,并考中进士,被授予麟台正字。在京城,陈子昂与乔知之十分要好。乔知之北征居延海时,陈子昂随军出征,并大胜突厥。谁知,班师回朝后,二人却惨遭不测。

　　原来,乔知之有一个美艳的婢女,名叫窈娘,能歌善舞,乔知之十分宠爱她。谁料,武则天的侄子武承嗣听说后,竟以请求一见为由,强行占为己有。乔知之十分悲愤,但慑于武承嗣的淫威,不敢发作,只得写了一首诗《绿珠篇》让人偷偷送给窈娘。窈娘见到诗后,痛哭不已,便跳井自杀了。武承嗣在窈娘房中搜出这首诗,大怒,便指使酷吏来俊臣构陷乔知之,并将乔知之及族人全部处死。陈子昂因是乔知之的好友,也被捕入狱。后来,在来俊臣胁迫下,陈子昂写了一篇《谢免罪书》,这才获释。

　　公元 696 年,契丹作乱。武则天派他的侄子武攸宜率军征讨,并任命陈子昂为军事参谋。武攸宜不谙军事,却极为自负。在东硖石谷,唐军前锋刚一接触契丹兵,就被重创,几乎全军覆没。武攸宜听闻战报,吓破了胆,准备向后撤退。

　　此时,陈子昂站了出来,慨然请战,要求分兵一万,作为前锋前去抵御。武攸宜畏敌如鼠,断然拒绝了陈子昂的建议。过了数日,大雨滂沱,道路泥泞,唐军陷入极其困顿的境地。陈子昂再次请求出战。武攸宜大发雷霆,命人将陈子昂粗暴地赶出大帐,并由参谋降为军曹。陈子昂一片丹心,只求报效国家,却遭到无情打击。他悲愤难忍,便出蓟门散心。在蓟门,他历观燕之旧都,又登蓟北楼(即幽州台),感慨战国时燕昭王与乐毅、郭隗等人君臣相遇的故事,便写下了《蓟丘览古七首》等诗。这七首诗分别是《轩辕台》《燕昭王》《乐生》《燕太子》《田光先生》《邹衍》《郭隗》。随后,他在城楼上黯然流泪,随口唱出了这首《登幽州台歌》。这首诗是陈子昂对《蓟丘览古七首》的提炼与升华,是对君臣"遇"与"不遇"的感慨。

值得一提的是,陈子昂这首随口唱出的诗原无名字,也无记录。后来,他和隐居终南山的卢藏用谈天时,提到过这首诗。陈子昂去世后,卢藏用为其编纂文集并作传,就将这首诗记录在《陈氏别传》中。因而,这首诗一直很少被人注意。直到明代,杨慎读到《陈氏别传》时,称赞这首诗"其辞简质,有汉魏之风",并取名《登幽州台歌》。此后,这首诗才声名鹊起,备受关注。

陈子昂回朝之后,心灰意懒,不久,便以父亲年老多病为由,辞官而去。后来,父亲病死,陈子昂在家种药、赋诗,不复有出仕之念。这一时期,他创作了许多诗歌,编为《感遇诗》三十八首。这些诗歌标举汉魏风骨,直斥以上官婉儿为首的靡靡诗风,可谓开启了盛唐之音的首章。

陈子昂的这些诗歌慷慨激昂,铁骨铮铮,就像一根根利箭,刺向武则天、上官婉儿等人的心窝。尤其是上官婉儿看到这些诗歌后,十分恼怒,觉得处处都在讽刺她,便授意武三思除掉陈子昂。武三思此时正迷恋着上官婉儿,便指使射洪县令段简罗织罪名,将陈子昂抓捕入狱。

段简贪婪残暴,听说陈子昂家中巨富,

便意欲害死他,侵吞巨额财产。陈子昂让家
人给段简送了二十万钱,但段简仍嫌太少,
竟让人用重刑拷打陈子昂。陈子昂在狱中
为自己算了一卦,大吃一惊,说:"老天不保
佑我,我恐怕要死了!"最后,段简竟将陈子
昂活活折磨致死! 死时,陈子昂才四十
三岁。

第9夜　彩书怨　上官婉儿

书中无别意,只是很想你

叶下洞庭初,思君万里馀。

露浓香被冷,月落锦屏虚。

欲奏江南曲,贪封蓟北书。

书中无别意,惟怅久离居。

相传，上官婉儿的母亲郑氏在怀上官婉儿时，曾梦见一位大神送给她一杆秤，对她说："这杆秤，将来可以称量天下士。"后来，郑氏生下上官婉儿，满月那天，笑吟吟地逗弄着怀里的女婴，说："娃啊，你果真能称量天下士吗？"

可谁料，天降大难，祸事来了。上官婉儿刚一岁时，祖父、当朝宰相上官仪替唐高宗起草废除皇后武则天的诏书被发觉。武则天十分生气，就逼问唐高宗。唐高宗生性软弱，竟对武则天说："这都是上官仪教我的！"于是，武则天便指使许敬宗诬陷上官仪勾结太子谋反。随后，上官仪与儿子上官庭芝被杀，上官婉儿与母亲郑氏也被贬入掖庭为奴。

掖庭为奴时期，郑氏并没有放弃对上官婉儿的教育。上官婉儿天性聪颖，很早就跟母亲学会了作文写诗。十四岁那年，武则天召见了她，当场出题考核。上官婉儿从容不迫，提笔立就，仿佛早就写好了一样。武则天看后，赞叹道："此女才情超绝，巾帼不让须眉啊！"于是，当场免去其母女奴婢身份，并命上官婉儿掌管宫中诏命。

后来，武则天病危，中宗李显复位。李显对上官婉儿更是钦佩不已，不仅依旧让她掌管朝廷命令的起草与拟定，还封她为昭容。于是，上官婉儿在朝中大兴文学之风，并建议扩大修文馆，增设学士名额，宫廷文学空前繁荣起来。从景龙二年到景龙四年，中宗共举行过大约四十三次宴游赋诗活动。每次宴游，中宗必推她为词宗，品评群臣所赋。

据说，景龙三年中宗游玩昆明池，群臣所作应制诗达一百多篇。中宗命人在帐殿前搭起一座彩楼，让上官婉儿从中选出一首作为御制曲。上官婉儿坐在彩楼上，悉心甄选。只见过了一会儿，彩楼上纸片纷飞，被淘汰掉的诗作就像折了翅膀的蝴蝶一样，纷纷落地，那些大臣连忙羞愧地捡起自己的诗作藏在怀里。这时，只剩下沈佺期与宋之问的诗作，上官婉儿一时取舍不定，沉吟许久。

过了一会儿，又见一张纸片从楼上飞了下来。众人拾起一看，是沈佺期的诗。上官婉儿坐在彩楼上，评价道："沈、宋二诗势均力敌，但沈佺期诗的最后两句'微臣雕朽质，羞睹豫章材'词气已竭，而宋之问诗的最后两句'不愁明月尽，自有夜珠来'词气犹健，略胜一筹。"沈佺期听了，十分佩服，于是，也不敢再争了！

上官婉儿的诗作秉承其祖父上官仪的遗风，格律严整，文采流离。她最负盛名的诗，即这首《彩书怨》。这是一首怨妇诗，并无实指，只是模仿一位怨妇的口吻，排遣她内心的孤独与寂寞。

上官婉儿感情细腻，词采流离，但不幸的是，她在政治漩涡里陷得太深了。她先是和武三思私通，后为了讨好韦皇后，竟将武三思让给了韦皇后。不久,李重俊发动政变,诛杀了武三思,并意欲处死上官婉儿。上官婉儿得知消息,连忙逃到韦皇后处,这才逃过一劫。

公元 710 年,韦皇后毒死中宗,并准备立李重茂为帝。李隆基闻讯后,立刻发动兵变,诛杀了韦后及其余党,并抓捕了上官婉儿。上官婉儿以当初与太平公主草拟的遗诏表明心迹,让刘幽求拿着它向李隆基求情。但李隆基对刘幽求说:"此女淫乱后宫,怎可轻饶? 今日若不诛杀,他日必当后悔不及。"最后,以淫乱后宫为由,命人将上官婉儿处死了!

第 10 夜　春江花月夜　张若虚
宫体诗的余波

　　春江潮水连海平，海上明月共潮生。滟滟随波千万里，何处春江无月明！江流宛转绕芳甸，月照花林皆似霰。空里流霜不觉飞，汀上白沙看不见。江天一色无纤尘，皎皎空中孤月轮。江畔何人初见月？江月何年初照人？人生代代无穷已，江月年年望相似。不知江月待何人，但见长江送流水。白云一片去悠悠，青枫浦上不胜愁。谁家今夜扁舟子？何处相思明月楼？可怜楼上月徘徊，应照离人妆镜台。玉户帘中卷不去，捣衣砧上拂还来。此时相望不相闻，愿逐月华流照君。鸿雁长飞光不度，鱼龙潜跃水成文。昨夜闲潭梦落花，可怜春半不还家。江水流春去欲尽，江潭落月复西斜。斜月沉沉藏海雾，碣石潇湘无限路。不知乘月几人归，落月摇情满江树。

张若虚，扬州人，生平事迹不详，只知道他和贺知章同时代，还做过兖州兵曹这样的小官。他可能写过一些宫体诗，但流传下来的，只有两首，一首是《代答闺梦还》，另一首就是这里的《春江花月夜》。

对宫体诗的评价，历来褒贬不一，千百年来贬多褒少。它多写宫廷生活及男女私情，其笔墨所触，无外乎女人的发髻、玉腕、罗衣、绣领、皓足等，其语言是华丽的，其风格是柔靡的，其情调是轻艳的，是一种意淫文学。宫体诗自梁简文帝萧纲以来，历经陈后主、隋炀帝、唐太宗等几朝宫廷，流毒甚广。

张若虚死后，无人为他作传，无人为他编纂诗集，以至于整个唐代、宋代，都很少有人提及。可能跟他作过宫体诗有关。

张若虚的这首《春江花月夜》，源于隋炀帝杨广写的两首《春江花月夜》，并对其进行了扩充与改造。杨广的《春江花月夜》，其一曰："暮江平不动，春花满正开。流波将月去，潮水带星来。"其二曰："夜露含花气，春潭漾月晖。汉水逢游女，湘川值两妃。"大意是说：春花正开，江水正平，花气正香，月儿正圆，夜色正浓，在如此令人销魂的良辰美景下，我多么渴望在汉水碰见游春的女子，在湘江偶遇娥皇、女英两位佳丽。很明显，杨广的这两首诗写的是艳遇，其辞藻是华丽的，但主旨却是庸俗的。张若虚的《春江花月夜》取其对春、江、花、月、夜等良辰美景的描写，在写法与意境上作了较大的改良。

这首长诗共三十六句。先写春江月夜的美景。再写面对江月而生的感慨："江畔何人初见月？江月何年初照人？人生代代无穷已,江月年年望相似。"感叹人生有限而宇宙无穷。最后写人间思妇游子的离愁别绪。

比较杨广与张若虚的《春江花月夜》,不难看出,他们都写了在春、江、花、月、夜下的一种渴求:只是杨广渴求的是艳遇,一种在无聊与空虚中对美人的渴求;张若虚渴求的是回家,是征人思妇的团聚。因此,张若虚这首诗的主旨,是因感宇宙之无穷,人生之短暂,而不由得思念闺中的那个"她",本质上仍是一首思妇诗。从诗歌发展史上,它仍属宫体诗的余波,只不过是一首脱离了低级趣味的宫体诗。

只是,近人对此诗评价甚高,以至于有"孤篇压全唐"之说。此说不知源于何处,亦不知出于何人之口,大约是某些别有用心的人对"孤篇横绝,竟为大家"(王闿运语)和"诗中的诗,顶峰上的顶峰"(闻一多语)的有意曲解。可王、闻二人之说,真正的含义是,张若虚的这首诗以其孤篇横绝于宫体诗之上,是宫体诗顶峰上的顶峰,而非唐诗顶峰上的顶峰。

张若虚的这首《春江花月夜》别说"压全唐"了,它能"压"得过李白的《蜀道难》,能"压"得过杜甫的《秋兴八首》吗?杜甫在《戏为六绝句》称颂了庾信、王杨卢骆等人,并警戒世人不要步齐梁的后尘。看来,初唐以后,唐人早就清楚地认识到,宫体诗就是诗歌的末路。

第二季
夏之灼热　盛唐篇

　　盛唐之诗,群星灿烂,灼人眼目,几乎每一首诗后面都跳跃着滚烫的灵魂,流淌着骚动的血液。"浪漫"与"张扬"是盛唐诗最显著的特点。李白就不必说了,整天幻想着上天入地,手扪星辰,邀月共舞,真像一个青春期的大男孩。就连杜甫,也沾染了这份浪漫的气息,如其"白日放歌须纵酒,青春作伴好还乡""燿如羿射九日落,矫如群帝骖龙翔"之语,狂放之态,跃然纸上,哪里有半点沉郁顿挫之老态?诗至盛唐,文学之气象焕然一新,诗的品格也由柔美变为壮美,"崇高"几乎成为当时诗坛最高的美学追求。

第 11 夜　回乡偶书　贺知章

"四明狂客"的回乡之旅

少小离家老大回，乡音无改鬓毛衰。

儿童相见不相识，笑问客从何处来？（其一）

离别家乡岁月多，近来人事半消磨。

唯有门前镜湖水，春风不改旧时波。（其二）

贺知章,字季真,会稽人。贺知章少以文词知名,喜爱家乡的镜湖和会稽山。证圣(周武则天年号)初,贺知章离开家乡,去长安参加科举考试。这一年,贺知章三十六岁。贺知章到了长安,便参加了第二年的考试,竟一举高中,还是当年的状元!武则天十分欣赏贺知章的诗文,便任命他为国子四门博士。

贺知章性格爽朗,能说会道,朝野上下都喜欢和他交朋友。工部尚书陆象先十分喜欢贺知章,经常对人说:"贺知章言论倜傥,可谓风流之士,要是一天不让我见他,就觉得自己变成了一个浅俗吝啬的小人。"

贺知章自称"四明狂客",又称"秘书外监",喜欢在大街小巷游走。贺知章还是诗坛"交际花",特别喜欢组织诗社,什么"吴中四士",什么"仙宗十友",什么"饮中八仙",一群朋友在一起谈诗论道,好不快活。

相传,李白还没发迹之前,曾在长安紫极宫遇见年长四十余岁的贺知章。李白递上自己的诗文,贺知章读到《蜀道难》后,十分吃惊,说:"你简直就是被贬谪到人间的仙人啊!"于是,贺知章挽着李白的手臂,直奔酒家。到了酒店,贺知章却发现没带钱,便解下身上佩戴的金龟当作酒钱。两人狂歌痛饮,相见恨晚!

　　贺知章就这样在长安快活地过了五十年。一日,他忽然做了一个梦,梦见自己游览了天帝的宫殿。梦醒之后,贺知章生了一场病,整日精神恍惚,很不自在。贺知章顿悟,这是自己的大限快要到了。于是,他上疏唐玄宗,请求回到家乡,出家为道士。唐玄宗十分喜欢贺知章,见他年纪大了,就允许他告老还乡。临行之际,唐玄宗带着皇太子、文武百官等人,在长安东门外的长乐坡为贺知章举行了一次盛大的饯别仪式。唐玄宗、皇太子等人都作了诗,深情地送别了这位人见人爱的老诗人。

　　经过几个月跋涉,贺知章终于到了家乡会稽。到了家门口,忽然,几个小娃娃看见了他,笑嘻嘻地问他从哪里来,这让贺知章好生感慨!他还是喜欢家门口的镜湖,喜欢到会稽山上,嗅嗅花,看看云,在自然的山水里,消磨日子。这两首《回乡偶书》,写的就是他回乡和回乡之后的见闻。

　　过了一段时间,贺知章便与世长辞,享年八十六岁!后来,"诗仙"李白在饮酒时,忽然想起他与贺知章金龟换酒的往事,不禁潜然泪下，便作《对酒忆贺监二首》，以纪念这位曾提携过自己的忘年交。其一曰："四明有狂客，风流贺季真。长安一相见，呼我谪仙人。昔好杯中物，翻为松下尘。金龟换酒处，却忆泪沾巾。"

第12夜 感遇 张九龄
我本草木心，何求贵人识

　　兰叶春葳蕤，桂华秋皎洁。欣欣此生意，自尔为佳节。谁知林栖者，闻风坐相悦。草木有本心，何求美人折！（其一）

　　江南有丹橘，经冬犹绿林。岂伊地气暖？自有岁寒心。可以荐嘉客，奈何阻重深。运命惟所遇，循环不可寻。徒言树桃李，此木岂无阴？（其七）

◎ 葳蕤（wēiruí）：草木茂盛的样子。

初唐诗走向盛唐,两个人物居功至伟:一个是陈子昂,另一个是张九龄。陈子昂死后,后人给他送了一个"唐之诗祖"的称号,意思是说他是唐诗的祖师爷,原因是他曾提出要复兴"汉魏风骨",提倡写诗要"兴寄",有感而发,朴实有力,反对写柔媚、没骨气的宫体诗。张九龄也提倡诗风复古,不过他复的是《诗经》的"古",主张诗歌要有"比兴",要善于隐喻,善于使用形象,寄托深意。陈子昂与张九龄之后,初唐诗走向了盛唐诗,"大我"代替"小我",开始在诗坛上纵情地歌唱。

张九龄,字子寿,广东韶州人。和陈子昂一样,张九龄也是富家公子,曾祖、祖父、父亲都曾在广东一带任官。相传,母亲生他时,曾梦见九只仙鹤从天而降,因而为他取名"九龄"。张九龄是一个神童,七岁就会写文章,十三岁时他给广州刺史王方庆寄了一篇自己的文章,王方庆大为赞叹,说:"此子必能致远。"

二十五岁时,张九龄以乡贡生的身份来到长安,参加进士考试。主考官沈佺期对张九龄十分赞赏,便擢拔他为进士。但谁料,落第者闹事,说考试不公平,并告发到朝廷。武则天一怒,下令考试成绩作废。张九龄闷闷不乐,只好回到韶州。这时,一代名相张说被流放到岭南。张说对张九龄的文章大加赞赏,称他为"后出词人之冠"。不久,父亲去世,张九龄只好在家守了三年丧。服完丧后,张九龄再次赴长安赶考,并一举考中进士,被授为秘书省校书郎。

后来,张说从岭南回来,因曾劝谕唐玄宗诛杀太平公主有功,再次被拜为宰相。张说十分欣赏张九龄,因两人都姓张,便序了辈分,引为知己。但张说刚愎自用,做事比较霸道。开元十三年,唐玄宗欲登泰山,行封禅之礼。在商定谁跟皇帝去泰山封禅一事上,张说多引荐自己的亲信。张九龄说:"封禅一事甚大,还是请有德者跟从。不然,别人会议论的。"张说不听,说:"这事我已经定下来,不用改了,悠悠众口,又怎能把我宰相怎么样?"果然,名单出来后,御史中丞宇文融极为不满,便跳出来,与李林甫等人上书弹劾张说。唐玄宗一看,众怒难平,就罢免了张说的宰相之职,张九龄受牵连被贬为桂州都督、岭南道按察史。

过了三年,张说病危,唐玄宗每天都派人去看望。张说在病逝前,多次推荐张九龄,恳请唐玄宗重用。唐玄宗在张说死后,将张九龄召回京城,拜为宰相。

张九龄是盛唐时期最后一位贤相。相传,唐玄宗喜欢下棋,经常来找张九龄切磋技艺。但唐玄宗的棋艺实在不敢恭维,几乎没赢过。唐玄宗不服气,一心要赢,就天天缠着张九龄下棋。张九龄一看,这不是个事儿。一天,他在下棋时故意露出破绽,很快就被唐玄宗将了军。但张九龄并没有去保帅,竟然拱了一个卒。唐玄宗大惑不解,便叫道:"我已经将了你的军。"张九龄假装这时才明白过来,说:"啊,原来帅这么重要啊!可不能轻易四处乱逛啊,不然,就害惨了跟着他的人。"唐玄宗恍然大悟,原来,张九龄是在劝他不可耽溺于下棋一事,毕竟,治理国家才是皇帝的主业。

张九龄出任宰相时,曾大力提携诗坛新秀。王维是张九龄颇为器重的诗人。王维中进士后,做了太乐丞,因私自观看伶人舞黄狮子犯禁,被外放到济州。王维十分沮丧,就献诗给张九龄。张九龄将王维调回长安,提拔为右拾遗。孟浩然也曾献诗给张九龄,生活困顿时还曾投靠过张九龄。另外,王昌龄、钱起、綦毋潜、卢象等人也都曾受到张九龄的庇护或提拔。

张九龄做了五年的宰相,后因举荐周子谅不当,被罢了相位,贬为荆州大都督府长史。长史就是幕僚,属于闲职。张九龄在荆州闲来无事,便肆力于文学。著名的《感遇十二首》就是这一时期创作的。这里聊聊其一、其七。

这两首诗是古体诗,采用比兴手法,"兰""桂"和"丹橘"都是张九龄自喻,颇有《诗经》与《楚辞》的意味,表达了不与世俗同流合污的节操。《感遇十二首》深深地影响了李白和杜甫等人。李白的《古风》,很明显是受了陈子昂与张九龄《感遇》的影响。

张九龄在荆州日子很不好过,主要是他年纪大了,疾病缠身。于是,他上书恳请皇帝,让他回家扫一次墓。唐玄宗允诺了。谁料,张九龄在回家的路上就病逝了。

张九龄去世后,他的家乡韶州出现了许多关于他的民间传说。如"张九龄捉鼠解朝廷""张九龄与飞奴""暗藏春色""'花边金鱼'献皇帝""黄蜂当蚊虫""要皇帝吃山薯""唐玄宗三哭张九龄"等故事,甚至还出现了"宰相粉"这样的美食。

第 13 夜　凉州词　王之涣
"旗亭画壁"赛诗会

黄河远上白云间，一片孤城万仞山。

羌笛何须怨杨柳，春风不度玉门关。

　　王之涣,字季凌,山西太原人,出身仕宦人家。其五世祖王隆之曾任北魏绛州刺史,曾祖王信任隋朝请大夫、著作郎,祖父王表任唐朝散大夫、瀛洲文安县令,父亲王昱也曾为鸿胪寺主簿、汴州浚仪县令。

　　王之涣是王昱的第四个儿子。他自幼聪颖,未及弱冠,便遍读群经,精通诗赋。但王之涣性情高傲,颇为自负,胸中常有一股豪侠之气,经常与人击剑悲歌,纵情游猎,很不屑参加科举。于是,他便以门子身份出任冀州衡水主簿。谁料,衡水县令李涤的三女儿竟看中了这个放荡不羁的才子,非要嫁给他。当时,王之涣已经结婚,并有了两个孩子。李涤拗不过,只好让心爱的女儿做了王之涣的小妾。后来,王之涣因父母双亡,同僚猜忌,便一气之下,带着李涤的女儿辞官而去。

　　此后,他游蒲州,登鹳雀楼,后又出西北,过玉门关,上五原,下蓟北,在西北、燕赵之地,浪游了许多年,最后才回到故乡太原。他的传世之作《凉州词》就是在浪游时作的。

　　相传,开元年间,王之涣来到了长安,与王昌龄、高适结为挚友。三人虽诗名颇盛,但因无人荐举,一直落魄江湖。一日,天下着小雪,三人无处可去,便来到旗亭喝酒。正喝着,忽然来了十几个梨园的伶官,要在楼上举行宴会。王之涣三人只好去了酒楼的里间,对着炉火一边饮酒,一边欣赏歌舞。

　　宴会进行到高潮时,又来了四位衣着十分艳丽的歌姬。王昌龄说:"我们三人在诗坛上也算颇有诗名,可还没分个高下,今日,我们听听这些歌女唱的歌,谁的诗被唱得多,谁就算第一名。"

过了一会儿,果然一个歌女就唱道:"寒雨连江夜入吴,平明送客楚山孤。洛阳亲友如相问,一片冰心在玉壶。"王昌龄忙笑着说:"我一首了!"说着,在墙壁上画了一道线。接着,一个歌女唱道:"开箧泪沾臆,见君前日书。夜台何寂寞,犹是子云居。"高适忙说:"这是我的诗。"随后,他也在墙壁上画了一道线。第三个歌女唱道:"奉帚平明金殿开,且将团扇共徘徊。玉颜不及寒鸦色,犹带昭阳日影来。"王昌龄听了,大叫道:"哎呀,我两首了!"说着,笑着在墙壁上又画了一道线。

王之涣一看,急了,就对他二人说:"这几个歌女都是没眼光的,唱的都是下里巴人的歌曲。她们哪里知道阳春白雪呢?"说着,他指着一位最美丽的歌女,说:"等会儿听这位歌女唱,如果她唱的不是我的诗,我这辈子就不和你们争高下了;如果她唱的是我的诗,你们就得拜我为师!"三人说好,于是便大笑着等那歌女唱歌。

过了片刻,那个最美丽的歌女唱了起来:"黄河远上白云间,一片孤城万仞山。羌笛何须怨杨柳,春风不度玉门关。"王之涣跳了起来,大叫着说道:"乡巴佬,乡巴佬,听见了吗?这才是真正的阳春白雪。我没说错吧!"三人开怀大笑,畅饮不已。那些伶官们听了,有些困惑,就过来问道:"不知诸位在此饮酒,为什么发笑?"王昌龄说明原因,这些伶官连忙向他们行礼,并请他们也参加宴会。三人慨然应允,于是,和伶官歌姬们一起,痛饮了一通,这才尽兴而归。

　　这就是有名的"旗亭画壁"。《凉州词》是王之涣出西北时的作品,这首诗"歌从军,吟出塞",写尽了西北边塞的空旷与苦寒,是唐代最为著名的边塞诗之一。

　　后来,在亲友的劝说下,王之涣再次出仕,任文安郡文安县尉。王之涣祖父曾任文安县令,王之涣任文安县尉,可能是其亲友请托所得。王之涣为官清廉,颇有政绩,亦不辜负此官职。相传,王之涣曾用智谋审理了许多谜案,如"智审黄狗案""智猜诗谜案",可见王之涣政绩卓著,很受当地百姓称赞。可不幸的是,王之涣在文安仅一年时间,就突染重疾,骤然亡故于官舍之中,享年五十五岁。

第14夜　凉州词　王翰
痛饮过葡萄美酒,纵然战死又何妨

葡萄美酒夜光杯,欲饮琵琶马上催。

醉卧沙场君莫笑,古来征战几人回?

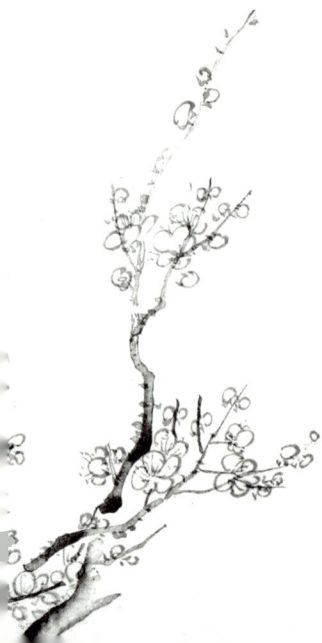

王翰,字子羽,山西太原人。和王之涣一样,王翰家中也极为豪富。据说,王翰家中豢养的名马动辄上万两黄金,可谓富甲一方。王翰年少时,就经常和一些富家公子纵酒论诗,击鼓作欢。他才华横溢,下笔为文时,经常一挥而就!

王翰二十三岁时,来到长安,一举考中进士。但他没有急着去做官,而是回到家乡,依然每日纵酒狂欢,吟诗作赋。太原长史张嘉贞十分欣赏他的才华,经常邀请他到自己家里喝酒。

一日,在酒席间,张嘉贞正和宾客们谈诗论酒。王翰忽然脱了鞋子,光着脚丫子,在酒席中间,又是唱,又是跳!张嘉贞大吃一惊,忙说:"王翰,你这是做什么?"王翰笑着说:"长官勿惊,请仔细听。"众宾客侧耳一听,才知王翰在模仿歌女,唱自己写的诗呢!

后来,张嘉贞离开太原,去朝中当宰相去了。张说接任太原长史。张说曾两任宰相,对王翰也青眼有加。过了四五年,张说第三次出任宰相,就将王翰带到了长安。集贤殿大学士徐坚问张说:"当今年轻人中间,谁的文章好?"张说回答:"王翰的文章可谓琼林玉圃,十分好看。缺点是瑕疵较多。但若能扬长舍短，日后必能成为诗坛雄才！"

后来，王翰被提拔为秘书正字，随后擢升为通事舍人、驾部员外郎，以驾部员外郎的身份出使西域。

在西域，王翰看到了一幕让他终生难忘的场景。一日，一位将军正和他的部下在军帐里，端着夜光杯，饮着葡萄美酒，歌女的琵琶声在一旁助兴。忽然，一名士兵骑着马飞快地在军营中奔跑着。他一边跑，一边宣告军情紧急，催促大家赶紧上马，出营迎敌！

众将士还没喝完杯中的酒，听到军情紧急，就准备上马迎敌。可那位将军却举起酒杯，说："喝，赶紧喝，这杯中的酒，千金不换呢！"喝完酒，他这才跌跌撞撞出了军帐，谁知却差点摔倒在地。众人要去扶他，他却大笑着说道："你们不要笑我，我没事的，古来英雄豪杰，谁没有一死？在沙场上大醉着战死，那才叫痛快！"说着，他飞奔上马，呼啸着率领众将士，出了辕门！

王翰看着眼前这一幕，很是感动，便写下了这首传唱至今的《凉州词》！

王翰从西域回来后不久，张说被罢相。接着，王翰也跟着受牵连，先是被贬为汝州刺史,接着又被贬为仙州别驾。

　　在仙州,王翰索性破罐子破摔,整日和一群名士,端着夜光杯,喝着葡萄酒,学着那个帐前将军,对酒当歌,击鼓狂欢,又过上了年轻时的放荡生活。后来,王翰被人检举,又被贬为道州司马。此后,便音信全无了,据说大约是死在去湖南的路上了!

第 15 夜　夜归鹿门歌　孟浩然

人生长寂寞,幽人自来去

山寺钟鸣昼已昏,渔梁渡头争渡喧。

人随沙岸向江村,余亦乘舟归鹿门。

鹿门月照开烟树,忽到庞公栖隐处。

岩扉松径长寂寥,惟有幽人自来去。

　　孟浩然,湖北襄阳人,是李白最为仰慕的同时代诗人。孟浩然自称是孟子的后代。他家境殷实,颇有些田产,年轻时,有一股任侠之气,喜欢结交豪侠之士,救济穷困的人,经常为乡人解决邻里之间的纠纷。后来,孟浩然喜欢上了隐居,先后在岘山、万山、鹿门山等地隐居过。

　　鹿门山在襄阳城东南,是一处风景秀丽的山岭,山色翠微,岩潭屈曲,山中有许多湖泊,可供小舟游荡。相传,汉光武帝刘秀十分喜欢鹿门山。有一次,他与大臣习郁巡游至此,因为困倦,在山中休息,梦见两只梅花鹿从他的身边走过。于是,他便命习郁为这两只梅花鹿建了一座祠庙,并刻了两只石鹿,立于道旁。当地百姓因此便将此山称为鹿门山。三国时期,高士庞德公在岘山隐居。他因善于评鉴人物,名声大噪。他曾称诸葛亮为"卧龙",庞统为"凤雏",司马徽为"水镜"。荆州牧刘表曾多次请他为官,他都谢绝了。后来,他竟弃绝亲友,只携着妻子,托言采药,入鹿门山,而不知所终了。

　　孟浩然十分敬佩庞德公。他在鹿门山修建了一座简陋的房子,整日在山中读书,吟咏,采药,泛舟,有时还凭吊一下庞德公。这首《夜归鹿门歌》写的就是孟浩然隐居鹿门山时,从自己的家涧南园回到鹿门山隐居处的情形。

孟浩然在鹿门山隐居时,结识了张子容。张子容也在此隐居、读书。后来,张子容赴长安应举,考中进士。可能是羡慕张子容走上仕途,孟浩然开始寻找自己的出路。他辞别了亲人,在江淮一带漫游。

他曾到岳州,拜谒过荆州长史张说。张说曾两任宰相,深得李隆基信任。但因与姚崇不合,被贬到岳州。孟浩然拜谒张说时,曾作《望洞庭湖赠张丞相》,希望张说能举荐自己。可张说回长安后,并没有向皇帝举荐孟浩然。

后来,孟浩然回到襄阳,李白去了安州(今湖北安陆)。李白很钦佩孟浩然,时常来襄阳看望他。有一次,李白又来找他,恰巧他不在家,李白十分惆怅,便写了一首《赠孟浩然》。其诗曰:"吾爱孟夫子,风流天下闻。红颜弃轩冕,白首卧松云。醉月频中圣,迷花不事君。高山安可仰,徒此揖清芬。"大意是说:孟浩然就是我的老师,我十分崇拜他,他风流儒雅,天下闻名。他不爱当官,就喜欢高卧于松云之下喝酒赏花,真是好不潇洒啊!他就像一座高山,我深深折服于他纯洁芳馨的人格。

第 16 夜　宿建德江　孟浩然

这一夜，树比天高，月比江亲

移舟泊烟渚，日暮客愁新。

野旷天低树，江清月近人。

　　公元 727 年,孟浩然三十八岁。此时,他的家境日渐窘迫,加上母亲年老多病,日子有些不好过了。于是,他便决定到长安参加科举考试。这年冬天,雪下得很大。长安路上,白茫茫一片,真是道路塞涩,长路漫漫啊!第二年春天,孟浩然参加了考试,可很不幸,他落第了。孟浩然很是苦闷,便四处闲逛。

　　一日,他四处闲逛着,正好碰见秘书省的一群才子赋诗,于是凑了上去,吟咏了一首诗,其中有两句,曰:"微云淡河汉,疏雨滴梧桐。"众人一听,惊为神作,连忙搁笔,称赞他的诗气韵清绝,出神入化。王维更是称颂不已,便把孟浩然引为知己。

　　相传,一日王维私自把孟浩然带到了内署。两人正在商订乐谱时,忽然有人传报皇上驾到。孟浩然不是官员,此种情况下不宜见驾,又没有其他地方可躲,只得钻到了床底下。唐玄宗进来后,王维不敢隐瞒,便说了实情。唐玄宗高兴地说:"我早就听说孟浩然的诗名了,还没见过孟浩然呢!"孟浩然见状,只好从床底下爬了出来。

　　唐玄宗说:"你带自己的诗作了吗?"孟浩然说:"没有。"唐玄宗便让他吟诵一首自己的诗作,他欣然遵命,就吟了《岁暮归南山》。其诗曰:"北阙休上书,南山归敝庐。不才明主弃,多病故人疏。白发催年老,青阳逼岁除。永怀愁不寐,松月夜窗虚。"唐玄宗听到"不才明主弃",颇为不悦,说:"你不来求仕,我也未抛弃你,怎么就平白无故诬陷了我!"说完,便拂袖而去。唐玄宗走后,王维抱怨道:"为什么不朗诵'气蒸云梦泽,波撼岳阳楼'这首诗呢?你呀,真是个书呆子!"

　　孟浩然在长安不得志，很是苦闷，便泛舟南下，到吴越一带散心。这首《宿建德江》便是他落第之后漫游吴越时写的，抒发了客居异乡的孤寂、愁闷之情。

　　漫游吴越之后，孟浩然便回到了襄阳。后来，韩朝宗出任襄州刺史，很喜欢提携后进。当时有人赞誉道："生不用万户侯，但愿一识韩荆州。"李白就曾经给韩朝宗写过一封自荐信《与韩荆州书》，但韩朝宗没有理会李白。可韩朝宗十分赏识孟浩然，就决定把他推荐给朝廷。于是，他托人给孟浩然带了一个口信，说他过些日子要去长安，请孟浩然与他一起前往。孟浩然欣然应允了。可谁知，到了约定的日子，韩朝宗的车驾都到家门口了，孟浩然却忘了此事。此时，他正和一帮好友在吟诗饮酒。好友提醒孟浩然："你和韩公说好了要去长安，如今怠慢了韩公，恐怕不好吧！"孟浩然不以为然道："去去去，我在喝酒，正高兴着呢，哪有时间理睬别的事情呢？"

　　公元 740 年，孟浩然五十二岁，背上长了一个疽。经过一段时间静养后，渐渐好转，他开始忘乎所以，和友人上山采蜜，入洞观景。这年秋天，被贬岭南的王昌龄遇赦北

归,途经襄阳,便来拜访孟浩然。老友相见,
甚是开心,于是,放怀畅饮,吃了很多河鲜。
谁料,王昌龄走后,孟浩然伤口开裂,溘然长
逝了!

第 17 夜　相思　王维
这一颗颗相思入骨的红豆啊

红豆生南国,春来发几枝?

愿君多采撷,此物最相思。

王维,字摩诘,山西太原人,出身于名门望族,父亲一族是有名的太原王氏,母亲一族更是当时赫赫有名的博陵崔氏。祖父王胄精通音律,曾官至协律郎。父亲王处廉生平不明,也曾官至汾州司马。母亲好佛,曾拜北宗神秀的弟子普寂禅师为师,潜心修行。

王维是家里老大,有四个弟弟、一个妹妹。王维与二弟王缙关系最好。小时候,王维和弟弟妹妹在一起读书。王维喜好吟诗,王缙则专攻经学。王缙见到王维会说:"我们家的大诗人来了,快拿笔墨来,大诗人要口吐莲花,落笔赋诗了!"王维则笑着说:"快别嘲笑我了,你这个经学大师,说不定将来才是我们家的顶梁柱呢!"

不幸的是,王维父亲早丧,家境一下变得困顿起来。不得已,十五岁的王维告别母亲和弟弟妹妹,远赴长安,并在亲戚的帮助下,入太学读书。

相传,王维在太学读书时,认识了一位家里做生意的南方女孩。她温婉可爱,鸭蛋脸,柳叶眉,红红的嘴唇,就像两颗嫣红的相思豆,紧紧地扣在一起。王维十分喜欢她,发誓要娶她为妻。但弟弟王缙知道了此事,竟告诉了母亲。

母亲得知此事后,十分不安。因为她已在娘家博陵给王维相中了一位姓崔的姑娘。博陵崔氏是唐代有名的"五姓七望"(博陵崔氏、清河崔氏、陇西李氏、赵郡李氏、范阳卢氏、荥阳郑氏、太原王氏)之一,地位十分显赫,就连唐朝皇帝也巴不得让女儿嫁到这样的名门望族!可是,出身于太原王氏的王维竟看中了一位家里做生意的女孩子。

　　母亲当机立断,命王维即刻返回太原。王维十分孝顺,不想忤逆母亲,只好回到蒲州,与那位博陵崔氏的姑娘结了婚。婚后,王维回到长安,当他再去寻找那位南方姑娘时,却得知她已随父亲回南方了!王维感伤不已,便写下了这首千古传唱的《相思》诗。

　　王维的这首《相思》诗,梨园弟子们都十分喜欢吟唱。唐人范摅《云溪友议》记载,公元 756 年,安禄山攻陷长安,唐玄宗仓皇逃往四川。此时,宫中乐师大乱,纷纷夺路而逃。宫廷乐师李龟年也只好一路向西,最后竟辗转漂零到了湖南。一日,湖南采访使举办筵席,邀请李龟年在筵席上表演。李龟年便唱了这首诗。唱完之后,众人莫不神情凄惨,肝肠寸断。李龟年更是忽然倒地昏厥。他的妻子闻讯赶来,摸了摸他的耳朵,觉得他还有微微的温暖,不忍心将他殡殓,就让人将他直挺挺抬回去,在床上放了四天,他才活了过来!

第18夜　少年行四首　王维

少年侠骨，纵死也要驰骋沙场

新丰美酒斗十千，咸阳游侠多少年。

相逢意气为君饮，系马高楼垂柳边。（其一）

出身仕汉羽林郎，初随骠骑战渔阳。

孰知不向边庭苦，纵死犹闻侠骨香。（其二）

一身能擘两雕弧，虏骑千重只似无。

偏坐金鞍调白羽，纷纷射杀五单于。（其三）

汉家君臣欢宴终，高议云台论战功。

天子临轩赐侯印，将军佩出明光宫。（其四）

王维在长安，因熟习音律，善弹琵琶，赢得诸王与公主的青睐。岐王李范雅好音乐，他的王府里经常聚集着一群有名的音乐家。王维被邀请到岐王府，为李范和他的宾客弹奏了琵琶。一曲终了，满座惊叹。李范问："你刚才弹奏的乐曲，我怎么没听过，请问这是什么乐曲啊？"王维说："这是我最近刚作的《郁轮袍》。"李范听了，大为赞赏，便把他介绍给宁王李宪。

李宪是唐睿宗李旦的大儿子、唐玄宗的哥哥。唐睿宗即位后，立他为太子，但他厌恶政治，喜欢享乐，就把太子之位让给了弟弟李隆基。李隆基登基后，李宪备受荣宠，整日与岐王等人饮酒作乐。据《本事诗》记载，一日，他看中了附近一个卖饼人的妻子，就给了那卖饼人一些钱，将这人的妻子占为己有。一年后，在一次宴席上，他问那女子："你还想着那卖饼子的吗？"那女子默然不语。李宪便让人叫来卖饼子的人，那女子见了，双泪直流，默然不语。当时宴席中有十来位宾客，王维也在其中，李范命众人就此事写一首诗，王维第一个写成，即《息夫人》："莫以今时宠，宁忘昔日恩。看花满眼泪，不共楚王言。"宁王看罢，就让那女子跟卖饼者回家了。

相传，王维后来参加乡试时，恳请李范助一臂之力。当时，张九皋名声很大，有人向玉真公主举荐了张九皋，玉真公主便令京兆试官将张九皋列为解元。可王维也想成为解元。李范说："没事，我为你筹划一下。你把你的旧诗抄上十篇，然后准备一支新的琵琶曲，五日后再到我这里来。"王维谨遵其命，五日后如期而至。李范让王维换上华贵的衣服，然后带着他来到玉真公主府上。

　　李范进去后，就说："承蒙公主前些日子破费，我带了些美酒、乐工，给你来助兴。"说完，他便让人摆下酒宴，并让众乐工依次走进来。王维年少肤白，风姿绝美，玉真公主见了忙问："这人是谁？"李范说："一个精通音律的人。"李范让王维单独弹奏了一支曲子。玉真公主听完，十分高兴，便问："这是什么曲子？"王维说："《郁轮袍》。"李范连忙说："这个人不止精通音律，诗歌更是无人能敌。"玉真公主觉得奇怪，就问王维："你带着你作的诗吗？"王维连忙从怀里取出自己的诗呈上。玉真公主读完，惊骇道："这些诗我经常吟诵，我还以为是古人作的，没想到竟是这个年轻人写的。"于是，玉真公主让王维换了衣服，与客人坐在一起。

　　李范对玉真公主说："要是让这个年轻人今年做了解元，那就是国家的荣耀啊！"玉真公主说："那他怎么不去参加科考呢？"李范说："这个年轻人很有志气，要是做不了解元，就宁可不参加考试。可我听说，你已经将解元给了张九皋了！"玉真公主笑道："这有何难，我托人去办就是。"然后，玉真公主回头对王维笑了一下，说："你若真想做解元，我愿帮你。"王维连忙起身致谢。后来，王维果然成了解元。

　　这个传说，真假莫辨。但王维年轻时曾混迹长安，游历于岐王府、宁王府，却是事实。此时的王维意气风发，昂扬向上，很有一股少年精神。王维在长安不仅与诸王、公主交往甚密，还结交了许多同龄的游侠少年。他们铁骨铮铮，壮怀激烈，都有到边关建立一番功业的雄心。这组《少年行》，就是王维为游侠少年写的青春之曲。

　　后来,王维考中进士,被授太乐丞。但他刚上任不久,因"为伶人舞黄狮子",触犯了帝王以黄色为尊的特权,竟被贬为济州司仓参军。济州任期满后,他便隐居淇上、嵩山。三十五岁时,因张九龄推荐,王维又回到长安任右拾遗。不久,崔希逸大败吐蕃,他便以监察御史的身份出使河西,犒劳将士。在此期间,王维写了许多优秀的边塞诗,如《使至塞上》等。从河西回到长安后,王维又以殿中侍御史的身份出使岭南。

第 19 夜   山居秋暝   王维
辋川别业里的幸福时刻

空山新雨后，天气晚来秋。

明月松间照，清泉石上流。

竹喧归浣女，莲动下渔舟。

随意春芳歇，王孙自可留。

　　王维从岭南回来后,出任左补阙。妻子此时已经去世,他把母亲接到长安供养。可他的母亲信佛,常年吃斋,喜欢清净,很不习惯京城的喧嚣与繁华。王维便从宋之问的后人手里购买了早已荒废不堪的辋川别业,大肆整修了一番后,让母亲搬到此地。

　　辋川,在陕西蓝田县南的辋谷里,距离长安大约半天的路程。它的入口是一条狭长的峡谷,谷内山峰对峙,川水汤汤,约走五公里,豁然开朗,土地平旷,鸡犬相闻,宛如世外桃源。宋之问的旧居就建造在山谷的半山腰上。王维让人修缮完旧居后,还依据辋川的山水形势,植花木、堆奇石,修建了孟城坳、华子冈、文杏馆、斤竹岭、鹿柴、木兰柴、茱萸泮、宫槐陌、临湖亭、南垞、欹湖、柳浪、栾家濑、金屑泉、白石滩、北垞、竹里馆、辛夷坞、漆园、椒园二十处景观。

　　王维经常来辋川,或侍奉其母,或"倚杖柴门外,临风听暮蝉",或"独坐幽篁里,弹琴复长啸",或"当轩对尊酒,四面芙蓉开"。在此期间,王维写了大量与辋川有关的诗,如《辋川集》《辋川别业》《积雨辋川庄作》等。在这些辋川诗中,名气最大的,莫过于这首《山居秋暝》。这是一首五言律诗,对仗工整,构图精巧,堪称"诗中有画"。写景清幽明净,写人淳朴自然。尾联说:春花虽然早已凋谢了,但这秋日的山景却让人流连忘返。

　　后来,母亲在辋川去世,王维守了三年的丧,随后便把辋川别业捐了出去,为母祈福。这就是此后的清源寺。

没几年,安史之乱就爆发了。王维没来得及出逃,被叛军捉拿。王维被捕后,服用了一种痢疾药,并向叛军伪称自己得了失语症。但因王维的名气实在太大了,安禄山就让人将他押到洛阳,软禁在普施寺,并强迫他接受了给事中的伪职。

一日,安禄山在凝碧池大宴"百官"。叛贼将从御库里搜集来的奇异珍宝摆放在筵席左右。接着,安禄山强迫乐工为其演奏。那些乐工不得已,只好操起乐器演奏。谁知,音乐刚响起,乐工们就哭成一团。叛贼十分愤怒,便拔出刀子,威胁道:"若再有哭泣者,一律斩首!"乐工雷海清看了,怒不可遏,便把乐器扔到地上,转身向西,嚎啕大哭。叛贼立刻将雷海清绑起来,拉到旁边的戏马殿,当众肢解了。

过了几日,裴迪去普施寺探望王维,并将安禄山宴请"百官"、雷海清怒掷乐器被安禄山当众肢解的事情告诉了王维。王维听后,悲伤不已,便偷偷写了一首《凝碧池》("万户伤心生野烟,百僚何日更朝天。秋槐叶落空宫里,凝碧池头奏管弦。")诗,让裴迪带了出去。第二年,郭子仪收复长安,接着攻入洛阳。王维与那些接受过伪职的官员三百余人,又被唐军抓捕起来,当作叛徒押送到长安。

此时,王维的弟弟王缙因在安史之乱中协助李光弼防卫太原,颇有功绩,从太原少尹升为刑部侍郎。王缙见哥哥被唐军抓捕,就向皇帝求情,愿削刑部侍郎兼北都副留守之职,代兄受罚。唐肃宗怜惜王维之才,也听说过王维的《凝碧池》诗,就宽宥了他,并责授他为太子中允、集贤殿学士,过了两年,又加封他为尚书右丞。

　　王维深感不安,此后,便潜心奉佛,焚香独坐,屋里除了茶铛、药臼、经案、绳床,便一无所有了!后来,王维一病不起,临终之时,给弟弟王缙与几位故交写信,随后,便丢下笔,安然坐化了!

第 20 夜　芙蓉楼送辛渐　　王昌龄
这个诗人有点"冷"

寒雨连江夜入吴,平明送客楚山孤。

洛阳亲友如相问,一片冰心在玉壶。

　　与王之涣、王翰一样，王昌龄也是山西太原人。不一样的是，王之涣、王翰皆出身豪门，王昌龄却生在寒门。王昌龄小的时候，就开始干农活，并发愤读书。二十岁时，他觉得整天在田里锄地，很没出息，便扔下锄头，决定去当兵。此时，突厥人在西北边境作乱，唐朝就派军攻打突厥，王昌龄独自奔赴西北，希望在战场上获得功名。

　　可西北边乱很快结束。他无仗可打，只好在西北四处漫游。他过萧关，经临洮，甚至去了边陲之地碎叶。在漫游过程中，他写了许多著名的边塞诗，如"青海长云暗雪山，孤城遥望玉门关。黄沙百战穿金甲，不破楼兰终不还"，写出了边地黄沙满地跑，水寒风似刀，但战士们仍铁骨铮铮、誓死拼杀的英雄主义精神。

　　漫游了几年，王昌龄来到了长安。他隐居在蓝田，潜心读书，并准备参加科举考试。王昌龄一举考中进士，随后出任了秘书省校书郎等职。在长安任职期间，王昌龄结交了许多诗坛好友，如李白、孟浩然、王维、高适、岑参、李颀、辛渐等人。但王昌龄性情耿直，经常顶撞上司，后来，因得罪了宰相李林甫，先是被贬到岭南，过了几年，刚从岭南回来，接着又被贬为江宁丞。

王昌龄十分灰心,于是,在去江宁的路上盘桓,故意迟迟不去报到,竟在洛阳待了整整半年。到了江宁,王昌龄整日放浪形骸,借酒浇愁,还擅自离开江宁,到太湖等地游玩。这让他的上司十分恼火,便以"不护细行"上报朝廷。朝中官员议论纷纷,认为王昌龄生活腐化,思想堕落。

好友辛渐听说后,十分心焦,便专门到江宁看望王昌龄。王昌龄向辛渐诉说了他在江宁的苦衷,并在芙蓉楼热情招待了辛渐。临别之时,王昌龄便写了这首《芙蓉楼送辛渐》,抒发了对好友的不舍以及洁身自好的决心。

辛渐走后,王昌龄仍在江宁任职。过了八年,李林甫又把他贬为龙标县尉。不久,安史之乱爆发。王昌龄担心老母安危,于是便辞去龙标县尉一职,奔赴太原。谁知,途经亳州,亳州刺史闾丘晓拿出自己的诗作请王昌龄品评。王昌龄一看狗屁不通,就当面讽刺了两句。闾丘晓顿时恼羞成怒,竟让人杀了王昌龄。

后来,安禄山的叛军攻打宋州,宋州告

急,宰相兼河南节度使张镐传檄亳州刺史闾丘晓前来救援。闾丘晓贪生怕死,迟迟不肯发兵。宋州陷落后,张镐大怒,便命人速速将闾丘晓抓捕过来。闾丘晓被抓来后,张镐痛斥了他一番,将其杖杀。临刑前,闾丘晓告饶道:"我的家中还有老母无人奉养,请宰相大人饶了小的一命!"张镐十分气愤,大骂道:"老贼,你屈杀王昌龄时,可曾想到,他的老母由谁来奉养?"闾丘晓无言以对,随后,就被一顿乱棍打死了。

第21夜　衔命还国作　朝衡
日本留学生的艰难归国之旅

衔命将辞国,非才忝侍臣。

天中恋明主,海外忆慈亲。

伏奏违金阙,骈骖去玉津。

蓬莱乡路远,若木故园林。

西望怀恩日,东归感义辰。

平生一宝剑,留赠结交人。

◎ 骈骖(fēicān):泛指拉车的马。

　　《全唐诗》收录了两位日本人的诗歌，一首是长屋王的《绣袈裟衣缘》，一首是阿倍仲麻吕的《衔命还国作》。

　　长屋王是日本奈良时代天武天皇的孙子。长屋王十分仰慕唐朝，曾命人制作了一千套袈裟，并在袈裟上绣了四句偈语，让人带到了中国。这四句偈语曰："山川异域，风月同天。寄诸佛子，共结来缘。"可惜的是，长屋王不久被人诬陷在家作法，诅咒皇帝。圣武天皇轻信了谗言，命人包围了长屋王府，并逼迫长屋王在家中自缢。这就是日本历史上有名的"长屋王之变"。

　　阿倍仲麻吕生于日本大宝元年(701)，皇族后裔，是孝元天皇的后代。自幼聪颖，擅长作和歌。十六岁时，被选拔为遣唐使，次年随第九次遣唐使团来中国留学。这次遣唐使团规模空前，共有557人，乘坐4艘大船，从大阪出发。临行前，天皇命人带来酒肉若干，御歌一首，并让人为这些遣唐使唱了一首短歌："啊，大和之国，在水之上，往来如地，乘船如床。大神镇国，遣唐四舶，舳舻相并，平安起航，早速凯旋，举杯相庆，唯丰御酒。"

　　到了长安之后，唐玄宗亲自举行了欢迎仪式，并命鸿胪寺的四门助教赵玄默教授这些日本留学生。但阿倍仲麻吕是个例外，大约因皇族后裔的身份，他竟直接进了太学。在太学里，他第一个感到麻烦的，是他的名字。他的名字，意思是"阿倍家族的仲麻吕"，十分绕口。于是，他便给自己取了一个汉名"朝衡"（也写作"晁衡"）。

　　朝衡太学毕业后，因"慕中国之风"，便决心留在中国。他结交了唐朝许多有名的诗人，如储光羲、王维与李白等人。储光羲是第一个发现朝衡，并给予朝衡巨大帮助的人。在储光羲的帮助下，朝衡参加了吏部考核，并被任命为太子宫左春坊司经局校书，官阶正九品下。

朝衡在中国居住了十几年后有点想家了，于是在第十次遣唐使来华时恳请回国。但唐玄宗很欣赏朝衡，就没有恩准。这样，又过了二十年，朝衡已经五十几岁了，荣升为秘书监（从三品）。当听说第十一次遣唐使来华时，朝衡便以双亲年老为由，再次请求回国。这次，唐玄宗恩准了，任命他为大唐回访使，并赠诗一首。

朝衡的朋友听说他要回国，纷纷写诗相送。其中，以王维的《送秘书晁监还日本国》最为深情，也最为有名。其诗曰："积水不可极，安知沧海东。九州何处远，万里若乘空。向国唯看日，归帆但信风。鳌身映天黑，鱼眼射波红。乡树扶桑外，主人孤岛中。别离方异域，音信若为通。"大意是说：你家好远啊，在那万里之外的大海边。我实在不想让你走，但没办法，那我就祝你一路顺风。你回家后，可不要忘了我，常给我写信！

朝衡也写了一首诗回赠王维。这首诗就是《衔命还国作》。他说自己很不愿离开唐朝，但心中实在想念父母，"西望怀恩日，东归感义辰"，不得已，只好解下腰间佩剑，赠给王维，以示留念。

于是，朝衡跟着遣唐使走了。走到明州，也就是今天的宁波，晚上皓月当空，朝衡情不自禁写了一首和歌《唐土にて月をよみける》。其诗曰："天の原ふりさけ見れば　春日なる三笠の山に　出でし月かも。"这首和歌在日本十分有名，被收在《古

今和歌集》中,堪称千古绝唱。中国人翻译为《望乡诗》:"翘首望东天,神驰奈良边。三笠山顶上,想又皎月圆。"

谁料,朝衡的船遇到了大风暴。大风暴将船一直吹到了安南。在安南下船后,朝衡一行人竟遭到当地土著的袭击。朝衡与藤原清河等人拼死相搏,最后虎口脱险,死里逃生。随后,朝衡一路辗转,回到长安。但朝衡等人遭遇风暴、葬身鱼腹的谣言已在中国传开。李白听说后,十分伤心,便写了《哭晁卿衡》。其诗曰:"日本晁卿辞帝都,征帆一片绕蓬壶。明月不归沉碧海,白云愁色满苍梧。"

后来,朝衡一直没有回国,又在中国生活多年。大历五年(770),朝衡病逝于长安,并葬于此。

1978 年,中日签署和平友好协议,日本提议,在奈良和长安各建造一座纪念阿倍仲麻吕的建筑,并于当年在奈良昭提寺建造了阿倍仲麻吕显昭碑。次年,西安也在兴庆宫公园修建了一座阿倍仲麻吕纪念碑,纪念碑前后两侧,分别镌刻着朝衡的《望乡诗》与李白的《哭晁卿衡》。

第 22 夜　访戴天山道士不遇　李白

青年李白的"求仙之路"

犬吠水声中，桃花带露浓。

树深时见鹿，溪午不闻钟。

野竹分青霭，飞泉挂碧峰。

无人知所去，愁倚两三松。

相传,李白的先祖是玄武门之变中被李世民杀死的皇太子李建成。但李白在诗文中说,自己是西凉国国王李暠九世孙。他的先人在隋末年间犯罪,被流放到西域碎叶。他的母亲大约是一个突厥女子,因而他的长相十分奇特,很像胡人。据李白的崇拜者魏颢说,李白双眼炯炯有神,就像饥饿的老虎一样,忽闪忽闪的,老远都能看见那眼睛发出的光芒。

李白五岁那年,父亲李客不知惹了什么祸,竟被仇家四处追杀。为了避祸,李白一家人从西域碎叶逃到了四川昌隆县青莲乡。昌隆这个地方,蛮夷杂居,民风彪悍,崇尚豪侠之气,动辄拔刀相向。李白少年时,也沾染了此地彪悍的民风,经常在袖子里藏着一把匕首,到处寻衅滋事,找人打架。

相传,李白四处游荡时,看见一个老婆婆在溪边磨一根铁杵。李白感到好奇,就问:为什么磨那根铁杵?那老婆婆说:要做一根绣花针。李白说:这么粗的铁杵,怎么能磨成绣花针?那老婆婆说:只要功夫深,铁杵也能磨成针。李白听了,豁然开悟,觉得自己这一生要成为一个人物,于是回家潜心读书。

但李白实在太好动了,读了一段时间的书,就到山里寻访道士仙人。他听说戴天山有一个十分厉害的道士,便去拜访。谁知,那道士不在家,但山中景色幽野清丽,让他十分喜欢,他便写了这首《访戴天山道士不遇》。

后来,李白又拜蜀中名士赵蕤为师,学习纵横之术。赵蕤写过一部书《长短经》,内容极为庞杂,但大抵上属于法家、纵横家学说。赵蕤十分推崇苏秦、张仪、张良、韩信、诸葛亮、谢安,李白

也对这些人推崇备至,尤其是苏秦、张仪。李白自比苏秦、张仪,
幻想着用纵横家的法术,一展身手!

　　跟随赵蕤学习了一段时间后,李白觉得自己在四川犹如笼
中困兽,便决心仗剑出川,像大鹏鸟一样,从一介白衣一跃成为
谢安、诸葛亮式的人物。二十四岁那年,李白告别亲友,下峨眉,
经渝州,出了三峡。

第 23 夜　金陵酒肆留别　李白
别意长于东流水

风吹柳花满店香,吴姬压酒劝客尝。

金陵子弟来相送,欲行不行各尽觞。

请君试问东流水,别意与之谁短长。

李白出了三峡,一路向东,过荆州,访江陵,游洞庭。在洞庭湖边,发生了一件十分不幸的事。和李白一同出川的好友吴指南,竟病逝于此。李白十分哀伤,抱着吴指南的尸体,放声大哭。随后,李白暂时将吴指南葬在洞庭湖边。数年后,李白重过洞庭湖,他依照家乡剔骨还魂的习俗,将好友的尸体挖出来,然后用刀子将骨头上的腐肉剔干净,把骨头装在一个布袋子里,背在身上,之后按照吴指南的遗愿将其正式安葬。

李白将好友埋葬在洞庭湖边后,便到了金陵。他先是到金陵冶城西北的谢安墩,凭吊了谢安,然后学着谢安携妓东山的乐事,给自己买了一妓一僮,整天携着青楼女子金陵子和家僮丹砂游山玩水,结交朋友。他还喜欢接济他人,无论是落魄公子,还是酒楼歌女,李白都豪掷千金,只图一笑。因此,不到一年,他就散光了身上三十万金。

但李白不管这些。一日,在酒楼之上,众人正喝着酒,李白忽然脱掉上衣,光着膀子,大笑着舞剑。众宾客看了,目瞪口呆。李白笑着说:"人生在世,大梦一场。想那东晋名士谢安在世时,曾何等煊赫,可如今,他在哪里? 一把荒草而已。诸君青春年少,正当狂歌醉饮,又何必正襟危坐,故作矜持呢?"说完,他又站着连饮三杯,狂笑不已。

在金陵过了一段醉酒狂歌的日子,李白决定去扬州。离开金陵之际,一些富家子来酒肆送别李白。狂饮一番后,李白写下这首《金陵酒肆留别》,表达依依不舍之情。

到了扬州,李白不幸病倒了。此时,他金钱散尽,疾病缠身,

差点要了性命。幸好，有一位不知名的孟少府悉心照料，李白才
从病中挺了过来。

待到李白彻底康复之后，孟少府对他说：“我和安州府都督
马正会是挚友，您不妨去安州，说不定还有出仕的机会。”

李白听了，眼前一亮。安州地处湖北，正是古时云梦泽所在
之地。李白十分向往司马相如《子虚赋》里提到的云梦奇景，便
欣然接受了提议，带着孟少府写给马正会的推荐信，北上安州
去了。

第24夜 蜀道难 李白
李白一生中的"至暗时刻"

　　噫吁嚱，危乎高哉！蜀道之难，难于上青天！蚕
丛及鱼凫，开国何茫然！尔来四万八千岁，不与秦塞
通人烟。西当太白有鸟道，可以横绝峨眉巅。地崩
山摧壮士死，然后天梯石栈相钩连。上有六龙回日
之高标，下有冲波逆折之回川。黄鹤之飞尚不得过，
猿猱欲度愁攀援。青泥何盘盘，百步九折萦岩峦。
扪参历井仰胁息，以手抚膺坐长叹。问君西游何时
还？畏途巉岩不可攀。但见悲鸟号古木，雄飞雌从绕
林间。又闻子规啼夜月，愁空山。蜀道之难，难于上青
天，使人听此凋朱颜！连峰去天不盈尺，枯松倒挂倚绝
壁。飞湍瀑流争喧豗，砯崖转石万壑雷。其险也如此，
嗟尔远道之人胡为乎来哉！剑阁峥嵘而崔嵬，一夫当
关，万夫莫开。所守或匪亲，化为狼与豺。朝避猛虎，
夕避长蛇；磨牙吮血，杀人如麻。锦城虽云乐，不如早
还家。蜀道之难，难于上青天，侧身西望长咨嗟！

　　李白到安州拜访了都督马正会。马正会十分欣赏李白的才华，就把他推荐给安州长史李京之。谁料，有一次李白醉酒在大街上行走，李京之正好骑马经过，李白醉眼一看，以为是新结交的好友魏洽，就跑过来要亲近。李京之见状，连忙举起马鞭，李白迟疑了一下，撞在了李京之的马上。李京之大怒，要惩办李白。李白连写了三首诗和一封《上安州李长史书》，才得以解脱。

　　此时，前宰相许圉师的儿子许梓芝听说李白来了安州，十分兴奋，托李白的朋友元丹丘说媒，愿将小女儿嫁给李白。李白便入赘前宰相家，做了上门女婿。李白与许氏结婚后，仍四处寻找出路，但都不如意。后来，他决意前往长安。

　　李白到了长安，就去拜访光禄卿许辅乾。许辅乾是李白的妻侄，辈分虽低，但比李白年长。李白等了半个月，这位妻侄才出来见他。但许辅乾说，他也没办法，让李白去找右丞相张说。

　　于是，李白又在张说府前等接见，一个多月后，张说的儿子张垍实在看不下去了，这才勉强接见了李白。张垍给李白指了一条路，让李白去终南山找玉真公主。玉真公主是皇上的亲妹妹，两人感情最好，要是得到玉真公主赏识，那事情就好办了。

　　于是，李白又去了终南山，拜望玉真公主。谁知，玉真公主不在终南山。李白在玉真公主的别馆附近，苦苦等了三个月，最终连她的面也没见上。

　　后来，李白灰心丧气了，索性破罐子破摔。他整日和长安街上的一群泼皮无赖厮混在一起，经常喝得醉醺醺，斗鸡走狗，胡乱混日子。一日，李白身上的貂皮大衣不见了，他一想，肯定是那些无赖干的，便去索要。谁知，这些人不认账，还招呼了一伙人，把李白摁倒在大街上，狠狠揍了一顿。

忽然，一彪人马打着清宪台的旗帜，冲了进来。那些泼皮连忙作鸟兽散。清宪台的人便捉住李白，要把他带回衙门审问。这时，一位白衣公子走了出来，向清宪台的人说了两句话，那些人就放了李白。这位白衣公子名叫陆调，是李白初到长安后偶然遇到的朋友。陆调让人给李白梳洗了一番，然后把他带到酒楼上说话。

后来，李白决定离开长安。陆调便带着好友王炎前来为李白饯行。在酒宴上，李白听说王炎要去四川，顿时诗兴大发，为王炎写了一首诗。这就是名传千古的《蜀道难》，李白借"蜀道之难"抒发了他在人生至暗时刻求仕的艰辛。

此诗大体按由古及今、由秦入蜀的线索，描述蜀道的难行，难于登天。先说古代，因崇山峻岭，互不相通，直至秦惠王时"五丁开山"，秦蜀之间才通过石梯栈道相连通。但仍山高水险，很难通过，比如青泥岭，山路曲折盘旋，山顶都能触摸到天。再说现在，从秦地西游蜀地，这一路上畏途巉岩、空山

悲鸟、连峰枯松、飞瀑巨石，到处险象环生，
要人性命。接着，诗人写到蜀道要塞剑阁，
此处峥嵘崔嵬，一旦守军叛变，必然会引起
大规模流血冲突。最后，诗人劝告王炎，成
都虽好，不如早早回家。

　　随后，李白回到了安州。不幸的是，他
的岳父许梓芝已经病逝，许梓芝的侄子欺负
李白是外姓人，竟将李白夫妻两人赶出了许
府。李白狼狈不堪，只好带着妻子儿女，在
安州白兆山桃花岩隐居。但不幸接踵而来，
妻子许氏因病去世了！李白痛苦不已，只好
安葬了妻子，带着一儿一女，去山东任城投
靠亲戚。

第 25 夜　清平调词三首　李白

花如人来人如花

云想衣裳花想容，春风拂槛露华浓。

若非群玉山头见，会向瑶台月下逢。（其一）

一枝红艳露凝香，云雨巫山枉断肠。

借问汉宫谁得似，可怜飞燕倚新妆。（其二）

名花倾国两相欢，常得君王带笑看。

解释春风无限恨，沉香亭北倚阑干。（其三）

李白到山东任城投靠了任城县令——他的"六父"。在其帮助下，李白买地置业。因儿女较小，李白便找了一个女子照料儿女，随后又与她同居了。但这个女子是个俗物，嫌李白没有出息。李白很是心烦，便四处漫游。

天宝元年(742)，唐玄宗下诏："前资官及白身人有儒学博通、文辞秀逸及军谋武艺者，所在具以名荐。"这时，玉真公主大概想起了李白，就向唐玄宗推荐了他。道教徒好友吴筠也在皇上面前大肆吹捧了李白一番。李隆基出于好奇，下旨召见李白，想看看这个江湖上传得沸沸扬扬的奇人，到底是个什么样的人物！于是，一纸诏书直达山东。

李白接到诏书，欣喜若狂，欢天喜地地去了长安！皇上见李白来，出辇车相迎，并以七宝床(饰以多种珠宝的华贵坐卧具)赐食，还为李白亲自调了一碗羹，说："你虽然是布衣，但我早就听说你的大名了，要不是平素道德高尚，又怎能写出这么好的文章呢？"李白诚惶诚恐，连忙称谢。随后，李隆基令李白在翰林院供奉。

相传，天宝二年或天宝三年，兴庆宫中

牡丹花开,有红、浅红、紫、通白四种,艳丽非凡。李隆基听说了,便乘着月色,和杨玉环来兴庆宫赏花。李龟年和一帮乐工在旁边演奏音乐。李隆基说:"我和妃子一起欣赏名花,怎么还用去年的旧乐词呢?快去叫李白来,为我写一首新曲!"于是,李龟年手持金花笺,宣李白觐见。

李白正喝得大醉,走路摇摇晃晃的。众人见状,只好以水浇面,把李白架到兴庆宫。李白见过皇帝和杨玉环,乘着酒兴写下《清平调词三首》,极赞杨妃之美艳与君王之恩宠。皇帝看了,大加赞赏;杨玉环读了,更是春风拂面,笑意盈盈。李龟年连忙和众乐工调好琴,演奏新乐。

李隆基听得喜不自胜,就取出玉笛伴起奏来。杨玉环也手捧七宝玻璃杯细细地品着葡萄美酒。演奏完毕,杨玉环披上绣巾,走了下来,深深地拜谢了皇帝的恩赐。

此后,李隆基对李白特别优待。但高力士却在杨玉环面前进谗言道:"那李白拿你和赵飞燕相比,这不是诅咒你和赵飞燕一样,将来要自杀而亡吗?"杨玉环一听,心中不悦,便让李隆基将李白赶走。李隆基听

了,也渐渐疏远了李白。公元 744 年,李白
自感受到了冷落,请求皇帝允他归山。李隆
基准许了李白的请求,赐金放还。

第 26 夜　赠汪伦　李白

"太阳菩萨"的后代盛情款待了"月亮诗人"

李白乘舟将欲行，忽闻岸上踏歌声。

桃花潭水深千尺，不及汪伦送我情。

　　李白被赐金放还以后，先是和高适、杜甫同游齐鲁，接着又南下江浙，醉游天姥山。后来，李白来到梁苑，迎娶了宗楚客的孙女宗氏。宗楚客曾三度为宰相，依附武三思、韦后，后被唐玄宗诛杀，是唐代有名的奸相。李白这次婚姻大概还是入赘相府。但从他的诗来看，他们夫妻感情很好。李白在梁苑过了一段甜蜜的夫妻生活，又再次漫游齐鲁、淮泗一带。

　　在漫游期间，李白接到一封奇怪的信。信上写道："先生好游乎？此处有十里桃花。先生好饮乎？此处有万家酒店。"落款是"泾县汪伦"。李白平素就爱喝酒，又听说有十里桃花、万家酒店，更是欢喜不已，于是欣然前往。

　　谁知，李白到了泾县，既没有看到十里桃花，也没有看见万家酒店。李白便问汪伦："汪兄所说的'十里桃花''万家酒店'，不知在何处？"汪伦笑着说："所谓'十里桃花'，就是十里外的桃花潭的水名也，并无十里桃花；所谓'万家酒店'，是因此地有个酒店的主人姓万，其实并没有一万家酒店！"李白听罢，大笑不已，并不认为汪伦愚弄了自己。

　　汪伦是泾县豪族，家里巨富。其五世祖汪华在隋朝末年曾在歙州一带建立吴国，自称吴王。后来，李世民起兵灭隋，汪华审时度势，归顺了唐朝，后被李渊封为越国公。汪华死后，因其保境安民有功，被江南一带的人民奉为神仙，尊称为"太阳菩萨"。汪伦曾任泾县县令，不仅善饮，更善于酿酒，家中更是藏有佳酿千坛。

　　汪伦把李白请到自己的别墅。他的别墅建在一个山坡上，周围群山环抱,竹林密密,里面的馆宇随山势而建,池台依地形而凿。石榴花开,通红似火;荷叶田田,铺满水面。李白喜欢这里幽静的环境,就连住了数日。汪伦每日设数宴,每宴必珍馐满席,盛情款待李白。主客欢娱达旦,纵酒论诗,大有相见恨晚之意。

临别之时,汪伦和当地村民把李白送到桃花渡渡口。李白登上船,正要离去,忽然听到岸边一片歌声。回头一看,只见汪伦领着村民围成一圈,在岸边拍着手儿,踏着脚步,唱着欢快的歌。那歌声嘹亮婉转,有着说不尽的离别之情;那舞姿典雅古朴,包含着满满的祝福之意。

李白感慨于汪伦的豪爽之气与真挚的惜别之情,立刻停下船,为汪伦写下这首赠别诗。随后,他才依依不舍地离开了。

第 27 夜　早发白帝城　李白
忽然遇赦，归心似箭

朝辞白帝彩云间，千里江陵一日还。

两岸猿声啼不住，轻舟已过万重山。

公元 755 年,安史之乱爆发。正在宣城漫游的李白连忙回到梁苑,将妻儿接到庐山,以避战乱。这时,唐肃宗在灵武登基,永王李璘在金陵招募数万将士,大有割据江东之意。李璘听说李白在庐山隐居,多次派人重金聘他做自己的幕佐。妻子宗氏劝李白不要出山,但李白自比谢安,以为此时正是他施展身手的好时机,便答应了永王的邀请。

李白到了李璘帐下,连作了十一首《永王东巡歌》,吹捧李璘。但李璘的兵马还没集结完毕,李白往日的好友高适就率领大军,逼近了金陵。高适发表讨逆檄文,李璘的将士顿时作鸟兽散,不战自溃。永王连夜出逃,后被人在大庾岭诛杀。李白也仓皇逃窜,后被人在彭泽捉拿,并以"附逆罪"投入浔阳大牢。

李白自知灾祸不远,便向扬州大都督长史兼淮南节度使高适写了一封求援信。但高适只是让人给李白捎来了一首小诗,说:"恨君不是季广琛,无权无势又无兵。一介布衣等尘土,管仲难救鲍叔卿。"李白看了,难过不已。

后来,幸得其妻宗氏四处奔走,江淮宣慰大使崔涣、御史中丞宋若思、兵部尚书兼朔方节度使郭子仪等人,接连为李白上书,恳请皇帝从轻发落,李白这才被释放。

但谁料,唐肃宗又反悔了,重新追究参与永王谋反的人,且处罚更加严厉。李白竟被判处流放夜郎。这年年底,已经五十八岁的李白从浔阳监狱启程前往夜郎。前来送行的,只有妻子宗氏和妻弟宗璟。

一路上,李白走走停停,停停走走。这其中,一半是他有意拖延,一半是不断有地方官员前来看望、挽留、款待。如途经江夏,江夏太守韦良宰整整让李白在江夏住了两个月;到了荆州,荆州大都督府长史张镐,就是那个杖杀闾丘晓、为王昌龄报仇的前宰相,让人送来罗衣两件、袜子十双,并嘱咐道:"此去夜郎,路途遥远,一定要保护好双脚啊!"后来,经过汉阳,李白与尚书郎张谓偶遇,又在汉阳停留了一个多月;到了江陵,江陵郡郑判官仰慕李白的才华,热心挽留,李白又在江陵羁留了数日。

就这样,李白走了一年半,这才从浔阳走到奉节。到了奉节,一个天大的好消息从天而降。唐肃宗因见关中大旱,民不聊生,便大赦天下,而李白正在大赦之列。李白欣喜若狂,在一个晴朗的早晨乘舟东下,并写下这首《早发白帝城》。

李白回到宣城,却得知妻子宗氏上庐山当女道士去了。李白无家可归,只好依附族叔、当涂县令李阳冰。不久,李白病重,临终之际,将自己的手稿全部交给李阳冰,并以大鹏自许,作《临终歌》。其诗云:"大鹏飞兮振八裔,中天摧兮力不济。余风激兮万世,游扶桑兮挂左袂。后人得之传此,仲尼亡兮谁为出涕?"

第 28 夜　黄鹤楼　崔颢

日暮中的乡愁,都化作了两行泪

昔人已乘黄鹤去,此地空余黄鹤楼。

黄鹤一去不复返,白云千载空悠悠。

晴川历历汉阳树,芳草萋萋鹦鹉洲。

日暮乡关何处是,烟波江上使人愁。

　　黄鹤楼,与滕王阁、岳阳楼,并称中国三大名楼。此楼为三国时的吴国所造。相传,三国名臣费祎死后荣登仙籍,一日他驾着黄鹤云游四方,曾在此楼歇息,后人便把这座楼命名为"黄鹤楼"。后来,不断有文人雅客因有感于黄鹤楼的神奇传说,在楼上题诗作赋。其中,最著名的,莫过于崔颢的这首《黄鹤楼》。

　　崔颢,河南开封人,出身于赫赫有名的博陵崔氏。崔颢年轻时,品行很差。相传,他娶妻子,必以貌美者才肯采纳,妻子稍不如他的意,便将其休掉。崔颢前后休掉了四任妻子。

　　相传,李邕曾听说崔颢的诗名,就让人将他请到府上来交谈。崔颢来了后,竟向这位以文章与道德著称的老先生献上《王家少妇》一诗。李邕刚看了第一句"十五嫁王昌",就勃然大怒:"这个混小子,竟敢戏弄老夫!"让人把崔颢赶走了。

　　崔颢二十岁时,中了进士。但因名声太差,无人推荐,一直没有被授官。不得已,崔颢只好远走他乡,四处漫游。他曾在幽燕一带的幕府里任职。大概因经历了边地的寒苦,浸染了北国的气韵,他的诗竟迥然一变,风骨凛然,气势超绝,再也没有年轻时的俗艳之调。幽燕之行后,他又南下江淮,接着,逆江而上,四处漂泊。途经武昌,他登上黄鹤楼,因感于黄鹤楼的神话传说和自己长久的漂泊生活,写下这首《黄鹤楼》。

　　后来,崔颢回到了长安,大约是这首诗的缘故,终于被吏部授予了司勋员外郎一职。他的《黄鹤楼》因其无限惆怅感伤之意,备受后人称颂与模仿。相传,李白曾与友人登黄鹤楼,诗兴大发,准备赋诗一首。忽然,李白看见墙壁上崔颢的《黄鹤楼》,

连连惊呼"妙哉,妙哉",并随口吟了一首打油诗:"一拳捶碎黄鹤楼,一脚踢翻鹦鹉洲。眼前有景道不得,崔颢题诗在上头。"随后,竟搁下笔,随友人玩了一通,遗憾而去。后来,李白登金陵凤凰台,模仿崔颢的《黄鹤楼》而作《登金陵凤凰台》,这才给自己扳回了一局。诗曰:"凤凰台上凤凰游,凤去台空江自流。吴宫花草埋幽径,晋代衣冠成古丘。三山半落青天外,二水中分白鹭洲。总为浮云能蔽日,长安不见使人愁。"

第 29 夜　燕歌行 　高适

战争苦,战争苦,谁人知我是李将军

　　开元二十六年,客有从御史大夫张公出塞而还者,作《燕歌行》以示。感征戍之事,因而和焉。

　　汉家烟尘在东北,汉将辞家破残贼。男儿本自重横行,天子非常赐颜色。摐金伐鼓下榆关,旌旆逶迤碣石间。校尉羽书飞瀚海,单于猎火照狼山。山川萧条极边土,胡骑凭陵杂风雨。战士军前半死生,美人帐下犹歌舞。大漠穷秋塞草腓,孤城落日斗兵稀。身当恩遇恒轻敌,力尽关山未解围。铁衣远戍辛勤久,玉箸应啼别离后。少妇城南欲断肠,征人蓟北空回首。边庭飘飖那可度,绝域苍茫更何有。杀气三时作阵云,寒声一夜传刁斗。相看白刃血纷纷,死节从来岂顾勋。君不见沙场征战苦,至今犹忆李将军。

　　高适,字达夫,沧州人。其祖父高偘是唐高宗时期的名将,曾生擒突厥车鼻可汗,大破高句丽的叛乱分子,战功赫赫,青史留名。其父高崇文曾任韶州长史。高适幼时随父旅居闽粤一带。不幸的是,父亲早逝,高适和母亲生活十分艰难。

　　后来,母亲去世,高适便来到了梁宋之地。高适虽然落魄,但仍有其祖父身上的豪侠之气,好谈王霸大略,特别推崇苏秦、张良这样的纵横家,因而结交了许多江湖人士。二十岁时,高适来到长安,希望博得功名,但因无人举荐,铩羽而归。于是,他便客居宋城(今河南商丘),一边躬耕,一边读书,想要出人头地。

　　后来,契丹叛乱,唐玄宗派信安王李祎前去镇压。高适觉得这是一个好机会,便单车入燕赵,想在信安王幕府下做事,但没有如愿。高适怅然若失,便前往齐鲁之地漫游了一段时间。后来,张守珪任幽州节度使,高适又来投靠,仍未被重用。高适很是沮丧。这时,唐玄宗下诏:"其才有霸王之略,学究天人之际,及堪将帅牧宰者,令五品以上清官及刺史各举一人。"高适大喜,急忙回长安应诏,恳请通事舍人杨某推荐自己,但也没有结果。

　　高适屡遭挫折,心绪萧索,便又回到梁宋之地,躬耕读书。开元二十六年(738),高适在家闲居,曾跟随御史大夫张守珪出使边塞的好友前来看望他,并给他看了自己写的一首《燕歌行》。高适因感慨前年张守珪兵败于契丹,便借汉朝之事,和了一首《燕歌行》。

　　高适的《燕歌行》以古喻今,借汉朝的故事暗讽唐朝将领骄傲轻敌致战败。此诗分四部分,先写出师,接着写被围,然后写

突围，最后写战死，层次分明，脉络清晰。"战士军前半死生，美
人帐下犹歌舞"，写士兵一入战场，便生死难知，将帅却还在帐下
欣赏歌舞；"少妇城南欲断肠，征人蓟北空回首"，写征夫思妇的
无尽幽怨。诗末直抒胸臆，期盼像李广那样体恤士兵的将军：
"君不见沙场征战苦，至今犹忆李将军!"其诗虽不反战，但反对
将帅不体恤士兵，有较为强烈的人文主义精神。

李白被唐玄宗赐金放还后，高适和李白、杜甫登吹台、琴台，
慷慨高歌，纵酒逐猎。四十五岁时，因宋州刺史张九皋的推荐，
高适参加有道科考试，以特殊人才被朝廷录用。随后，朝廷授予
高适封丘县尉一职。

后来，经人推荐，高适做了陇右节度使哥舒翰的掌书记。哥
舒翰十分赏识高适，在进京述职时，就带着他，并在唐玄宗面前
夸赞了他。安史之乱爆发后，哥舒翰兵败被囚，唐玄宗仓皇西
逃。高适便和房琯等人翻过秦岭，来到了西蜀。在成都，唐玄宗
下诏，命诸子分镇天下。高适认为，此举必将造成天下大乱，极
力劝阻，但唐玄宗不听。此时，已在灵武登基的唐肃宗听说高适
反对唐玄宗分镇天下的举措，十分高兴，派人招来高适。与此同
时，永王李璘在江南一带招兵买马，也准备称帝，企图割据一方。

到了灵武，高适对唐肃宗说，永王李璘成不了气候，然后，献
上平叛措施。唐肃宗大为欣慰，任命高适为淮南节度使，与来
瑱、韦陟一起讨伐永王。高适到了江南，先是发布讨伐檄文，接
着集结军队，准备攻打李璘。李璘的军队得知高适是唐肃宗派
来的，并在檄文中将他们的行为定性为叛乱，顿时四散而逃。高
适还没有出兵，李璘的军队便土崩瓦解，李璘也仓皇出逃，后被

人在大庾岭射死。

　　高适平定了永王之乱后，便驻守广陵，正式出任淮南节度使。后来，高适还出任过彭州刺史、蜀州刺史、剑南节度使、刑部侍郎等职。高适一生，先是十分落魄，后竟官至刑部侍郎，真可谓有唐以来"诗人之达者"。

第30夜　望岳　杜甫

青年时代的豪气冲天

岱宗夫如何？齐鲁青未了。

造化钟神秀，阴阳割昏晓。

荡胸生层云，决眦入归鸟。

会当凌绝顶，一览众山小。

　　唐代最伟大的三位诗人，无疑是王维、李白和杜甫。王维好佛，人称"诗佛"；李白好道，人称"诗仙"；杜甫，一生遵奉儒家教典，后世尊称为"诗圣"！

　　杜甫，字子美，河南巩县人。他的祖父就是武则天时期的著名诗人杜审言。杜审言为人很狂。相传，有一年，苏味道出任吏部侍郎，杜审言作为他的副手，为官员们撰写判文。写完后，杜审言就出去对人说："苏味道必死。"众人忙问何故。杜审言说："苏味道看到我这么漂亮的文章，肯定会羞愧死！"他还经常对人说："我的文章，不在屈原、宋玉之下；我的书法，就是王羲之见了，也要拜我为师。"

　　杜审言有一个儿子，名叫杜并，十分勇猛。杜审言被贬吉州时，吉州司马周季童为人所蛊惑，竟将杜审言逮捕入狱，准备杀了他。杜并听说后，趁周季童大摆筵席之际，猛地抽出利刃，向周季童拼力刺去。众人见了，忙上前抢救。杜并被护卫当场砍死。周季童得知刺客是杜审言的儿子时，很是钦佩，临死之前说："我想不到杜审言还有这么一个孝子！"

　　杜甫小时候十分淘气。其母早逝，他被

寄养在洛阳的二姑家,二姑十分疼爱他。杜
甫小时候健壮如牛,八月的枣子熟了,他能
一天上千遍树去摘枣子。杜甫七岁开始作
诗,第一首就是《咏凤凰》的长诗。只可惜,
这首诗并没有流传下来。

　　杜甫第一次出游,大约是在十九岁。那
一年,洛水泛滥,淹没了洛阳天津桥等地,很
多房屋都倒塌了。不得已,他只好和家人去
了郇瑕,即今天山西临猗。在郇瑕,杜甫结
识了韦之晋、寇锡等文人。第二年,杜甫又
坐船沿着大运河漫游了吴越之地。他大概
在江南漫游了两三年,观赏了南京瓦官寺顾
恺之的壁画,登临了姑苏台,游览了勾践庙,
还爬上了天姥山,甚至一度想泛海东游
日本。

　　杜甫从吴越之地回来后,就参加了在洛
阳举行的进士科考试。当时,杜甫意气风
发,觉得自己是屈原、曹植转世,考中进士应
该没有问题。谁料,他竟落榜了。不过,杜
甫似乎一点也没放在心上,依然四处漫游。
因父亲杜闲出任兖州司马,杜甫便以省亲为
名,来到兖州。

　　在兖州,杜甫结识了苏源明,二人意气
相投,整日纵马狂歌,游荡于齐鲁之间,或登

楼豪饮,或弯弓狩猎。杜甫的骑射技术十分
精湛。有一次,他和苏源明带着猎鹰出去打
猎,在树林间追赶猎物。忽然,一群鸟从树
丛间飞起,杜甫便从马鞍上猛地站了起来,
立在马镫上,张弓射箭,一箭就射中了一只
飞鸟。苏源明见了,竟自比晋朝征南大将军
山简,也站立在马蹬上,大笑着说道:"你简
直就是我的猛将葛强。"

苏源明是京兆武功人,曾长期住在泰山
读书。二人游遍兖州后,就相约着去爬泰
山。一般认为,杜甫这首《望岳》是其在山脚
下仰望泰山而作,但据著名学者叶嘉莹分
析,此诗应是杜甫爬至泰山半山腰时所写。
(可参阅《叶嘉莹说杜甫诗》)

泰山之行后,杜甫又继续过了四五年游
历的生活。直到二十九岁那年,父亲骤然去
世,杜甫这才不得不返回兖州,安葬了父亲。

第 31 夜　赠李白　杜甫

那年那月, 痛饮狂歌的你和我

秋来相顾尚飘蓬, 未就丹砂愧葛洪。

痛饮狂歌空度日, 飞扬跋扈为谁雄?

杜甫安葬父亲后回到洛阳,已经三十岁。二姑见他仍未结婚,十分着急,就四处张罗着他的婚事。当时,杜甫的二姑父裴荣期在济王府任录事参军。济王李环是唐玄宗的第二十二子。大约裴荣期认识司农少卿杨怡,而杨怡又认识杜甫的父亲杜闲。于是,在二姑父等人撮合下,杜甫最终娶了司农少卿的小女儿杨氏。

杜甫结婚后,一度十分消沉。一个原因是他结婚后不久,二姑就去世了。杜甫如丧其母,十分哀伤。另一个原因是,父亲去世后,断了经济来源,家道中落。杜甫婚后在洛阳买不起房子,只好在洛阳附近的偃师盖了一所房子。随后,他不断来到洛阳,与贵公子交往,渴望通过他们谋得一个职位,但一直都未能如意。这时,李白忽然出现在洛阳,这让他苦闷的生活,一下子变得灿烂起来。

李白是被玄宗皇帝赐金放归的。此时,李白的名声正如日中天,而杜甫则初出茅庐,籍籍无名。二人一见如故,携手同游梁宋。在陈留,李白与杜甫遇见了高适。三人便结伴而行,先是游览了梁苑,然后登了单县的琴台。到琴台时,天色已暮,桑叶纷飞,如同雨点一般撒落在地,万里乌云卷地而来。虽然天气很是不好,但三人兴致都很高。尤其是杜甫,他高兴地对李白、高适说:"二公才思高超,能和你们在一起,我真是兴奋得都说不出话了!"登完单县琴台后,李白对杜甫说:"我们去寻仙。"高适对寻仙问道之事毫无兴趣,便回宋城去了。

李白领着杜甫去王屋山寻仙,可到了却得知在此修行的道士华盖君已死,只有四五个弟子在此看守。大弟子见李白、杜甫十分虔诚，就领着他们参观了华盖君修行的丹室。他们推开丹室的门，只见里面炉火冰凉，尘土早已盖满了捣药用的药臼，一股发霉的味道直冲鼻孔。傍晚时分，李白和杜甫这两个狂热的寻仙者，就跪在伏石阁，渴望仙人乘着白鹤，把他们俩一起带到天上。谁料，两人在冰凉的石头上跪了整整一个晚上，把膝盖都跪出了血，也没见仙人的影子，只好失望地离开了。

到了济南，李白在紫极宫接受道箓，正式成为一名道士。而杜甫则去拜访了大名士李邕，并与李邕一起畅游了大明湖。随后，李白回到了济宁，杜甫回到了兖州。过了一段时间，杜甫又去济宁寻李白。

杜甫问李白："济宁有什么高士？"李白说："北郭有个范居士，可以去造访一番。"于是，两人骑着马去拜访范居士。谁料，走到半路竟迷了路，策马进入了荒山。忽然，一只小野兽蹿出，李白的马受到惊吓，李白摔了个屁股着地，貂皮衣上沾满了苍耳，怎么都摘不下来，很是狼狈。他们只好这副样子来到了范居士家。范居士见李白的衣服上沾满了苍耳，便笑着问道："这一身的苍耳，到底是为了谁？"李白、杜甫听后，都大笑不已。随后，范居士左手挽着李白，右手拉着杜甫，笑着把他们迎进家门。范居士家里穷，没有美酒与大肉，只好用霜梨、酸枣、粗酒招待他们，但二人毫不介意。他们在范居士家逗留了近十天才回去。

过了些日子，他们又去拜访东蒙山的董奉先炼丹师，在山上学了一段时间的炼丹。但李白耐不住性子，两人折腾了半年，一粒丹药都没炼成。没奈何，他们只好又一次失望而归。

后来，他们游玩至曲阜。此时，已是深秋，杜甫大半年没有回家，心中惦念妻子。于是，他们在东石门路相聚饮酒，准备分别。临别之前，杜甫写了这首《赠李白》，李白则写了《鲁郡东石门送杜二甫》（"醉别复几日，登临遍池台。何时石门路，重有金樽开？秋波落泗水，海色明徂徕。飞蓬各自远，且尽手中杯"）。

杜甫在诗中说："李白啊，李白，我们两人居无定处，就像飘蓬一样，折腾了好些日子，还没炼成仙丹，真是愧对葛洪啊！整日狂歌纵饮，虚度光阴，像你这样的豪迈之士，却如此怀才不遇，到底是为什么？"

李白则在诗中说："再过几天，我们就要分别了，那就痛痛快快地一醉而别吧！我们已经游遍齐鲁一带的池苑楼台，也不知道什么时候才能在东石门重聚痛饮。你看，那浓浓的秋色倾落在泗水上，那熠熠的海色照亮了徂徕山，而我们却要像飞蓬一样，各自飞向远方。这让我好不伤感啊！算了，喝了手中酒，一醉方休，潇潇洒洒，挥手而别！"

李白和杜甫此地一别，就再也没有相聚过。但杜甫经常写诗怀念李白。春天写《春日怀李白》，秋天写《天末怀李白》，冬天又写《冬日怀李白》，甚至在送别他人时，他也不忘李白，如《送孔巢父谢病归江东兼呈李白》。后来，他想李白想得快要发疯了，竟然梦见李白，醒来后接连写了两首《梦李白》。更难能可贵的是，李白蒙冤，被打入浔阳大牢，杜甫挺身而出，在《不见》一诗中，大声呐喊："世人皆欲杀，吾意独怜才。"

第32夜　月夜　杜甫

家中的月亮照在她身上，好冷

今夜鄜州月，闺中只独看。

遥怜小儿女，未解忆长安。

香雾云鬟湿，清辉玉臂寒。

何时倚虚幌，双照泪痕干。

◎ 鄜(fū)州：地名，位于今陕西北部。　◎ 云鬟(huán)：古代妇女梳的环形发髻。

杜甫送走了李白,回偃师住了一段时间。747 年,唐玄宗发布招贤令:"诏征天下士有一艺者,皆得诣京师就选。"杜甫闻讯,赶到长安,参加由李林甫主持的招贤考试。谁知,这竟是一场闹剧,全国上下无一人入选。李林甫在给唐玄宗的表奏上说:"布衣之士,没有一个考上的,可见,野无遗贤,可喜可贺啊!"杜甫十分愤懑,他本是抱着很大的希望,幻想自己也会像李白那样,被当作贤才招入朝廷,可谁料,竟遭人愚弄,真乃人生之奇耻大辱。

落选之后,杜甫没有回到偃师,而是留在长安,"朝扣富儿门,暮随肥马尘",整日游走在王公贵族门下,讨些残杯冷炙,以期这些权贵推荐。他曾在汝阳王李琎家做过清客,又曾应驸马郑潜曜之请,为淑妃皇甫氏撰写神道碑,也曾多次出入左丞韦济之门,但都没获官职。韦济十分欣赏杜甫,曾在朝堂之上大声朗诵杜甫的诗句,但也没人给杜甫一官半职。

杜甫十分失落,时间久了,就消沉了。某年除夕,杜甫没钱过年,连回家的路费都没有,只好蜷缩在客舍,十分凄惶地熬了过去。

后来,有人见杜甫可怜,就给他介绍了一个卖药的营生。杜甫早年跟随李白求仙问道,对葛洪十分崇拜,曾熟读葛洪的《肘后备急方》,因此颇通医术,对各种中草药尤为熟悉。而长安权贵们对延年益寿的药十分渴求。杜甫便常去终南山采药,制成药丸后,赠送或出售给权贵。这个营生大大缓解了经济压力,使得杜甫有条件继续旅居在此。

公元 751 年,机会来了。这年,唐玄宗在太清宫、太庙、南郊祭祀,杜甫接连写了《朝献太清宫赋》《朝享太庙赋》《有事于南郊赋》(史称"三大礼赋")敬献皇帝。唐玄宗觉得杜甫是奇才,就让他待制集贤院,并让宰相考察其文章。谁知,奸相李林甫妒忌贤才,这事就一直拖着。直到李林甫死后,吏部才任命杜甫为河西尉(从九品)。但杜甫不愿接受,觉得这个官太小了。随后,吏部就改任他为右卫率府胄曹参军(从八品下)。参军就是幕僚,几乎是个闲职。杜甫无奈,只好接受了。

杜甫做了右卫率府胄曹参军,就将妻儿从偃师接到了长安附近的下杜城,后来,又迁居到蒲城。这两年,杜甫生活较为安稳,曾与岑参游过渼陂,与高适、薛据等人登过大雁塔,还写过《渼陂行》《与诸公登慈恩寺塔》。但因为只是一个底层官吏,生活还是比较拮据的。他的小儿子因为家里缺少吃的,竟活活饿死了。

不久,灾难骤然降临。公元755年,安史之乱爆发。叛军很快攻占了洛阳,直逼陕西。杜甫连忙领着家人从蒲城投奔在白水任县尉的舅舅崔顼。但谁料,潼关失守后,华州等地守军均作鸟兽散,白水也不安全了。杜甫只好又领着家人一路逃难,最终在鄜州羌村落脚。

后来,杜甫听说肃宗在灵武继位,竟不顾个人安危,只身前往灵武,要去投奔。谁知,路上竟被叛军捉拿,押至长安。好在杜甫官位卑下,名气不大,竟不为叛军所知。杜甫和一群难民被关在牛马棚里。后来,叛军将杜甫从难民营放了出来,让他自寻活路,但不准出长安城。

在身陷叛军的日子里,杜甫最挂念的,仍是他的妻子和家人。这首《月夜》就是他在身陷长安的这段日子里写的。此诗从对面着笔,通过写家中妻子对身在长安的自己的思念,曲笔表达相思。结尾以希望他日聚首共同望月,反衬今日思亲之苦。

后来,杜甫趁叛军与郭子仪大军在西渭桥对峙之际,瞅准机会从长安金光门逃了出去。他不敢回沦陷区的鄜州,就一路潜藏,逃到了凤翔,并拜见了唐肃宗。唐肃宗李亨见他衣衫褴褛,忠诚可嘉,便提拔他为左拾遗。

但没过多久,杜甫就因替房琯说情,惹怒了唐肃宗。房琯是个书呆子,曾随唐玄宗入蜀。唐肃宗称帝后,房琯便来到了灵武。唐肃宗十分敬佩房琯,就委以重任,让他去讨伐叛军。谁知,房琯竟以春秋时期的牛车对付叛军的铁骑,结果大败,死伤无数。唐肃宗大怒,要罢免房琯。杜甫却上书说:"房琯之罪甚小,不宜罢免。"唐肃宗听了,更是生气,便让人将杜甫抓起来审问。宰相张镐劝解道:"如果连杜甫都抓起来了,那就没人敢说话了。"唐肃宗听罢,默不作声,赦免了杜甫,但以杜甫一年多没回家了,责令他回家探亲,变相地赶走了他。

第 33 夜　春夜喜雨　杜甫

一路逃难,终尝甘霖

好雨知时节,当春乃发生。

随风潜入夜,润物细无声。

野径云俱黑,江船火独明。

晓看红湿处,花重锦官城。

　　杜甫离开凤翔，一路北征，经过麟游、邠州，最后回到了鄜州羌村。到家后，妻子都不敢相信自己的眼睛，以为他早被叛军杀害。邻人听说杜甫回来了，也站在墙头外，叹息不已。到了晚上，妻子还点着蜡烛，把他看了又看，还以为今日相见是一场梦。

　　过了些日子，杜甫听说唐军收复了长安、洛阳，唐肃宗也从凤翔返回长安，异常兴奋，就携家人从鄜州来到长安。但唐肃宗对房琯、杜甫等人很是讨厌，回到长安后，就将房琯贬为邠州刺史，又将杜甫由左拾遗贬为华州司功参军。

　　在华州任上，杜甫十分苦闷。不久，关中大旱。华州地处旱情中心，池鱼干枯，飞鸟热死，只有漫漫尘土，吞噬着可怜的关中百姓。饥民四处逃难，杜甫一家连饭也吃不上。此时，洛阳兵乱，长安物价昂贵，只有西部稍微安定。杜甫听说侄子杜佐在秦州盖了几间草堂，日子过得十分滋润，便弃官携家人投靠杜佐去了！

　　谁知，杜佐的日子并不好过。杜佐住在秦州五十多里外的东柯谷。此地土地肥沃，可种植粟和瓜果，但杜甫不善稼穑，只好靠采药、晒药、炼药、卖药，苦熬了一段日子。过了几个月，他忽然接到一个陌生人的信，信上说，同谷县盛产瓜果，可以充饥。于是，杜甫又携家人去了同谷县。但同谷县土地贫瘠，还没有秦州富饶。杜甫一家人饥饿难耐，只好到山里挖野菜、拾橡栗充饥，但山中积雪很厚，经常连野菜的苗也找不到。孩子们饿得哇哇大哭，杜甫也只能唉声叹气，悲歌长啸，一家人几乎陷入绝境！

这时,杜甫忽然想起自己在成都还有亲戚。于是,杜甫做了一个大胆的决定,去成都撞撞运气。这年十二月一日,杜甫再次带着饥寒交迫的家人前往成都觅食。从同谷到成都,山路险峻,一家十多口人,经栗亭、木皮岭、龙门阁、桔柏渡、鹿头山等地,吃尽了苦头,受尽了颠簸,终于在这年岁末,来到了秀丽的成都。

成都不愧是天府之城。这里树木苍翠,华屋成排,鸟雀鸣啾,笙歌不绝。在表弟、蜀中司马王十五的帮助下,杜甫一家暂时住在锦江之畔的草堂寺。后来,王十五与剑南西川节度使裴冕等人又资助他在浣花溪旁建造了一座草堂(即今成都杜甫草堂)。

草堂建成之后,杜甫又向朋友讨了一些果树苗、中药材栽种在草堂周围。就这样,在中原动荡、关中大旱的日子里,杜甫却在西南一隅暂时有了安身之处。这一段时间,杜甫的心情十分欢愉,整日锄草种药,栽树浇花,饮酒作诗,访亲问友,甚至打算就在这里务农,终老一生! 第二年春天的一天夜里,下了一场小雨,杜甫喜不自胜,便写了这首《春夜喜雨》。

这首诗紧扣一个"喜"字,写春雨下得及

时,伴着和风,在夜间静悄悄地滋润着大地。"晓看红湿处,花重锦官城",是对翌日早晨繁花润泽的想象。诗人喜此夜雨,大约有一种对未来美好生活的期许。

第 34 夜　茅屋为秋风所破歌　杜甫

丧乱之夜，泪满衣襟

八月秋高风怒号，卷我屋上三重茅。茅飞渡江洒江郊，高者挂罥长林梢，下者飘转沉塘坳。南村群童欺我老无力，忍能对面为盗贼。公然抱茅入竹去，唇焦口燥呼不得，归来倚杖自叹息。俄顷风定云墨色，秋天漠漠向昏黑。布衾多年冷似铁，娇儿恶卧踏里裂。床头屋漏无干处，雨脚如麻未断绝。自经丧乱少睡眠，长夜沾湿何由彻！安得广厦千万间，大庇天下寒士俱欢颜。风雨不动安如山！呜呼，何时眼前突兀见此屋，吾庐独破受冻死亦足！

◎ 罥（juàn）：悬挂。

　　杜甫到了成都,先是寄居在草堂寺,随后在亲友的帮助下,在西郊浣花溪畔盖了一座草堂。他吸取了去年逃难的教训:一定要有固定的产业,否则就会陷家人于灾难之中。杜甫不善稼穑,但善于采药、炼药、卖药。于是,草堂甫一建成,杜甫就向亲友索要了一些树苗,买了一些种子,在草堂前后种满了果树,在院子当中开辟了一大块药圃,种植了枸杞、丁香、决明子等药材,并有了卜居成都、终老此地的心愿。草堂建成之后,他还写了《堂成》。其诗曰:"背郭堂成荫白茅,缘江路熟俯青郊。桤林碍日吟风叶,笼竹和烟滴露梢。暂止飞乌将数子,频来语燕定新巢。旁人错比扬雄宅,懒惰无心作解嘲。"

　　杜甫忙完这一切后,心情大好,感到十分满足。有一次,杜甫喝醉了,就去找南邻聊天。谁知,邻居不在家,他只好在江畔独步,春花烂漫,移步换景。他看到乱花丛中住着一两户人家,甚是艳羡。东边少城有人在百花楼上举办酒宴,载歌载舞,热闹非凡。黄师塔前一簇簇野花,有的深红,有的浅红,都可爱无比。最让杜甫流连忘返的,是黄四娘家门口的花,千朵万朵沉甸甸的,压弯了枝条,蝴蝶在花丛中翩翩飞舞,黄鹂在树丛间鸣唱。

　　杜甫很喜欢和邻居一起饮酒。他的南邻是一位隐士,喜欢和小孩玩,经常戴着乌角巾,站在屋檐下台阶上喂鸟。秋日的一天,两人携酒坐船在江水上任意漂浮,一直到天色已暮、晓月初上时才尽兴而归。杜甫还有一个邻居十分好客。一天早上,邻居拉着杜甫到他家喝酒,一直喝到下午六七点。杜甫想早点回家,竟被拉住胳膊,不让起身。最后,一直喝到月亮上来了,杜甫才被放回家。

　　杜甫在成都,生活较之以前,确实大为改观。但他流寓异乡,一家十多口人需要他养活,经常入不敷出。不得已,杜甫经常向出任蜀州刺史的好友高适写信,请他接济。高适接到信后,就连忙送来钱粮。

　　一日,草堂门前两百岁的楠树被大风刮倒。杜甫当年卜居在此,就是因为看上了这棵楠树。楠树倒掉之后,杜甫伤心不已。更为不幸的是,八月的某日,大风将草堂顶上的茅草吹去了一大半,接着,大雨倾注,屋子漏水,杜甫一家被淋得狼狈不堪。这首《茅屋为秋风所破歌》就是在这种情景下写的,

描写的虽是诗人自己的苦难,想到的却是众
生的不幸。"安得广厦千万间,大庇天下寒
士俱欢颜。"天底下不知有多少"寒士",连
个遮风挡雨的茅屋都没有,因此诗人多么渴
望广厦千万间,人人有其屋。"呜呼,何时眼
前突兀见此屋,吾庐独破受冻死亦足",诗人
愿为此受冻甚至死去。这是多么强烈的呼
声,不知那些居高位者是否听到这样的
呐喊。

第 35 夜　闻官军收河南河北　杜甫

蛰居异乡，喜从天降

剑外忽传收蓟北，初闻涕泪满衣裳。

却看妻子愁何在，漫卷诗书喜欲狂。

白日放歌须纵酒，青春作伴好还乡。

即从巴峡穿巫峡，便下襄阳向洛阳。

　　杜甫来到成都的第二年，严武出任成都府尹，兼剑南节度使。严武是华阴人，是地地道道的陕西冷娃。他的父亲严挺之曾任尚书左丞，与杜甫的爷爷杜审言同朝为官。杜甫困居长安时，曾与严挺之相识。后来，杜甫出任左拾遗，严武出任给事中，两人同朝为官。正是因为这两重关系，杜甫与严武关系密切，可谓世交，但从辈分上讲，杜甫是严武叔叔辈人。

　　严武八岁时，因其父忽视其母，偏爱宠妾，锤杀了父亲宠妾，令其父侧目。二十岁时，严武在哥舒翰手下当兵。哥舒翰投降安禄山之后，严武逃回长安，并跟随唐肃宗去了灵武。唐肃宗收复长安后，严武因保驾有功，被任命为绵州刺史。不久，严武又被调回长安，出任京兆尹。

　　但谁料，公元 761 年，段子璋在四川作乱，三川形势岌岌可危，朝廷便派严武出任成都尹，平定叛乱。叛乱平息后，朝廷合并东川、西川和剑南三川为剑南川，并让严武兼任新的剑南节度使。严武坐镇四川后，四川各地军阀都不敢轻举妄动。在此期间，严武两次前往杜甫草堂看望杜甫，并一直补贴杜甫一家的生活。

　　杜甫也经常去严武家做客。有一次，杜甫在严武家喝醉酒了，竟直接走进严武的卧室，站在严武的床上，瞪着血红的眼睛，大叫："想不到严挺之竟会有这么一个儿子！"严武听了，没有发怒，只是圆睁双目，看了一会儿杜甫，说："杜审言的孙子，你是想撩拨一下老虎的胡须吗？"众人笑着，连忙用话岔开。

　　但有一次，杜甫的好友章彝犯了事，严武十分生气，下令士兵在辕门外集合,并大叫道:"把杜甫、章彝给我抓来,杀了!"严武的侍从听了,连忙跑去向严武的母亲裴氏报告。而严武在出门时,头上的帽子被珠帘缠住了,解了好多次也没解下来。这时,裴氏赶到,狠狠训斥了严武,杜甫这才逃过一劫,但章彝却被严武当场杖杀了!

严武坐镇四川的第二年,唐玄宗、唐肃宗相继去世,唐代宗继位。唐代宗十分钦佩严武的才能,就将严武从成都召回京城,让他负责监督营造两位先皇的陵墓。严武刚一走,剑南兵马使兼成都少尹徐知道就开始造反。他在蜀中大肆劫掠,成都一片混乱。杜甫因送严武出川,回不去成都,便只身逃往梓州。

不久,徐知道被部将所杀,成都之乱平定,杜甫连忙将家人从成都接到梓州。在梓州,杜甫一家过得十分凄惶。杜甫打算出川,回洛阳老家去。这时,一个天大的好消息传来,叛贼史思明的儿子史朝义自杀,唐军迅速收复了叛贼老巢蓟北,长达八年之久的安史之乱平定。杜甫兴奋不已,便写下这首《闻官军收河南河北》。

杜甫正打算回洛阳,这时,另一个好消息传来,好友高适接替严武出任成都尹兼剑南节度使。杜甫就暂时打消了回洛阳的念头。高适与杜甫是挚友,高适多次接济过杜甫。于是,杜甫便暂居梓州。

但此时,四川的形势十分危急。吐蕃准备攻占长安,一路攻陷了松州、维州、保州。高适接连吃了败仗,朝廷看到形势危急,就连忙调回高适,再次任命严武为成都尹兼剑南节度使。严武接到任命,迅速入川。随后,严武整顿军纪,大破吐蕃大军,很快就把吐蕃赶回了老巢。

高适打败仗时,杜甫见梓州也难保,就带着家人来到阆州,准备从阆州出峡。但当他听到严武第三次入川时,又再次打消出川的念头,带着家人回到了成都草堂。

杜甫返回成都后,严武便召杜甫到他的幕府里任职。随后,严武向皇帝上表,举荐杜甫为节度参谋、检校工部员外郎。唐代宗十分信任严武,大约也听说过杜甫,就同意了严武的举荐,并赐杜甫绯鱼袋。可是,杜甫入严武幕府后,因与同僚不合,做了半年幕僚,就辞职不干了!

不久,严武突然暴病身亡,死时才四十岁。他的母亲长叹一口气,说:“我再也不用担心这个逆子因为杀人被流放了!”

第 36 夜　登高　杜甫

孤舟一系故园心

风急天高猿啸哀,渚清沙白鸟飞回。

无边落木萧萧下,不尽长江滚滚来。

万里悲秋常作客,百年多病独登台。

艰难苦恨繁霜鬓,潦倒新停浊酒杯。

严武死后,蜀中大乱,吐蕃又联合回纥,准备再次进攻长安。杜甫在成都没有了依靠,便决心走水路回洛阳。公元765年,杜甫收拾好家当,将草堂周围的中草药材全部打包带走,租了一条船,带着一家人,从草堂附近的万里桥上船,离开了成都。

离开成都后,杜甫一家十余口漂泊在船上。他们途经嘉州、戎州、渝州、忠州,来到了夔州西边的云安县。因杜甫肺病与风痹突然发作,需要休养,一家人只好暂留在云安。半年后,杜甫感觉稍安,就又继续东下。可谁知,到了夔州,杜甫病情又加重了,一家人不得不滞留于此。

杜甫在夔州,先是住在赤甲,后来搬到西阁。不久,柏茂琳出任夔州都督,杜甫出于生计,便攀附上了柏茂琳。他先是代柏茂琳拟作了《为夔州柏都督谢上表》,随后又参加了柏茂琳的一次酒宴。喝完酒,杜甫大概很高兴,高歌一曲,然后忽发少年狂,竟骑上马,在夔州城狂奔起来,谁料,竟被那马掀翻在地。杜甫年纪大了,这一摔可伤得不轻,只好回家休养。众朋友知道了,都来看望他。杜甫很好强,竟拄着拐杖出来迎接。众人说笑了一会儿,杜甫便命人收拾些酒食,领着朋友们到河边野餐。杜甫说："祸福无常,养病有啥用呢? 你看,嵇康很懂养生,最后还不是横遭惨祸,被司马昭杀了?"

在夔州的第二年三月,杜甫一家又搬到瀼西。杜甫买了四十亩果园,数亩菜园,并盖了草堂。柏茂琳经常派人送菜送瓜。到了秋天,柏茂琳又给了杜甫一个美差,让他代管东屯的一百顷官田。杜甫为了照顾官田,就将瀼西草堂让给了一个姓吴的亲戚(即吴郎)暂住,一家人搬到了东屯居住。东屯官田主要种植水稻,是一千多亩良田,完全可以解决杜甫一家衣食问题。杜甫经常下地督察,心思全扑在千亩良田上,俨然一个老农,看样子要终老夔州了。

可杜甫的内心是不甘的。他自比稷、契,总想回到长安,又怎甘心老死在这荒僻的东屯呢? 他这一段时间写了很多诗,写得最多的就是愁,如《愁》《复愁十二首》。杜甫心灰意懒,数次都想出家。一日,杜甫走进夔州某寺庙,顿觉尘心清凉,便默默地坐了数个时辰。后来,他大概想到家中还有十多口人需要照顾,便又慢慢地走回家了。

重阳节前夕,杜甫约吴郎重阳节到他家喝菊花酒。可谁料,吴郎爽约了。杜甫百无聊赖，只好抱病独登江上台。在台上，杜甫想起了弟弟妹妹天各一方，就是把茱萸分给天下人，都难见到一枝回来。他伤心不已，感慨自己身处异乡，又百病缠身，便写下这首堪称"古今七言律诗第一"的《登高》。

杜甫在夔州住了一年零九个月，前后三个年头，虽然衣食无忧，但心中的愁苦始终无法排解。他很看不惯当地的风俗。当地男子在家做家务，女子上山打柴狩猎。当地人也不重视教育，小孩子学到《论语》就辍学经商去了。夔州还多猛虎，经常在其住所周围活动。当地人为了避虎患，大多巢居在树上。最让杜甫受不了的，就是当地人天天吃鱼，而杜甫最讨厌鱼腥味了。

在这种痛苦的煎熬中，杜甫突然收到堂弟杜观的来信。杜观已在荆州西北的当阳县定居，恳请杜甫一家也前来居住。杜甫大喜过望，连忙把瀼西的产业留给友人，携家再次东下。

第 37 夜　江南逢李龟年　杜甫

他乡遇故知,纵是花落又何妨

岐王宅里寻常见,崔九堂前几度闻。

正是江南好风景,落花时节又逢君。

杜甫乘船东下,先是到了巫山县,接着就出了三峡,然后,顺江而下,直达江陵。到了江陵,杜甫本该北上,去当阳县找堂弟杜观。可不知什么原因,杜甫在江陵滞留了八个多月。

在这八个多月里,杜甫先是投靠了时任江陵节度使行军司马的族弟杜位。杜位是李林甫的女婿。李林甫倒台后,杜位被流放到了江陵,此时已有十余年了。杜甫出川前,曾给杜位写过信,因此一到江陵,就直奔杜位家。可杜位虽为行军司马,境遇似乎也不理想,并没有给杜甫帮上什么忙。过了几个月,杜甫带的钱花光了,于是又四处告贷。刚开始时,还有人给他些钱财,但时间久了,众亲友避之唯恐不及,就连看门的也像驱赶乞丐一样,将他赶走。无奈之下,杜甫只好把从成都草堂带来的中草药摆在一个鱼肆旁叫卖,勉强挨过了一段时间。

后来,一家人在江陵实在活不下去了,杜甫决定前往衡阳,投靠好友韦之晋。韦之晋是杜甫少年时代的挚友,杜甫听说他现任衡阳刺史,便一路南下,先到了湖北公安,接着到了湖南岳阳。岳阳在洞庭湖边,杜甫将船停泊在岳阳城下,独自登临岳阳楼,写下了《登岳阳楼》:"昔闻洞庭水,今上岳阳楼。吴楚东南坼,乾坤日夜浮。亲朋无一字,老病有孤舟。戎马关山北,凭轩涕泗流。"可见,杜甫当时十分困苦,一家人住在船上,周围没有一个亲戚朋友,更要命的是,他还疾病缠身。

在岳阳逗留了一些日子,杜甫一家又继续南下。他们的船经过了洞庭湖,随后,进入湘水,然后逆流而上,到达了铜官渚。在铜官渚,狂风大作,杜甫的船险些翻了。他们连忙将船停在避风处。狂风吹了两天两夜,才逐渐平息了。风停后,杜甫一家又继续南下，到达潭州，即今长沙。杜甫草草游览了潭州岳麓山后，就又继续南下。经过衡山时，杜甫没有下船去登临，只写了一首《望岳》(杜甫《望岳》诗共三首，分咏东岳泰山、南岳衡山、西岳华山。此处是望南岳)，就匆匆南下了。最后，他们终于到达了衡州。

谁料，杜甫到了衡州才知道，韦之晋不久前刚调任为潭州刺史。于是，杜甫调转船头，又准备北上潭州。就在这时，坏消息再次传来，韦之晋突然病逝于潭州。杜甫闻此噩耗，大哭不已，觉得老天爷好像专门与他作对。杜甫在衡阳停留了两三个月，又再次回到潭州。

在潭州，杜甫遇见了不少亲友，如重表侄王砅、少年时代好友寇锡。其中，最让杜甫感到意外的是，他在此地竟偶遇了少年时就认识的著名音乐家李龟年。李龟年是唐玄宗最为赏识的乐师，在其声名正隆之时，曾在洛阳盖了一座豪华宅院，其规模之大，远在公侯之上。杜甫十四五岁时住在洛阳，经常出入岐王李范家，故而欣赏过李龟年的表演。后来，安史之乱爆发，唐玄宗西逃，李龟年流落江南。在江南诸地，李龟年孤苦无依，只好在官府的酒宴上为人唱歌讨生活。杜甫就是在一次官府的应酬场中，碰见了李龟年。当时，正值暮春季节，落花纷飞，杜甫感慨于世事变化，不禁悲从中来，写下这首脍炙人口的《江南逢李龟年》。

不久，潭州发生兵变。湖南兵马使臧玠杀掉了湖南观察使崔瓘，并在潭州城内大肆屠杀，纵火抢劫。杜甫一家又连忙坐船逃奔至衡州。在衡州，杜甫收到舅舅崔伟的信，舅舅邀请杜甫一家来郴州居住。杜甫一家便乘船准备去郴州。但行至耒阳县方田驿，竟遭遇大雨，一时江水大涨，杜甫一家被阻隔在江上，五天都没吃上饭。耒阳县令聂某闻讯，连忙命人送来牛肉和白酒。杜甫十分感激，写了一首长诗，向其表达谢意。

雨过天晴，杜甫因不耐此地溽暑，便又决计北上当阳，投奔堂弟杜观。于是，杜甫再次返回潭州，接着，就从潭州出发北上了。但谁料，在潭州前往岳阳的船上，杜甫突发风疾，病逝于舟中。临死之前，他还伏在枕上，咬着牙写完了一首近千字的诗《风疾舟中伏枕书怀三十六韵奉呈湖南亲友》，向湖南亲朋好友逐一告别，并恳请亲友们在他死后，照顾自己的妻儿。鸣呼哀哉，一代诗圣，壮志未酬，就这样凄凉地死在一条破旧的小船上，岂不痛哉！

第 38 夜　白雪歌送武判官归京　岑参
西域八月的雪

北风卷地白草折，胡天八月即飞雪。忽如一夜春风来，千树万树梨花开。散入珠帘湿罗幕，狐裘不暖锦衾薄。将军角弓不得控，都护铁衣冷难着。瀚海阑干百丈冰，愁云惨淡万里凝。中军置酒饮归客，胡琴琵琶与羌笛。纷纷暮雪下辕门，风掣红旗冻不翻。轮台东门送君去，去时雪满天山路。山回路转不见君，雪上空留马行处。

岑参,长安人,出身宰相之家。其曾祖父岑文本是宰相,伯祖父岑长倩是宰相,堂伯父岑羲也是宰相。只是,在岑参出生前四年,岑羲因依附太平公主,图谋作乱,被唐玄宗诛杀,随后,岑家一族,被杀的杀,逐的逐,几乎遭到灭顶之灾。岑参出生后不久,父亲岑植也不幸病逝了。

岑参五岁时,其母便悉心教他读书,他九岁就会作文。二十岁时,岑参至东都洛阳,向唐玄宗献书,但未有结果。三十岁时,岑参考中进士,并得了一个右内率府兵曹参军的职位。但这只是一个正九品下的小官,位卑职微,岑参很是失望,便萌生了去塞外从军的念头。

公元749年,安西节度使高仙芝入朝表功。在好友颜真卿的推荐下,岑参进入了高仙芝的幕府。

初入边塞,岑参的心情是兴奋的,但西北边塞,朔风迎面吹,碎石满地走,到处一片荒凉。幕府里他和高仙芝性格不合,高仙芝分派给他的工作主要是在边地四处发放文书。于是,他后悔了,想家了,经常在诗里发牢骚,说"悔向万里来,功名是何物",幻想有一个缩地术,一步跨回长安。

岑参在安西干了两年,实在待不住了,就辞职回到长安。他与杜甫、高适等人登慈恩塔,有了归隐之念。但过了两年,好友封常清入朝表功,被封为北庭节度使,他又有了再度出使西域的雄心。岑参和封常清都曾是高仙芝的部下,两人志趣相投,性格也十分契合。岑参到了北庭,也颇受封常清重用。

在北庭,岑参十分开心,写了许多意气风发的边塞诗。如《轮台歌奉送封大夫出师西征》《走马川行奉送封大夫出师西征》。这些都是写给封常清的出征之作,其意境之开阔,想象之夸张,完全迥异于他在高仙芝幕下的诗。这首《白雪歌送武判官归京》就是岑参在北庭的代表之作。这是一首送别诗,描写的是送武判官回长安时的情景。

可是,命运多蹇,安史之乱爆发,封常清因讨伐安禄山兵败,竟被唐玄宗杀掉了。封常清死后,岑参在北庭待不住了,便回到了长安。后来,在杜甫的推荐下,岑参做了右补阙。永泰元年,岑参被任命为嘉州刺史。但三年任期满后,朝廷竟像是忘了岑参一样,弃之不用。岑参因为囊中羞涩,竟连回长安的钱也没有,无奈,只好寓居成都。但谁知,一年后,岑参生了重病,因为没钱治病,竟客死在一家破旧的小旅馆里!

第 39 夜　早朝大明宫呈两省僚友　贾至
被忽略的一位盛唐诗人

银烛朝天紫陌长,禁城春色晓苍苍。

千条弱柳垂青琐,百啭流莺绕建章。

剑佩声随玉墀步,衣冠身惹御炉香。

共沐恩波凤池上,朝朝染翰侍君王。

◎ 墀(chí):殿阶。

贾至，字幼几，又作幼邻，洛阳人。其父贾曾善诗文，以孝闻名。唐睿宗时期，朝廷授贾曾为中书舍人，但贾曾因其父名言忠，"中""忠"同音，应当避讳，坚辞不就。后唐睿宗禅位给李隆基，传位册文便是由贾曾起草撰写的。李隆基登基后，因感念其功劳，便再次拜贾曾为中书舍人。贾曾仍要拒绝，但众人认为，中书是曹司名，与贾曾父亲的名字音同字别，在礼法上不必避嫌。贾曾不得已，只好接受了这一职位。

贾至出生于唐玄宗登基六年后，其少年、青年时代都是在开元盛世中度过的。开元末年，贾至以明经及第。他最初被授为校书郎，后为单父尉。贾至为单父尉时，李白正好被唐玄宗"赐金放还"，随后，便与高适、杜甫同游梁宋。但遗憾的是，贾至因职位在身，未能与李白等人一起畅游。后高适被授为封丘尉，贾至与其诗歌相酬，交往甚密。

天宝年间，贾至回到长安。不久，安史之乱爆发。贾至随唐玄宗一路逃奔蜀中。在灵武，唐肃宗自立为帝。消息传到成都，唐玄宗颇为无奈，只好命贾至起草传位册文。贾至写好后，呈给唐玄宗。唐玄宗赞叹说："以前我父亲禅位给我，传位册文是你父亲写的。如今,我将帝位禅让给太子,你又起草诏令。两朝的传位盛典,都出自你父子之手,真可谓承继前人之美德!"贾至听罢,跪在地上,呜咽不已。随后,唐玄宗又命贾至随韦见素、房琯、崔涣(一说崔圆)等人去灵武奉上传国玉玺与传位册文,正式承认唐肃宗的合法地位。

至德二载(757),唐军收复长安、洛阳,唐肃宗回到长安,太上皇唐玄宗也从蜀中被迎回。此时,贾至出任中书舍人,杜甫、岑参、王维等人也在朝中任职。杜甫任左拾遗,岑参任右补阙,王维任太子中允。朝廷上下,一派喜气洋洋。乾元元年(758)春日的某个早晨,贾至与门下省、中书省的同僚一起去大明宫早朝,因感皇帝荣遇之恩,便写了这首《早朝大明宫呈两省僚友》。

此诗一出,和者甚众,其中以杜甫《奉和贾至舍人早朝大明宫》、岑参《奉和中书舍人贾至早朝大明宫》、王维《和贾舍人早朝大明宫之作》最为著名。此次唱和,可谓文学史上的一场盛宴。这四首诗皆音律铿锵,气象宏伟,最得盛唐诗神韵,为一时名篇。清人纪昀称赞道:"四公皆盛唐巨手,同时唱和,世所艳称。"

　　但现实是残酷的。唐肃宗性格偏狭,不能容人。房琯被罢相后,贾至也因与房琯私交甚密,被出为汝州刺史,随后,又被贬为岳州司马。直到唐代宗继位,贾至才被召回长安。贾至晚年,官运亨通,历任礼部侍郎、兵部侍郎、京兆尹,最后在右散骑常侍的位子上去世,终年五十五岁。

　　贾至的诗文,典雅华赡,李白称其为贾谊再生,杜甫称其"雄笔映千古"。后世评论家多将其与李、杜并列,尤其称颂其《早朝大明宫呈两省僚友》。但从明清以至近世,贾至的名声逐渐淹没,以至于被人忽略。清人孙洙编《唐诗三百首》,收录了岑参《奉和中书舍人贾至早朝大明宫》、王维《和贾舍人早朝大明宫之作》,偏偏遗漏了作为首倡的贾至之诗与杜甫之诗。编选实际上就是评论,可见,在孙洙眼里,岑、王之诗优于贾、杜。此等评论,有失公允。贾至在唐代诗坛上自成一家,虽不能与李、杜、高、岑等人比肩,但也不应被遗漏、被忽略。

第40夜　贼退示官吏　元结
唐代新乐府运动的先驱

　　癸卯岁,西原贼入道州,焚烧杀掠,几尽而去。明年,贼又攻永破邵,不犯此州边鄙而退。岂力能制敌欤? 盖蒙其伤怜而已。诸使何为忍苦征敛? 故作诗一篇以示官吏。

　　昔岁逢太平,山林二十年。泉源在庭户,洞壑当门前。井税有常期,日晏犹得眠。忽然遭世变,数岁亲戎旃。今来典斯郡,山夷又纷然。城小贼不屠,人贫伤可怜。是以陷邻境,此州独见全。使臣将王命,岂不如贼焉? 今彼征敛者,迫之如火煎。谁能绝人命,以作时世贤! 思欲委符节,引竿自刺船。将家就鱼麦,归老江湖边。

　◎ 旃(zhān):通"毡",军帐。一说为战旗。

元结，字次山，河南鲁县人，为鲜卑族后裔。其祖上多彪悍之士，以武力猎取功名，直至其祖父元亨才改弦易辙，折节攻读儒学。其父元延祖生性恬淡，曾为春陵丞，但不久就弃官而去，说："人生在世，够吃够穿就行了，不应有太多的欲望。"其父因鲁县商余山多灵药，便将家迁往此处，并以耕田拾柴为乐。

元结青少年时代放荡不羁，喜欢习武，整日与鹰犬声乐相伴，大有其先祖之遗风。十七岁时，他幡然醒悟，跟随族兄元德秀学习。元德秀是著名大儒，以道德著称，曾背着母亲上京赶考，比元结大了整整二十五岁。元结十分服膺元德秀，跟随他潜心学习了十年之久。

二十九岁时，元结上京应考，但和杜甫一样，竟入了李林甫"野无遗贤"的骗局，悻悻而归。天宝十二载(753)，元结再次应进士科。考前，他将自己的文章辑为《文编》，呈给了礼部侍郎阳浚。阳浚读罢，大为赞叹，说："中进士恐怕也辱没了您，朝廷将来都要倚重您啊！"果然，第二年，元结考中进士，随后又考中制科。

谁料，其族兄元德秀此年九月逝世，元结回乡为其奔丧。不久，安史之乱爆发，河南大乱。元结为避免全族被屠戮殆尽，挺身而起，毅然率领族人南下，逃难至猗玕洞(今属湖北大冶)，后又迁往瀼溪(今属江西九江)。此事引发轰动效应，就连唐玄宗也听说了。后来，安禄山父子被杀，史思明造反，国子司业苏源明向唐肃宗推荐了元结，称其文武兼备，有胆有谋。唐肃宗见到元结后大为喜悦，说："你定能解我之忧。"于是，唐肃宗提拔元结为右金吾兵曹参军，并任命他为山南西道节度参谋，负责招募唐、邓、汝、蔡一带的义军。元结到任后，迅速招降了五千义士，并坚守泌阳城，挫败了史思明南侵的野心，保全了十五座城。后元结东征西讨，屡建奇功，擢升为监察御史里行。

　　唐代宗继位后，广西左右江一带（西原）少数民族造反，声势极为浩大。朝廷为平息叛乱，任命元结为道州刺史。道州在今湖南南部，与广西接壤，经常被西原蛮夷骚扰。元结接到任后，恰逢道州被西原蛮夷侵占，只好暂缓出行。第二年五月，元结才抵达道州。到任后，元结见道州城几乎被焚烧殆尽，只好招辑流亡人口回家种田，并上奏皇帝，恳请免去百姓一切赋税徭役。但官府置若罔闻，元结上任不到五十天，竟收到各种文书二百多封，皆为催讨租税之文，并声言："过了期限，就要贬官。"元结看罢，十分愤怒，作《舂陵行》。第二年，租庸使又索要十万缗。不久，西原蛮夷再次攻打永州，占领了邵阳，竟丝毫不犯道州边境。元结大为惊讶，仔细一想，原来不是自己力量大，而是西原蛮夷可怜道州人民，这才放过了道州。元结对比西原蛮夷与官吏的所作所为，觉得官不如贼，真是令人心寒，便作了这首《贼退示官吏》。

这首诗前有序言，大意说：癸卯年（763），西原贼攻入道州，焚烧杀掠，几乎将道州抢空才走。第二年，西原贼又来攻打永州，攻破了邵阳，但没有侵犯道州边境就退了。难道是道州有力量能够制敌吗？大概是因为西原贼伤怜道州人。诸位官吏，你们为何横征暴敛呢？作诗一首，以告示官吏。

《舂陵行》与《贼退示官吏》是元结最为杰出的诗作，尤其是后一首诗，将官与贼对比，贼尚且有怜悯之心，官却只知道征敛，官与贼孰高孰低，一目了然。后来，杜甫在夔州读到《舂陵行》与《贼退示官吏》，大为击赏，作诗《同元使君舂陵行》，表示对元结"为民请命"精神的认同。

元结在道州四年，为民营造房屋，分发田地，免除徭役，道州流亡人口回归者约有万人。潭州刺史张谓听说后，作《甘棠颂》赞扬元结。道州人民为元结建生祠，乞求能挽留住他。后来，元结出任容州刺史，因母丧辞官，卜居祁阳浯溪。大历七年（772），元结丁忧服满，奉诏回到长安，不久病逝，享年五十四岁。

元结是由盛唐向中唐转折时期的一位大诗人。他文武双全，军事才能卓绝，文学成就斐然，打仗几无败绩，为文惊艳古今，是唐代诗人群体中极为罕见的"复合型人才"。尤其是他这些为民请命的诗歌，启发了李绅、白居易、元稹等人，为中唐新乐府诗歌提供了理论与创作上的资源，可谓唐代新乐府运动的先驱。

第三季
秋之苦吟　中唐篇

　　诗至中唐，风格多变，姿态各异。主要有以韦应物为代表的田园派，以卢纶、李益为代表的边塞诗派，以皎然、寒山为代表的禅诗派，以姚合为代表的隐逸派，以孟郊、贾岛为代表的苦吟派，以韩愈、孟郊、李贺为代表的奇险派，以白居易、元稹为代表的乐府诗派。其中，影响最大的是后两个诗派，又称"韩孟诗派"与"元白诗派"。

第 41 夜　寒食　韩翃

春城飞花与乱世离情

春城无处不飞花,寒食东风御柳斜。

日暮汉宫传蜡烛,轻烟散入五侯家。

　　韩翃,南阳人,少年时就有诗名。天宝年间,韩翃来到京城参加科举考试,但数次都没考中。他索性住在长安,一边读书,一边结交权贵。他的隔壁,住着将军李某的小妾柳氏。李某为人豪爽,每次饮酒,都要请韩翃一起宴饮。柳氏空闲的时候,偷偷地从墙缝里看韩翃的住处,只见家徒四壁,只有一些破席子、烂桌子而已,但看到韩翃交往的都是京城名人,就对韩翃暗生情愫。

　　一日,柳氏对李某说:"韩翃虽然很穷,但他结交的,都是京城名人,将来肯定会发达。我们应该多帮助帮助他啊!"李某一听,口中不语,只是点了点头。第二天,李某让人准备好酒菜,就请来了韩翃。酒过三巡,李某忽然站起来,对韩翃说:"柳氏天下绝色,韩秀才文章盖世,以绝色配名士,不知您意下如何?"韩翃一听,大吃一惊,连忙从酒席下来,说:"承蒙您资助我衣服、酒食,我这些都没报答,怎么能夺您所爱呢?"李某说:"大丈夫立世,一言相契,都能以死相许,何况一个女人呢?"他又说:"我知道你家贫,没有钱振兴家业,我已资助柳氏家资百万,你可随意取用。柳氏是个贤淑的女子,请你善待她。"说完,李某深深地拜了一下,就扬长而去了!韩翃听了,目瞪口呆,等到清醒过来,要去追赶李某,柳氏却拉住韩翃说:"请不要去追了,他是一个很豪爽的人。我昨天晚上已经告诉他我的心意,我就知道他会这样做的。请不要惊讶。"

　　于是,韩翃便与柳氏同居了。第二年,韩翃考中进士。柳氏说:"荣名加身,怎么能不让家人知道呢? 请你回家一趟,我就在这里等着你。"韩翃听后,便回家探望父母。但谁料,韩翃走后不久,安史之乱就爆发了,柳氏陷于乱军之中,忧心不已,便剪了头发,寄居在法灵寺。

韩翃因战乱滞留在路上。后来,韩翃加入了淄青节度使侯希逸的军队。他挂念着柳氏,便让人拿一个装金子的锦囊,到处寻找柳氏。那锦囊上写着一首诗,曰:"章台柳,章台柳,昔日青青今在否?纵使长条似旧垂,亦应攀折他人手。"来人找到了柳氏,将锦囊交给她。柳氏捧着金子,哭声吟唱了一首诗:"杨柳枝,芳菲节,所恨年年赠离别。一叶随风忽报秋,纵使君来岂堪折!"韩翃的诗,大意是说:柳氏啊柳氏,你还在等我吗?柳氏的诗则说:韩翃啊韩翃,我一直在等你,只是我容颜已衰,恐怕你要嫌弃我了!

谁料,蕃将沙吒利听说柳氏貌美,便自恃在平定安史之乱中有功,将柳氏劫持到自己家里。后来,韩翃随侯希逸入京觐见皇帝,听说柳氏已为沙吒利所有,顿时心如刀割。一日,他偶然在龙首冈徘徊时,忽然一辆牛车在他身边缓缓停下了。那牛车里有人说道:"你是不是韩员外韩翃?"韩翃说"是",那人便掀开帘子说:"我是柳氏。我已失身于沙吒利,无法脱身了。明天,请在这里等我,我将与你永别。"说完,那牛车就

缓缓地走了。韩翃伤心不已,站在那里久久
不愿离开。

这时,淄青诸将在某酒楼设宴,派人来
找韩翃。韩翃来后,神情黯淡,闷闷不乐。
虞候许俊按剑说道:"韩翃,你这么不高兴,
必定有原因。请告诉我,我愿效犬马之劳。"
韩翃只好把他和柳氏的故事讲给大家听。
许俊说:"我许俊也常以侠士自许,请你写上
一封短信,我立刻飞马将柳氏给你带来。"众
人听了,都鼓掌称赞。韩翃便写了一封短
信,交给了许俊。许俊飞身上马,直奔沙吒利
府上。正好,沙吒利出门去了,许俊就直
接闯了进去,说:"沙吒利落马受伤,急召夫
人前去探望。"众仆人没有阻拦。许俊到了
内堂,把韩翃的书信交给柳氏,然后将柳氏
夹在胳膊下,跨上马就飞奔而去。这时,众
人还在饮酒,忽见许俊骑着快马,胳膊下夹
着一人,直奔酒楼而来。许俊将柳氏放在地
上,然后领着她来到韩翃面前,说:"还好,没
有辜负您的重托。"众人一见,惊叹不已。韩
翃和柳氏执手相看,喜极而泣。

众人担心沙吒利报复,就一起来到侯希
逸处说明了原委。侯希逸拍手称赞,撩起长
髯说:"我年轻时就想干这样一件大事,想不

到许俊今天干了我没干的事,真是大快我心啊!"于是,侯希逸向皇帝上书,请求将柳氏断给韩翃。皇帝听了韩翃与柳氏的故事,也很感动,就赐沙咤利绢二千匹,并责令沙咤利不许向韩翃讨回柳氏!

韩翃与柳氏的故事,《本事诗》有记载。此后,韩翃与柳氏在长安闲居了将近十年。韩翃写了许多诗,其中,以这首《寒食》最为人所称道。此诗以寒食时节的春日景象,烘托出皇宫过寒食节时的皇恩浩荡,颇具反讽意味。

后来,李勉出任汴宋节度使,便召韩翃为幕僚。李勉的幕府大多是年轻人,他们很看不起韩翃这个糟老头子,认为韩翃写的诗是"恶诗"。但其中有一人,人称"韦巡官",知道韩翃是名士,对韩翃十分友好。

某夜,韩翃刚睡下,忽听到非常急促的敲门声。原来是韦巡官报喜来了。韦巡官祝贺韩翃要做驾部郎中兼知制诰了! 韩翃十分吃惊,不敢相信,韦巡官说:"邸报上说,制诰府缺人,中书省两次向皇帝申报要补阙的人名,但皇帝都没用御笔圈点,不得已,中书省只好请皇帝亲批,皇帝批示道:'给与韩翃。'可是,当时有两个韩翃,皇帝便批复道:

'给那个写"春城无处不飞花"的韩翃。'"韦巡官问:"这首诗是不是你写的?"韩翃说:"是。"韦巡官说:"那就对了,不会错!"

第二天,韩翃果然被皇帝提拔做了驾部郎中兼知制诰。后来,他竟官至中书舍人。他的诗,也很得唐德宗喜爱。

公元783年,泾原兵变,唐德宗仓皇西逃,回到京城后,在宫中诸苑游览时,忽然想起西逃时有两匹骏马随行,就又吟了一首韩翃的诗《看调马》:"鸳鸯赭白齿新齐,晚日花中散碧蹄。玉勒斗回初喷沫,金鞭欲下不成嘶。"只是,韩翃早已不在人世了!

第 42 夜　省试湘灵鼓瑟　钱起
"才鬼"诗与"鬼才"诗

善鼓云和瑟,常闻帝子灵。

冯夷空自舞,楚客不堪听。

苦调凄金石,清音入杳冥。

苍梧来怨慕,白芷动芳馨。

流水传潇浦,悲风过洞庭。

曲终人不见,江上数峰青。

　　钱起,字仲文,吴兴人。据说,他早年学习十分刻苦。只是,他从二十一岁开始就参加科举考试,考了十多年,仍没中进士。

　　相传,有一年,他跟人到京口做事,住在旅舍里。晚上,他正要睡觉,忽然听到门外有人吟诗,只听那人吟道:"曲终人不见,江上数峰青。"那人又连着吟了三遍。钱起觉得有些怪异,连忙披上衣服,出门查看。可出了门,却只见月光盈盈,空无一人。他以为是鬼在吟诗,但觉得这两句诗十分清奇,就记住了。

　　公元 750 年,钱起参加由李暐主持的省试。省试的题名是"湘灵鼓瑟",韵脚是"青"字。钱起忽然想起那夜鬼吟诵的十个字,便以这十字为末尾两句,完成了这首《省试湘灵鼓瑟》诗。主考官李暐大为赞叹,说:"这简直是有如神助!"

　　《省试湘灵鼓瑟》是一首试帖诗,要求紧扣诗题"湘灵鼓瑟",作一首五言六韵十二句的古体诗。湘灵鼓瑟,取自《楚辞》"使湘灵鼓瑟兮,令海若舞冯夷",说的是舜死后葬在苍梧山,他的两个妃子娥皇、女英前往寻找,得知舜帝已死,悲伤欲绝,便抱着竹子痛哭不已,最后投湘江而死,化成湘江之神,即湘灵。她们整日在湘江边一边哭泣,一边鼓瑟,以表达对舜帝的哀思。海神海若和河神冯夷见了,也在旁边随乐起舞。

　　《省试湘灵鼓瑟》一诗前面极写湘灵鼓瑟乐曲之悲,结尾两句"曲终人不见,江上数峰青"为神来之笔,曲终人散之后,唯有一川江水,几峰青山。

　　钱起中进士之后,被授为蓝田县尉。安史之乱爆发后,钱起常年沉沦下僚,郁闷不已。后来,钱起被朝廷起用,奉使去蜀地采办箭竹。不久,钱起升任为考功郎中、翰林学士。其诗多为赠别应酬、流连光景、粉饰太平之作,较少反映社会现实。有人拍他马屁说:"唐代诗坛,前有沈佺期、宋之问,后有钱起、郎士元!"钱起竟不屑地说:"郎士元怎敢和我并称?"

第43夜　相思怨　李冶
一寸相思，一段柔肠

人道海水深，不抵相思半。

海水尚有涯，相思渺无畔。

携琴上高楼，楼虚月华满。

弹著相思曲，弦肠一时断。

李冶,字季兰,乌程人。相传,六岁时,父亲指着院子里的蔷薇花让她作诗。她作了一首《咏蔷薇》,最后两句是"经时未架却,心绪乱纵横"。父亲看了很是生气,说:"你一个女娃娃,小小年纪,心思有啥乱的?"

十一岁时,父亲怕李冶以后嫁人让夫家出丑,就把她送到湖州玉真观当了道姑。李冶性格奔放,为人热情,做了道姑后,竟如鱼得水,过得十分开心。唐代崇尚道教,教规松弛,女道士经常和文人们在一起谈诗品茗。

"茶圣"陆羽对李冶一往情深,但因为陆羽貌丑,又是个结巴,绝不是她理想中的情郎模样。但他们有一个共同的爱好:品茶。一日,李冶生病了,其他人都没来看她,唯独陆羽来了。李冶感怀不已,就写了一首《湖上卧病喜陆鸿渐至》:"昔去繁霜月,今来苦雾时。相逢仍卧病,欲语泪先垂。强劝陶家酒,还吟谢客诗。偶然成一醉,此外更何之。"诗末说:人生在世,偶然醉一下,此外,又能怎么样呢?

李冶大约跟朱放、阎伯均等人有过私情。她在《寄朱放》一诗中,说:"你走了,我很想你,我想登山看你一眼,但那山太高了;

我想过河去找你,但那水又太阔了。你在哪里,我白天黑夜地想你,都想了一年了,还不见你的身影。我对你的思念,就像那山上的绿树郁郁葱葱,就像那地上的野花绵延不绝。你早点回来,我想把我对你的思念,在你回来的时候,一股脑地向你倾诉。"("望水试登山,山高湖又阔。相思无晓夕,相望经年月。郁郁山木荣,绵绵野花发。别后无限情,相逢一时说。")

朱放和李冶相恋了一段时间后,就杳无音信了。这时,阎伯均出现了。阎伯均是著名诗人李嘉祐的内弟,是刑部侍郎阎伯瑛的从父弟,风流倜傥,曾任江州判官。李冶为阎伯均写过很多情诗,如《送阎二十六赴剡县》《得阎伯均书》《感兴》《偶居》《相思怨》等,其中《相思怨》最为出名,流传最广。这首《相思怨》极言相思之深之广:海水虽深,不及我相思之情的一半。海水还有边际,我的相思之情却无边无际。

后来,李冶的诗传入皇宫。唐德宗读了十分喜欢,便下诏命她入宫。这时,李冶已进入暮年。她对这次入宫有些担忧,但君命难违,只好进宫觐见皇帝了!

公元 783 年,泾原士卒奉命讨伐襄阳,路过长安,因嫌皇帝没有给他们犒赏,竟一时哗变,攻陷了长安。唐德宗闻讯,仓皇出逃。叛军拥立太尉朱泚为帝。朱泚称帝后,大肆屠杀忠良之士,并网罗文人歌颂自己。李冶因颇有诗名,被迫献诗称颂朱泚。第二年,唐德宗返回长安,十分生气,就责备李冶说:"你为什么不学严巨川,写诗说'手持礼器空垂泪,心忆明君不敢言'呢?"李冶百口莫辩,难以对答。唐德宗见状,便命人将李冶乱棍打死了!

李冶虽死,但诗名千古。她流传至今的诗约有十六首,几乎每一首都堪称精品。刘长卿称她为"女中诗豪",胡震亨也称她的诗为"大历正音"。后来,人们又将她与薛涛、鱼玄机、刘采春一起,并称为"唐代四大才女"!

第 44 夜　寻陆鸿渐不遇　皎然

一个狂禅诗人的江湖

移家虽带郭，野径入桑麻。

近种篱边菊，秋来未着花。

扣门无犬吠，欲去问西家。

报道山中去，归时每日斜。

皎然,俗名谢清昼,湖州长清人,是东晋名士谢安的第十二世孙。他出生时,谢家早已黄金散尽,长裾破败了!

谢清昼年少时,家里很穷,父母督促他认真读书,走科举考试的路。但谢清昼喜欢徜徉于大自然,对科举很不上心。一日,他坐在太湖边的洞庭山上发呆,忽然彻悟,辞家而去,去润州长干寺做和尚,取名"皎然"。

皎然在长干寺师从守真律师,虽出律宗,却不拘一格,对佛教各宗兼收并蓄,尤喜南宗禅。南宗禅认为"即心即佛",不提倡坐禅念经,主张在日常生活中用一颗平常心参禅悟道。皎然对此十分倾心。他说:"哪里没有禅? 世间万事万物,时时处处,都是禅。我唱歌,只要领悟了这歌声里的美,那就是禅了! 在闹市里居住,哪里妨碍着我修道? 在禅林里栖息,用心作诗,那也是禅! 我一旦领悟了这其中的妙处,就是你给我黄金百万,封我做个异姓王,我也连看都不看,那些算什么呢?"

后来,皎然索性连寺庙也不住了。他遍访名山,四处漫游,以狂禅之徒的面目出现在人们面前。安史之乱爆发后,皎然回到家乡湖州。这时,从竟陵逃难而来的陆羽也在湖州定居。二人都出自佛门,又都精通茶道,志趣相投,遂成为莫逆之交。

陆羽在湖州乌程的苕溪之滨隐居,经常独自一人行吟于山野之中,诵佛经,吟古诗,用木杖敲打树木,用手拨弄流水,徘徊流连,有时从早到晚,兴尽之后,哭着回来,时人见了,都说那人大概是今日的接舆吧! 皎然也喜欢独自一人在山野闲逛,拈花一笑,对月长啸。

一日,皎然到苕溪访问陆羽不遇,便写了这首《寻陆鸿渐不遇》。此诗与贾岛《寻隐者不遇》都写访人而不遇,意趣颇为相似。"报道山中去,归时每日斜",与贾岛诗中"只在此山中,云深不知处",诗意接近,均借他人之口表达对隐者流连山水之间的羡慕之情。

公元 772 年,颜真卿出任湖州刺史。他借着编撰《韵海镜源》的机会,主持了以皎然为首的江南文人士子的诗会,史称"湖州诗会"。这次诗会后,皎然声名大噪,海内闻名。皎然在颜真卿离开湖州后,继续主持着湖州诗会。诗会持续了十多年,其中,以皎然写的诗最多,也最为出名。

孟郊二十多岁时,曾亲临湖州诗会现场。后来,李端、刘禹锡也拜皎然为师,跟随皎然学习写诗。韦应物出任苏州刺史时,十分倾慕皎然,便写诗《寄皎然上人》,诚挚邀请皎然来苏州相互酬唱。可皎然年已七十,行动不便,只好写了一首《答苏州韦应物郎中》,盛赞韦应物的诗堪比《诗经》《离骚》,并表达了自己不能前来的愧疚之意。

第 45 夜　六羡歌　陆羽
"茶圣"的"忏悔录"

　　不羡黄金罍,不羡白玉杯。不羡朝入省,不羡
暮入台。千羡万羡西江水,曾向竟陵城下来。

◎ 罍(léi):古代一种盛酒的容器。

陆羽,字鸿渐,竟陵人。他原本是一个弃婴。龙盖寺的俗姓陆的智积大师在溪水边发现了他,抱回抚养,并收为弟子。智积大师精通茶道,陆羽常为其煮茶奉水,慢慢也习得了艺茶之术。

陆羽九岁时,智积大师要用佛经教他读书。陆羽却说:"我不要学佛经。我没有兄弟,将来要是当了和尚,就没有后代了。这是大不孝啊!"智积大师说:"你是个孝子,这很好。可是,你要知道,西方的佛经才是通往智慧的大道啊!"陆羽坚决不学佛经,智积大师十分生气,就罚他扫地,洗厕所,抹泥墙,往房顶上背瓦。可陆羽一点也不屈服,智积大师就让他放牛。

放牛期间,陆羽偷偷地学习写字。因为没有纸张,他便用竹棍在牛背上写字。一日,他向一个人问字,那人见陆羽好学,便送了他一本东汉张衡的《南都赋》。可书中有很多字他不认识,于是,他就模仿学堂里的孩子,把书放在面前打开,正襟危坐,假装在读书。后来,智积大师发现了,担心他学了佛经以外的东西,会背离佛法大义,就又让他在寺内修整杂草,并让寺内年长的和尚管束他。陆羽用心记诵文字,常常恍然若失,像个木头柱子一样,呆呆地立着。那年长的和尚就用鞭子打他。陆羽哭着说道:"我是担心将来长大了,竟连书也不能读。"那和尚以为陆羽故意激怒他,就又用鞭子打,直到把鞭子打断。过了两三年,陆羽不堪苦役,就偷偷跑掉了。

他在江汉一带流浪了一段时间后,遇见了一个戏班子,就在戏班子里当了一个丑角。陆羽貌丑,又善于插科打诨,因而十分适合丑角。陆羽最擅长演木偶、假吏、藏珠之类的戏,还写了一本《谑谈》的书。智积大师听说陆羽做了丑角,十分痛心,就找到陆羽说:"陆羽啊,你丢弃了佛法大道,实在太可惜了,快跟我回寺庙吧!"陆羽心里还有怨气,就没有听智积大师的话,仍留在戏班子里。

有一年,竟陵人在江边举行庆典活动。官府里的人就让陆羽作为伶人的头目,导演了一出盛大的庆典。竟陵太守李齐物看了陆羽的表演,大为赞赏,送了他一本自己的诗集。李齐物是一位亲王,因与李适之交好,被李林甫贬到了竟陵。李齐物觉得陆羽是一个人才,就资助他到火门山跟邹夫子学习。

陆羽在火门山整整学了七年,后来又回到竟陵。此时,新任竟陵司马是崔国辅。崔国辅是一位诗人,与储光羲、孟浩然交情很深。他也十分欣赏陆羽,两人经常在一起谈诗品茶。三年后,崔国辅要离开竟陵了,就赠送了陆羽一头白驴、一头乌犎牛、一枚文槐书函,说:"白驴、乌犎是襄阳太守李恺送给我的,文槐书函是前黄门侍郎卢某送的。这些都十分适合您这样的隐士骑乘、收藏,今日特地送给您。"

不久,安史之乱爆发,陆羽为了躲避战火,只好一路逃难,最后流落至湖州。在湖州,他结识了皎然、李冶等人,并潜心写作《茶经》。

后来,李季卿出任湖州刺史,途经扬州时,正好遇见在此游历的陆羽。李季卿是李适之的儿子,早就听说过陆羽的大名。于是,他将陆羽请到扬子驿。李季卿说:"听说您善于品茶,天下闻名。扬子江南零水,天下第一。今日真是千载难逢的机会,又怎么能错过呢?"于是,他让军士拿着瓶子到南零去取水。陆羽便准备好茶具，等水取来。过了一会儿，取水的人回来了。陆羽用勺子舀了一点，说："这水虽然是扬子江的水，但不是南零的，好像是岸边的水。"那取水人说："我划着船驶入南零，很多人都看到了，我怎能哄骗您呢？"陆羽没有说话，让人将水倒在盆子里，刚倒了一半，就止住了，又用勺子舀了一点，说："这才是南零的水。"取水人听了，大吃一惊，连忙跪下说："我从南零回来，船靠岸时摇晃了一下，瓶中的水洒了一半，我担心被责骂，就取了岸边的水，把瓶子灌满。您真是神仙，我哪里还敢隐瞒呢？"李季卿等人听了，都震惊不已。李季卿问陆羽："您走过很多地方，请问，什么地方的水最好，什么地方的水最差？"陆羽说："楚水最好，晋水最差。"李季卿听了，连忙让人恭恭敬敬地记录下来。

　　陆羽成年后，一直对智积大师怀有愧疚之心。公元 768 年，陆羽听说智积大师仙逝，悲伤不已，便写了这首《六羡歌》。诗中说不羡慕名利、权势，只羡慕西江水，因为它朝着竟陵城流了下来。

　　后来，陆羽回到竟陵，隐居西塔寺（即龙盖寺），为智积大师守墓，一直到去世。

第 46 夜　滁州西涧　韦应物

昔日长安纨绔，今日山水诗人

独怜幽草涧边生，上有黄鹂深树鸣。

春潮带雨晚来急，野渡无人舟自横。

韦应物,长安人,出身于赫赫有名的京城韦氏。曾祖父韦待价曾任武则天时期宰相,父亲韦銮善图花鸟、山水,曾官至少监,监掌天子服御之事。

据《唐才子传》与韦应物自述诗《逢杨开府》记载,他少年时,十分豪横,简直就是纨绔子弟。韦应物十五岁时,以三卫郎的身份,成了唐玄宗的贴身侍卫。他因为经常出入宫闱,随驾出行,便凭借着皇帝的恩宠,肆无忌惮。就连犯了法的亡命之徒,他也敢私藏在家。官府里的司隶,就是当面撞见了他,也不敢抓他。

可谁料,风云突变,安史之乱爆发,唐玄宗仓皇西逃。韦应物也逃难到武功县,后来回到长安,失去靠山,昔日被他欺负过的人,便伺机报复他,恐吓着要将他大卸八块。韦应物吓得战战兢兢,惶惶不可终日,只好潜藏在家,终日焚香枯坐,以求自保。

这时,妻子元苹成了他的保护神。元苹,鲜卑族人,是北魏昭成皇帝的后代,其父元挹曾任吏部员外郎。安史之乱爆发那年,十六岁的元苹嫁给韦应物。在韦应物人生最为低谷时期,元苹动之以情,晓之以理,激励他读书以自赎,并与他一起,潜心向学,读

诗研史。后来,韦应物入太学读书,但唐玄
宗死后,他又受到排挤,被赶出太学。

　　唐代宗登基后,韦应物可能因祖上的功
德,被授官洛阳丞。不久,韦应物因笞罚军
骑,被宦官告发,随后,他愤然辞职,弃官而
去,在洛阳同德寺闲居了一段时间。后来,
他回到长安,因黎幹推荐,出任京兆功曹。
此后十年,韦应物一直在京城及附近任官。

　　公元 783 年,韦应物被排挤出京城,出
任滁州刺史。但谁料,第二年冬天,他又被
罢官,只好闲居在滁州西涧附近。

　　韦应物在滁州西涧闲居时,心境十分凄
凉,喜欢和佛老之徒交往。他的诗也倾向于
佛老之境,多写落叶、杂花、幽草、野渡、空
林、荒园,喜欢在那些被遗弃物身上,寄托一
种淡淡的凄美之情。《滁州西涧》就是这一
时期的代表作,以幽草、黄鹂、野渡、孤舟等
意象,表达了自己被弃之不用的幽闷之思。

　　后来,韦应物出任苏州刺史。苏州是唐
代有名的鱼米之乡,经济繁荣,人民富庶。
韦应物勤于政事,经常四处察看民情,劝农
桑麻,并告诫下级官吏要体恤孤老幼残,尽
量蠲免其赋税。他性格高洁,为官清廉,任

满之时,竟无钱回家,只好寄居在苏州永定
寺,租了两顷田地,和家人一起耕种。最后,
韦应物客死苏州,后世因其在苏州的清德,
尊称他为"韦苏州"。

第 47 夜　人问寒山道　寒山

奥斯卡电影《冷山》，原来是向他致敬

人问寒山道，寒山路不通。

夏天冰未释，日出雾朦胧。

似我何由届，与君心不同。

君心若似我，还得到其中。

1958 年，"垮掉的一代"精神偶像杰克·凯鲁亚克在一个破旧的旅馆，奋笔狂书，仅用 11 天的时间，就写了一本自传体小说《达摩流浪者》。他在书的扉页，恭恭敬敬地写道："献给寒山。"此书出版后，美国大学校园立刻就沸腾了，那些美国大学生手里拿着杰克·凯鲁亚克的书，嘴里吟诵着寒山的诗，披散着长发，光着脚，笑嘻嘻地说道："你若喜欢，我就是寒山；你若不喜欢，我也是寒山。不管你喜欢还是不喜欢，反正我都是寒山。"1997 年，美国小说家查尔斯·弗雷德撰写了一部长篇小说 *Cold Mountain*（《寒山》），在书的扉页，作者引用了寒山的两句诗"人问寒山道，寒山路不通"，以此来表达他对这位中国唐朝诗人的敬意。此书一经上市，便在美国引起畅销狂潮。2003 年，著名导演安东尼·明格拉将此书改编成电影 *Cold Mountain*（俗译《冷山》），并在次年获得了奥斯卡金像奖。

寒山，陕西咸阳人，俗姓杨，名字不详。相传，寒山是隋文帝杨坚的侄子，其父杨瓒是杨坚同父异母的弟弟，但兄弟俩素来不合。后来，杨坚做了皇帝，一日，他在酒中下毒，假意邀杨瓒来后花园赏花饮酒，杨瓒喝了毒酒,口吐黑血而死。但今人对此传闻多持怀疑态度,大体上认为寒山是中唐人。因文献资料匮乏,谁也说不清他具体的出生年月。

但从其遗留下的 300 多首诗,大致可以看出:寒山出生于一个家境比较富裕的家庭。他年少时,曾有一段肥马轻裘的公子哥生活。他经常让人用竹轿子抬着,在街上招摇过市,还和一群年轻人骑着骏马到处打猎。后来,可能因为父母双亡,他不善治家,又大手大脚,家道便中落了。他迫于生计,多次参加科举考试,皆因长相奇丑而落选。此后,他家里渐渐揭不开锅了,日子一天比一天难过。他的哥哥责怪他,说他不长进;他的妻子嫌弃他,说他没出息。

寒山备受家人责难,便弃家而走,四处漂泊,成了一个甘愿自我放逐的流浪汉。他一路上疯疯癫癫,嘻嘻哈哈,头戴用桦树皮做成的帽子,身穿破烂布衣,脚着一双像船一样宽广的木屐,有时,对天而笑,指手画脚,有时,一边走路,一边吟诗,又是唱歌,又是跳舞,全然不顾他人嘲讽的眼光。流浪期间,他在许多寺庙、道观里住过,皆因不服清规戒律,被驱逐而去。他也在羊圈、猪圈、牛圈里住过,经常对动物谈禅论道,讲经说法。后来,他一路流浪,来到了浙江天台山,因喜这里秀丽的山水,便在一处寒岩下隐居起来,自号"寒山子"。

在天台山,他结识了国清寺的拾得和尚。拾得和尚是丰干禅师在路边拾来的弃婴,长大后,就在国清寺落发为僧,为人做饭。寒山来国清寺时,就帮拾得在厨房干活。他们俩常在锅灶旁谈禅论道,惹得一些僧人常常在旁偷听。寒山问拾得:"世间有人谤我、欺我、辱我、笑我、轻我、贱我、恶我、骗我,我该怎么办?"拾得说:"只是忍他、让他、由他、避他、耐他、敬他、不要理他,再待几年,你且看他。"

寒山在国清寺干完活,拾得和尚便把寺里的剩饭装在一个竹筒里,让他背回去。寒山有时在寺庙的长廊下吟咏,有时叫噪,有时独笑,有时对空谩骂,仿佛一个疯子。有的寺僧不耐烦,就一边骂,一边用棍子驱赶,但寒山并不生气,只是笑嘻嘻的,站着抚摸着被打的手掌,转过身子,拍着手,大笑而去!

寒山住在一处寒岩下,他觉得这里就是人间福地、仙人宫殿。有人曾问他如何成

道,他作了这首《人问寒山道》作答。诗中说
"君心若似我,还得到其中",意即你若像我
一样把凡心俗情都抖落干净,自然就能找到
通往寒山的路。

　　寒山在天台山隐居数十年,名气越来越
大。相传,闾丘胤赴台州任刺史途中,碰见
了丰干禅师,便问他:"台州有什么特异之
人?"丰干禅师说:"寒山。他是转世的菩萨,
你到了台州,一定要拜访他。"闾丘胤到了台
州,便造访国清寺,提出要参拜寒山。国清
寺的僧人们听了,都大吃一惊,连忙把闾丘
胤引到了灶房。

　　相传,闾丘胤见了寒山,连忙顶礼膜拜。
寒山见了,急忙走开,朝寒岩奔去。谁料,闾
丘胤竟一直追赶到了寒岩。寒山说:"去,
去,去,你这个俗物,不去拜佛,拜我做什
么?"说完,便哈哈大笑起来。这时,一块巨
大的石头裂开了,寒山纵身跳进石缝里,接
着,那裂开的石头竟合上了!闾丘胤目瞪口
呆,对着那块巨石连连磕头。

　　寒山死后,他的诗传到了日本。因偏爱
其诗中"空寂的意味",这个岛国竟掀起了对
寒山顶礼膜拜的狂潮,从皇帝到妇孺,从文
人到乞丐,几乎无人不是寒山的信徒。

寒山的诗传到欧美诸国,很让"垮掉的一代"与"嬉皮士大学生"受用。他们觉得,寒山就是他们的偶像,是他们在东方的知音。于是,他们拜寒山为祖师爷,故意穿着破烂衣服,又在衣服上泼上油漆,或者撒上牛粪、狗屎,或者在牛仔裤上剪出一两个大洞,将自己弄得又脏又臭,自认为是寒山转世。在校园里,他们嘻嘻哈哈,疯疯癫癫,旁若无人,狂呼乱叫。在课堂上,他们集体跳上桌子,挑衅教授以示对权威的抗议。一些人则干脆辍学,选择自我放逐,在海边造一座小木屋,过起了寒山式的独居生活。另一些人则选择"在路上",在无休止的奔波中,表达对世俗生活的厌倦、轻蔑与反叛。

第 48 夜　枫桥夜泊　张继

夜半钟声,尘心尽洗

月落乌啼霜满天,江枫渔火对愁眠。

姑苏城外寒山寺,夜半钟声到客船。

张继,字懿孙,湖北襄阳人。早年生活不详,只知他于公元753 年考中进士,可在吏部的选试中不幸落选。不久,安史之乱爆发了。当时,长安、洛阳一带战乱纷争,唯有江浙一带相对安定。于是,为了躲避战乱,张继一路潜逃,途经润州、无锡,来到苏州。

当时苏州也并非太平之地。淮西节度使王仲升因与副使刘展不合,欲除之而后快。王仲升奏请唐肃宗升刘展为江淮都统,暗地里却欲在其赴任途中将其杀死。刘展接到任命后,感到可疑,预知自己性命休矣,便起兵造反。他派部下张景超攻陷苏州、湖州。不久,平卢都知兵马使田神功讨伐刘展,刘展畏惧不已,只好出兵迎战,后被杀于镇江蒜山。苏、杭之地,也逐一收复。

张继到苏州时,战乱刚刚平息。郊外的万顷良田,长满了青草,满目萧条。苏州城门有重兵把守,到处都在搜捕叛乱的逃兵。张继不敢贸然进城,担心被当作敌兵抓起来。于是,他栖息在苏州城外松江的一艘船上。在船上,他倍感漂泊之苦,整夜辗转反侧,难以入眠,写下这首千古名诗《枫桥夜泊》。

安史之乱平定后,张继回到京城,并通过了吏部铨选,做了检校员外郎。后来,他还做了盐铁判官,分掌洪州财赋。他为官清廉,锱铢不取,仅一年多后,与妻子相继殁于洪州!

张继死后,过了二三百年,这首《枫桥夜泊》传入日本。因其表达的“空寂的意味”与日本文化中的“物哀的美”极为相通,以至于“其国三尺之童,无不能诵是诗者”。

第 49 夜　听筝　李端

这一声声筝响，就是那月老手中的红线

鸣筝金粟柱，素手玉房前。

欲得周郎顾，时时误拂弦。

　　李端,字正已,赵县人。祖父李暕曾任都水使者,父亲李震做过大理寺丞。他少年时,痴迷于道教,想做神仙,在嵩山、庐山一带寻仙问道,但一无所获。后来,他弃道从佛,跟随皎然学习诗歌与禅。

　　大历年间,李端来到长安,与钱起等人在驸马郭暧家做门客。郭暧是唐朝名将郭子仪的儿子,娶的是唐代宗的女儿升平公主。

　　相传,郭暧与升平公主琴瑟不调。一日,郭暧与公主吵架。郭暧说:"你依仗你父亲是皇帝吗? 我父亲还不稀罕做皇帝呢?"升平公主听后,哭着跑回家。代宗皇帝说:"你不知道,他父亲真不稀罕做皇帝呢? 如果他稀罕了,那社稷不就是他郭家的吗?"郭子仪知道后,吓得魂飞九天,连忙拘捕了郭暧,自己到朝堂上请罪。代宗皇帝说:"'不聋不哑,做不好公公婆婆',小孩子家的闺房玩笑,当大臣的怎么能当真呢?"随后,代宗皇帝赏赐了郭子仪一些财物。郭子仪回家后,狠狠地杖责了郭暧。

　　郭暧雅好文学,喜欢招纳文学之士,李端、钱起、韩翃、卢纶等"大历十才子"长期在郭暧门下做客。郭暧每次宴集赋诗时,公主都会坐在帘子后面,如果听到好诗,她就会让郭暧赏赐"百缣"。一日,郭暧升官了,便对十才子说:"今日,谁先作成,就先赏谁!"李端很快就作了一首,其中"薰香荀令偏怜少,傅粉何郎不解愁"两句,尤为警绝。钱起说:"李端确实有才,但这篇是提前就构思好的。我愿以我的姓为韵脚,作一首诗。"话音刚落,李端便折纸作书道:"方塘似镜草芊芊,初月如钩未上弦。新开金埒看调马,旧赐铜山许铸钱。"郭暧一看,说:"这一首比上一首更加好!"钱起这才钦佩不已。

相传,李端在郭暧处做客时间长了,逐渐喜欢上一名弹筝女。后来,郭暧发现了这件事。在一次酒宴上,郭暧对李端说:"你作一首诗,若能暗示出这个弹筝女在用筝声和你传情,我就把她赐给你。"李端听后,马上站起来,对着弹筝女吟了一首诗,这就是《听筝》。众人听后,大为赞赏,纷纷鼓掌。郭暧和升平公主也十分高兴,就把弹筝女许配给了李端。这首诗妙就妙在生动刻画出了弹筝女宛转多情的小心思:为了博得周郎(代指心上人)的目光,故意不时拨错琴弦。

后来,李端考中进士,任职秘书省校书郎。但中原纷争,战乱不已,李端便以多病为由,请求外放江南。晚年,李端出任杭州司马,最后客死杭州。

第 50 夜　题红叶　无名氏
宫女与诗人的传奇姻缘

流水何太急,深宫尽日闲。

殷勤谢红叶,好去到人间。

红叶题诗的故事版本很多，主要有顾况、卢渥、于祐三个版本。

顾况版见唐人孟棨《本事诗》：有一次诗人顾况和三个诗友在花园里游览，累了，就坐在河边休息，忽然见一片大梧桐叶顺流而下。顾况将其捞了起来，只见上面题着一首诗："一入深宫里，年年不见春。聊题一片叶，寄与有情人。"顾况自认为他就是那诗中的"有情人"。于是，第二天，顾况在河的上游，也在一片树叶上题了一首诗，并放入水中。诗曰："花落深宫莺亦悲，上阳宫女断肠时。帝城不禁东流水，叶上题诗欲寄谁？"过了十多天，有人在花园里踏春，又得到一首诗，便拿来交给顾况。诗曰："一叶题诗出禁城，谁人酬和独含情？自嗟不及波中叶，荡漾乘春取次行。"顾况看后，惆怅不已，但再也没有下文。

卢渥版见唐人范摅《云溪友议》：举子卢渥有一年去参加科举考试。一日，他偶然走到一条从皇宫流出的河道旁，看见一片红叶，打捞上来，只见上面题着一首诗："流水何太急，深宫尽日闲。殷勤谢红叶，好去到人间。"

卢渥看后，十分喜欢，便将这片红叶珍重地放在箱子里。不久，唐宣宗遣散了一批宫女，同时下令，这些宫女可嫁给百官小吏，但不能嫁给要参加考试的举人。后来，卢渥在范阳任职，娶了一位被遣散的宫女。新婚后不久，妻子在其箱子里发现了这片红叶，叹息道："当日偶然在红叶上题了一首诗，没想到竟收藏在你的箱子里。"卢渥得知妻子正是当日题诗红叶上的宫女，惊讶不已。两人从此一生恩爱，亲密无比。

但情节最曲折、最感人的，莫过于于祐版的红叶题诗了，见于宋人张实传奇小说《流红记》。唐僖宗年间，儒生于祐有一天傍晚在皇宫附近的街道上散步。这时，残阳欲落，悲风四起，一片片树叶纷纷坠落在路旁的水沟里。于祐在水沟边洗手，忽然看见一片硕大的树叶，缓缓地从上游飘来，树叶上仿佛有墨迹。于祐连忙捞了上来，只见上面有一首诗，写道："流水何太急，深宫尽日闲。殷勤谢红叶，好去到人间。"

于祐得此红叶后，十分困惑，不知是哪位宫女题诗，后来，竟因此生情，茶饭不思。

一日，于祐的友人来访，见到于祐后，大吃一惊，说："你怎么如此消瘦，肯定有原因，请告诉我。"于祐便把红叶之事告诉了友人。友人大笑道："你怎么这么愚蠢啊？那个宫女偶然题诗，你偶然拾得，这么偶然的事，怎么让你想念成这样，你真是又傻又可笑啊！"于祐说："天下之事，有志者事竟成，我听说过王仙客苦苦寻觅无双的故事，王仙客因为得到侠客古生的帮助，最后心想事成，可见，只要有志，事情未必不会成功！"于祐终日思念，便在一片树叶上写了两句诗"曾闻叶上题红怨，不知题诗寄阿谁"，并在御沟的上游，将叶子放在水中。

后来，于祐考了几次都没考中，便在河中贵人韩泳的手下做了幕僚。一日，韩泳对于祐说："皇帝遣散了三千宫女，让她们各自嫁人，其中有一位韩氏和我同宗，前来投靠我。我想把她许配给你，不知你意下如何？"于祐听后，诚惶诚恐，连忙拜道："我一个穷秀才，在您手下做事，承蒙您的照顾，我才衣食无忧。今日您赐我姻缘，我真不知将来如何回报？"韩泳大笑，便择了一个吉日,将韩氏嫁给了于祐。

一日,韩氏在于祐盛衣服的竹箱中发现这片红叶,大惊道:"这是我当年题的诗句,你怎么得到的?"于祐便以实相告。韩氏说:"我也在水中得到一片红叶,不知是何人所作。"于是,韩氏也取出一片红叶,于祐一看,失声叫道:"这是我当年题写的。"两人惊叹不已,说:"这哪里是什么偶然的事,这分明就是前生注定的缘分啊!"韩氏写诗咏其事曰:"一联佳句题流水,十载幽思满素怀。今日却成鸾凤友,方知红叶是良媒。"

后来,韩泳设宴,宴请于祐与韩氏。席上,韩泳笑着说:"你们二人可要好好谢谢我这个大媒人。"韩氏笑着说:"自然要谢您了,但我与于祐结合是天意,不仅仅是您这个媒人撮合的缘故。"韩泳有些困惑,便问道:"这话怎讲?"韩氏便将事情经过讲了一番。韩泳听罢,也惊叹不已,说:"我现在才知道,这个世上并没有什么偶然之事,那都是前生注定的!"

第51夜　和张仆射塞下曲六首　卢纶

唐人军旅生涯之大观

鹫翎金仆姑，燕尾绣蝥弧。

独立扬新令，千营共一呼。（其一）

林暗草惊风，将军夜引弓。

平明寻白羽，没在石棱中。（其二）

月黑雁飞高，单于夜遁逃。

欲将轻骑逐，大雪满弓刀。（其三）

野幕敞琼筵，羌戎贺劳旋。

醉和金甲舞，雷鼓动山川。（其四）

调箭又呼鹰，俱闻出世能。

奔狐将迸雉，扫尽古丘陵。（其五）

亭亭七叶贵，荡荡一隅清。

他日题麟阁，唯应独不名。（其六）

卢纶,字允言,河中蒲县人。卢纶小时候,家里很穷,父亲早逝,他只好随着母亲跟舅舅生活。安史之乱爆发,蒲县正好处于战乱中心,他只好随着家人逃难到鄱阳。

到了鄱阳,卢纶刻苦学习,通过乡试,来到长安参加科举考试,可是多次都没考中。在此期间,他曾在终南山隐居,后因与李端、司空曙、吉中孚等人交游唱和,被人视为"大历十才子"之一。

宰相王缙十分欣赏卢纶的诗,就将他推荐为秘书省校书郎。王缙是王维的弟弟,十分喜欢和诗人名士交往,但身为宰相,却依附权臣元载。后来,元载被诛,王缙被逐,卢纶受到牵连,一度被拘禁。唐德宗登基后,卢纶被任为昭应县令。

公元783年,泾原兵变,长安一片混乱。卢纶身陷叛军之中,很是恐慌。此时,浑瑊出任河中节度使,便聘请卢纶为元帅判官。泾原兵变平定后,卢纶又随浑瑊四处征战,在军营中生活多年,写了很多边塞诗。这些边塞诗粗犷豪放,大漠积雪,满眼风沙,衰草遍地,伤兵呻吟,展现的多是战争残酷与狰狞的一面,流露出的多是对身处战乱中普通人的关怀。

这首组诗《和张仆射塞下曲》，分别从发令、杀敌、追敌、庆功、狩猎、封赏六个方面，完整地表现了一场战争。其中最为人所称颂的是第二、第三首，字里行间洋溢着强烈的英雄主义气质。后人评其有"盛唐之音"，雄健高卓。

卢纶的舅舅韦渠牟很受德宗皇帝宠幸。韦渠牟曾向皇帝表荐卢纶，德宗也看过卢纶的边塞诗，便问："卢纶如今在哪里？"韦渠牟说："他在河中节度使浑瑊那里任判官。"于是，卢纶被召进长安。皇帝经常和他一起诗赋唱和，有时一连十几天都不让他出宫。不久，卢纶被提拔为户部郎中，但没过多久，他就去世了。

第 52 夜　夜上受降城闻笛　李益

边地闻芦管，已无妒人心

回乐烽前沙似雪，受降城外月如霜。

不知何处吹芦管，一夜征人尽望乡。

李益，字君虞，陇西狄道人。李益少年时代就以才思敏捷闻名于乡里。二十多岁时，李益进京赶考，一举考中进士。在长安等候吏部铨选期间，他爱上了一个叫霍小玉的女子。

霍小玉原是霍王与小妾的女儿，霍王去世后，霍小玉因为是庶出，与其母被诸兄弟赶出家门。后来，霍小玉流落烟花柳巷。李益与霍小玉相爱两年后，朝廷任命他为郑县主簿。临行之前，霍小玉对李益说："人生苦短，真爱难寻。我今年十八，你今年二十二，我恳请你，就爱我八年。八年之后，你娶妻生子，我遁入空门，平生之愿，也就足了，不知你愿意吗？"李益说："我发誓，这一辈子就只爱你一人。你放心，我到任之后，肯定会来接你！"

谁料，李益上任后不久，就与表妹卢氏订婚，全然忘了霍小玉。霍小玉日夜哭泣，几乎病死。一日，李益正和朋友在花园里饮酒赏花，忽然一个穿黄衫的豪侠之士强行将他拖走，并将他押到霍小玉面前。霍小玉见到李益，怒目而视，倒了一杯酒，泼在地上，指着李益的鼻子，说道："我为女子，薄命如此；君为丈夫，竟负心若此。李君，今当永别。我死之后，必为厉鬼，让你和你的妻子终生不安！"说完，她将空杯子扔在地上，长哭一声，倒地而亡。李益见霍小玉因自己而死，伤心不已，厚葬了她。

不久，李益与卢氏结婚。但婚后，李益精神恍惚，经常出现幻觉。某夜，他见一个美男子藏在帘子后面，笑着朝卢氏招手，便十分生气，从床上跳起来，追到帘子后面寻找，可一个人影也没有。自此以后，李益的嫉妒心变得十分严重。

一日，李益从外面回来，见妻子正在弹琴，忽然有人从门外扔进一个盒子，正好落在卢氏怀里。李益捡起那盒子，打开一看，只见里面有相思豆等物，顿时怒火冲天，抄起琴就朝卢氏砸去。此后，李益经常毒打卢氏。两人闹得不可开交，最后，他诉诸公堂，将卢氏休了。

李益另娶后，还是经常恐吓后任妻子，说他杀过人，还拿着一把利剑相威胁。李益疑心很重，总觉得妻子不贞。

因李益负心汉的行为，以及臭名远扬的"李益疾"，京城人士多耻于与他交往。当时，长安城还流传一首诗，讲述李益与霍小玉的故事。其诗曰："一代名花付落茵，痴心枉自恋诗人。何如嫁与黄衫客，白马芳郊共踏春。"李益晚年做了礼部尚书，有人因其变态的人格，送他一个"痴妒尚书李十郎"的绰号。

李益负心薄情、辜负霍小玉的故事见于唐传奇《霍小玉传》。

郑县主簿任满后，李益在京城无法立足，只好西游凤翔，并在凤翔节度使李抱玉幕府里做了几年幕僚。李抱玉是中唐名将，唐代宗十分倚重他。李抱玉死后，李益无处可去，只好四处浪游。后来，他去了灵武，在朔方节度使崔宁的幕府任职。

李益在灵武期间，写过许多边塞诗，多抒发边塞之凄苦，表达的是反战、厌战的情绪。边塞之地，多设立烽火台，回乐烽便是其中一个，李益曾在另一首诗里写过它："烽火高飞百尺台，黄昏遥自碛西来。昔时征战回应乐，今日从军乐未回。"（《暮过回乐烽》）

一日，李益登受降城（在今内蒙古杭锦后旗），回望回乐烽，忽然听到芦管声起，不由得生出一股思乡之情，便写下了这首《夜上受降城闻笛》。

　　后来,李益又北上幽州,在幽州节度使刘济的幕府,做了一段时间的幕僚。元和年间,唐宪宗也听说了李益的诗名,就召他入京,任命他为秘书少监、集贤殿学士。但李益刚入朝不久,就有谏官举报说:"李益有一首诗,说'感恩知有地,不上望京楼',这不是明摆着骂您吗?"唐宪宗听了很不高兴,又把他赶出朝廷。后来,他又被召入京,出任秘书少监、太子右庶子,最后官至礼部尚书,在八十四岁高龄时,才与世长辞。

第 53 夜　宫词　王建
唐诗中不为人知的宫禁秘史

延英引对碧衣郎，江砚宣毫各别床。

天子下帘亲考试，宫人手里过茶汤。（其七）

集贤殿里图书满，点勘头边御印同。

真迹进来依数字，别收锁在玉函中。（其十二）

日高殿里有香烟，万岁声长动九天。

妃子院中初降诞，内人争乞洗儿钱。（其七十一）

教遍宫娥唱遍词，暗中头白没人知。

楼中日日歌声好，不问从初学阿谁。（其八十三）

　　王建，字仲初，颖川人。他自幼聪慧，但家境贫寒。十八岁时，他出关中求学。后来，他多次应试，都未能高中。三十五岁时，他在李益的推荐下，入幽州节度使刘济的幕府。后来，魏博节度使田弘正保荐他为昭应县丞。此后，他便长期在长安任职。

　　据说，王建的宗叔王守澄在宫中做宦官，经常给他讲皇宫里的秘闻。王建便根据这些宫廷秘闻，写出了一组诗《宫词》。这组《宫词》一百余首，记录的是普通人很少知道的宫廷秘闻，如宫廷里如何过节、熨烫衣服、洗裙子、耍钱、侍寝、争宠，等等，事无巨细，纤毫毕现，简直把皇宫的生活兜了个底，全都展现在百姓面前。《宫词》一出，洛阳纸贵，几乎无人不私相传递，争相阅览。这里所选的四首宫词分别写了殿试、校书、庆贺妃子生子、白头宫女之怨等主题。

　　王建喜欢喝酒，喝醉后经常冲撞别人。一日，王建和王守澄喝酒聊天，忽然谈起汉桓帝、汉灵帝和宦官的故事。王建大发议论，说宦官就是一个国家的毒瘤，必须全部抓捕，立刻斩杀才行！宦官王守澄听罢王建的高论，很是不悦，威胁说："你写的宫词全都是宫廷秘闻，你怎么知道的？我明日就奏明皇上。"王建听了，一时酒醒，吓得魂不附体，但很快就镇定下来，连忙写了一首诗，大意说："不是你告诉我，九重之外的我，怎么知道呢？"王守澄吓坏了，担心此事连累到自己，就闭口不言了。

　　王建虽未考中进士，但仕途较为顺利。他先是做了昭应县丞，后来历任太府寺丞、秘书郎、殿中侍御史，官至陕州司马。陕州司马任满后，王建又回到咸阳原上，终老于斯。

　　王建死后,他的宫词不断有人模仿。其中,以五代时期花蕊夫人的宫词最为成功。她的宫词也有一百多首,清新绮丽,香艳无比。后蜀灭亡后,宋太祖赵匡胤把她叫到面前,说:"你作的都是亡国之诗,蜀国怎么能不亡?"花蕊夫人作诗回答道:"君王城上竖降旗,妾在深宫那得知?十四万人齐解甲,更无一个是男儿。"赵匡胤一时目瞪口呆,无言以对。

第 54 夜　井栏砂宿遇夜客　李涉
诗人与强盗的故事

暮雨潇潇江上村,绿林豪客夜知闻。

他时不用逃名姓,世上如今半是君。

李涉，洛阳人。其父李钧曾任殿中侍御史，因母亲死后没有按规定守丧，被人检举而发配到施州。此事在当时是一桩丑闻。李涉兄弟五人只好低调做人，隐忍度日。后来，大哥参军，李涉和五弟李渤隐居庐山书院刻苦读书，决心洗刷家族的耻辱。

后来，李渤终成大器。唐宪宗征讨淮西时，李渤献《平贼三术》，一时声名大噪，就连时任洛阳令的韩愈也佩服不已。唐德宗时，李渤被召为考功员外郎。在朝堂之上，他仗义执言，痛斥宰相萧俛等人尸位素餐，后被贬为江州刺史。在江州，李渤在隐居旧址建台，号为"白鹿洞"。

李涉也以文章闻名，后被召为太子通事舍人。在朝中，他与宦官刘希光交好，竟为受贿的刘希光说情，被谏议大夫孔戣怒斥为奸邪小人，并因此被贬为硖州司仓参军。后来，他被赦回京，出任太学博士。

之后，李涉又卷入李逢吉与裴度的党争之中。李涉因与裴度相善，被李逢吉流放到康州。康州，即今广东德庆。在去康州的路上，途经江州，李涉顺路看望五弟李渤。临别之际，李涉将行李分发给庐山的隐士，自己只留了一些书和几袋大米。

相传，李涉的船行至皖口时，遇到了强盗。正值傍晚，风雨潇潇，数十人手持兵器，拦住了李涉的船。强盗问："这是谁的船？"船夫回答道："是李博士李涉的船。"强盗头子听了，忙令停止抢劫，并说："如果真是李涉博士的船，我们就不掠夺他的财物。只是我久闻大名，若能得到李博士的一首诗，那就足够了。"李涉连忙挥毫泼墨，为强盗头子写了一首诗，并题名为"赠豪客",即《井栏砂宿遇夜客》。强盗头子得到李涉的诗后,十分高兴,馈赠了他很多财物。诗末说:他年你根本不用隐姓埋名,因为世上如今多半都是您这样的侠客。

后来,李涉在贬谪地度过余生。而那个强盗头子却因李涉的诗洗心革面,退隐罗浮山,潜心修道。

一日,番禺举子李汇在闽粤一带漫游,忽遇大雨,投宿在一位老叟家里。夜晚,李汇与老叟对酒谈古论今,联诗为乐。老叟说:"长安轻薄儿,白马黄金羁。"李汇以为老叟在嘲笑他,就反击道:"昨日美少年,今日成老丑。"两人以诗为剑,争个输赢。忽然,李汇吟道:"他时不用逃名姓,世上如今半是君。"那老叟一听,脸色大变,说道:"这首诗是李涉写给我的啊!我年轻时,浪迹江湖,曾和一群奸邪之徒打家劫舍。后遇李涉博士,他赠我一首诗,我才改过自新,从此远走江湖,隐居在这罗浮山下。如今已经过去十二年了,不知李博士在哪里啊?"说完,他拿出李涉写的那首诗。李汇看后,惊叹不已。

第 55 夜　送红线　冷朝阳

侠女与恩公的离奇故事

采菱歌怨木兰舟，送客魂销百尺楼。

还似洛妃乘雾去，碧天无际水空流。

冷朝阳,江宁人。大历四年(769)进士,曾为潞州节度使薛嵩的幕客。他之所以青史留名,主要是因为这首《送红线》。

红线是薛嵩的婢女生的女儿,是家生奴。她善弹阮咸琴,颇通经史,常为薛嵩负责一些文书工作,被人称为"内记室"。

当时,魏博节度使田承嗣势力强大,常有吞并潞州的意图。他曾借口患有肺气,对部下说:"我若能移镇山东,吹吹凉风,就可多活几年。"他暗地里豢养了三千猛士,准备袭取潞州。薛嵩得知消息后,整日坐卧不宁。

一夜,薛嵩拄着拐杖在院子里散步,只有红线跟随着。红线问薛嵩:"您一个月以来终日忧愁,是不是因为田承嗣?"薛嵩平素就十分信赖红线,便据实以告。红线说:"这事甚易。我到魏博去一趟,查看虚实,见机行事,定能解除您的忧愁。我一更出发,二更就会回来复命,请先准备一匹快马和一封信,其他待我回来再说。"薛嵩听后,大吃一惊,说:"我真眼拙,竟看不出你是一个异人。可是,事情若败,惹祸上身,怎么办?"红线说:"放心,我此去不会失手。"

红线进入闺房,梳了一个乌蛮发髻,别着金雀钗,穿上一件紫绣短袍,用青丝绑上软鞋子,胸前佩戴一把刻着龙纹的匕首,额上写着太一神名,向薛嵩拜了两拜,就不见了。红线潜入田承嗣屋内,只见他正在酣睡,枕头下面露出七星剑,剑旁有一只打开的金盒,盒子里有一张纸写着生身甲子与北斗神名,上面压着名香、珍珠之类的东西。红线本可取田承嗣项上人头,但她不愿让薛嵩与田氏家族结怨太深,就拿了那个金盒,悄然离去。

　　红线回到府上，薛嵩还在房中静坐，见
红线回来，高兴地问道："事情怎么样呢？"红
线从怀里取出金盒，把此去经过叙说了一
番。薛嵩十分高兴，当下写了一封信，让使
者快马送到田承嗣府上。信上说道："昨晚
有一位从魏中来的侠客，给了我一个金盒，
说是从您床头拿的，我不敢私自留下，便让
人恭敬地封好，送到您的府上。"田承嗣一
见，大惊失色，知道薛嵩身边有异人辅佐，便
不敢轻举妄动，还送了许多财物，与薛嵩结
为友邻。

　　过了些日子，红线忽然要辞别。薛嵩
说："你生在我家，如今又要去哪里？如今我
正仰仗着你，你怎么就要走了？"红线说："我
前世是一个男人，游学江湖，读神农药书，救
世人灾患。有一个孕妇生了蛊症，我误以芫
花酒给其治疗，竟致孕妇与其腹中二子暴
毙。我被拘拿到阴间，并投胎为女子，身居
贱隶。我有幸生在您家，今已十九年，衣食
无忧，无以为报，因见您身处危境，便挺身而
出，消弭战乱，保全魏博、潞州两地百姓性
命。如今，我前罪已赎，要去山中隐居了！"
薛嵩说："既然如此，我赠你黄金千两，在山
中使用。"红线婉言谢绝了。

　　薛嵩知道留不住红线,便召集宾客为红线饯行。在宴席上,薛嵩想为红线唱一曲,就让冷朝阳为红线作一首诗。冷朝阳据薛嵩此时的心境,写了这首《送红线》。

　　薛嵩哭着唱了这首诗,唱完后悲伤不已。红线也哭着拜谢了薛嵩,假装喝醉了酒,悄悄离开了。

　　红线的故事见于唐传奇《红线传》,其产生于唐代藩镇割据的时代背景下,赞美了红线的侠义。

第56夜　游子吟 孟郊
一个贫寒书生的"寸草心"

慈母手中线，游子身上衣。

临行密密逢，意恐迟迟归。

谁言寸草心，报得三春晖。

孟郊,字东野,湖州人。父亲孟庭玢曾任昆山县尉。不幸的是,孟郊幼年时,父亲就去世了。母亲裴氏含辛茹苦,洗涮缝补,艰难拉扯三个孩子。相传,孟郊生性纯孝,看到母亲洗衣、淘菜得到村口汲水,就和兄弟合力为母亲挖了一口井。

孟郊年轻时曾拜皎然为师,学习写诗。直到四十岁时,他才通过湖州乡试,成为一名乡贡生。第二年,孟郊去长安参加科举考试,不幸落第。过了两年,他又去参加科举考试,依然没有考中,郁闷不已。这时,孟郊碰见比他小十七岁的韩愈。当时,韩愈刚刚考中进士,他鼓励孟郊继续努力,说自己考了四次才考中,希望孟郊不要气馁。

于是,过了两年,已经四十六岁的孟郊第三次来到长安。这次,他终于考中进士。孟郊欣喜若狂,骑着马在长安城内使劲儿撒欢,写下《登科后》诗:"昔日龌龊不足夸,今朝放荡思无涯。春风得意马蹄疾,一日看尽长安花。"

但孟郊是一个书呆子,考中进士后,他竟回了家,静候朝廷任命。这一等,就是三年。到后来,他实在等不及了,就再次赴京城参加吏部考核。吏部铨选通过后,他被任命为溧阳县尉。孟郊先去溧阳官署报到,然后回家乡,恭恭敬敬地把母亲迎到溧阳奉养。这首五言古体诗《游子吟》,就是孟郊迎母亲去溧阳奉养时写的。此诗通过刻画母亲给在外游子缝补衣服这个生活细节,表达了母爱的深沉和伟大。

孟郊把母亲接到溧阳奉养后不久,因厌恶官场繁文缛节,常常和上司闹不开心。他经常擅离官府,骑着一头毛驴,到郊外散心。溧阳县令见他政务多有荒废,便请了一个人代替他的工作,并把他的俸禄减半。孟郊一气之下,辞官而去。

后来,在韩愈的帮助下,他才在河南尹郑余庆手下做了水陆转运从事,试协律郎。但谁料,不幸接踵而来。先是母亲不幸病逝,接着三个儿子也相继夭折。孟郊悲痛欲绝,在《杏殇九首》里说"哀哀孤老人,戚戚无子家""且无生生力,自有死死颜",其晚景之凄凉,真让人肝肠寸断。郑余庆出任山南西道节度观察使时,又召他为兴元府参谋。孟郊不负老友重托,带病前行,谁知,刚走到阌乡,就暴病身亡。

孟郊死后,家人将其棺材运至洛阳安葬。韩愈听说孟郊去世的消息,十分惊讶,

在家中为他设立灵位哭祭。张籍和孟郊的
朋友们听说了,也都来灵位前哭吊。韩愈还
为孟郊撰写了《贞曜先生墓志铭》。小他二
十八岁的诗人贾岛来到孟郊墓前,写诗《哭
孟郊》以吊唁之。其诗曰:"身死声名在,多
应万古传。寡妻无子息,破宅带林泉。冢近
登山道,诗随过海船。故人相吊后,斜日下
寒天。"

第 57 夜　初发太原途中寄太原所思

欧阳詹

太原之恋

驱马觉渐远，回头长路尘。

高城已不见，况复城中人。

去意自未甘，居情谅犹辛。

五原东北晋，千里西南秦。

一屦不出门，一车无停轮。

流萍与系匏，早晚期相亲。

◎ 屦（jù）：古代用麻、葛制成的鞋。　◎ 系匏（páo）：比喻隐居未仕或弃置闲散。

欧阳詹,字行周,泉州人。泉州在唐代前期经济与文化都比较落后。后来,安史之乱爆发,北方士子纷纷南逃,经济文化中心也迅速南移,泉州才逐渐有了起色。状元宰相常衮出任福建观察使,特别留意"乡县小民有能诵诗作文者",大兴办学,并亲自讲学。泉州刺史薛播、席相发现了欧阳詹,就将他推荐给常衮。常衮一见,大为赞叹,视其为"芝英",并鼓励他去长安参加科举考试。

欧阳詹和其他泉州人一样,本无心科举,可在父母与常衮的激励下,三十岁时去了长安参加科举。可应试之路,堪比蜀道,欧阳詹连考了四次都没有考中。直到第五次礼部考试时,他才与韩愈同登"龙虎榜",成为泉州以至于闽南地区第一个进士。

欧阳詹考中进士后,又去吏部参加铨选,因无人推荐,没有得到官职。为了生计,他先去了四川,想在西川节度使韦皋手下做事,但愿望落空了。接着,他又来到汴州,此时韩愈正在宣武节度使董晋的幕府任推官,他便请韩愈向董晋推荐自己,但也没有成功。无奈之下,他只好去了太原,成为河东节度使李说的幕僚。

在李说举办的宴席上,欧阳詹偶遇官妓行云姑娘,顿时心旌摇荡,不能自已。而行云也对欧阳詹颇为倾心,频送秋波。第二天,行云致书欧阳詹,请他到她的住所相会。二人两情相悦,十分称心。

只是,过了数月,欧阳詹又要去长安参加吏部铨选。行云请他带上自己。欧阳詹说:"众目睽睽,不可不畏啊!"临行之前,欧

阳詹向行云发誓,若果得官,必来娶她。两
人相拥而泣,洒泪而别。走在半路上,欧阳
詹便写了这首《初发太原途中寄太原所思》。
诗中借"一只鞋子出不了门,一个轮子停不
稳车"表达成双成对的期盼。末句直抒胸
臆,期待相守。

欧阳詹到了长安参加吏部铨选,这次如
愿以偿,终于得到一个国子监四门助教的小
官。可新官上任,欧阳詹不敢怠慢,只好勤
恳做事。但很快,就到了他与行云的约定之
期。不得已,欧阳詹只好派一个人,悄悄地
去迎接行云。

行云见到了约定之期欧阳詹还没有来,
以为他变心了,不久就病倒了,旋即转重,几
乎奄奄一息。行云自知来日不多,就让妹妹
止云把她扶起来,说:"玉雪之肌肤,花月之
神情,转眼之间,都会化成尘土,只有这青
丝,很难腐烂。"她用力剪下一缕头发,并让
止云装在一个匣子里说:"我死之后,欧阳生
若派人来,请把这个交给他。这就是我留给
他的信物。"说完,她又让止云拿来笔墨纸
砚,写了一首绝命诗:"自从别后减容光,半
是思郎半恨郎。欲识旧时云髻样,为奴开取
缕金箱。"写完,她竟肝肠寸断而亡!

　　欧阳詹的使者到后，止云便将行云的匣
子与诗交给使者，将行云临死前的情状细说
了一番。使者回去后，将匣子与诗交给了欧
阳詹，并转述了止云的话。欧阳詹听罢，恸
哭不已，过了十多天，竟也病逝了。

　　欧阳詹的生死恋记录在有唐以来闽中
文士的传记集《闽川名士传》中。

第58夜　八月十五夜赠张功曹　韩愈
"人生由命非由他"

　　纤云四卷天无河，清风吹空月舒波。沙平水息声影绝，一杯相属君当歌。君歌声酸辞且苦，不能听终泪如雨。洞庭连天九疑高，蛟龙出没猩鼯号。十生九死到官所，幽居默默如藏逃。下床畏蛇食畏药，海气湿蛰熏腥臊。昨者州前捶大鼓，嗣皇继圣登夔皋。赦书一日行万里，罪从大辟皆除死。迁者追回流者还，涤瑕荡垢清朝班。州家申名使家抑，坎轲只得移荆蛮。判司卑官不堪说，未免捶楚尘埃间。同时辈流多上道，天路幽险难追攀。君歌且休听我歌，我歌今与君殊科。一年明月今宵多，人生由命非由他，有酒不饮奈明何？

◎ 鼯（wú）：一种形似松鼠的动物。　◎ 登夔（kuí）皋：进用像夔、皋一样的贤臣。夔、皋分别是虞舜时期的乐官和刑官，皆有政绩。

韩愈,字退之,河南河阳人。韩愈三岁时,其父韩仲卿不幸病逝。母亲是韩家的婢女,韩愈出生后,她就嫁了人。父亲去世后,年长三十岁的同父异母的兄长韩会收养了韩愈。元载任宰相时,韩会出任起居舍人。后来,元载被诛,韩会受到牵连,被贬韶州。公元 780 年,韩会去世,年仅四十二岁。

韩会去世后,十二岁的韩愈只好跟着寡嫂郑氏生活。此时,因李希烈等人叛乱,中原十分混乱,郑氏只好带着韩愈到宣州去避难。在宣州,韩愈学习极为刻苦,经常废寝忘食,手不释卷。郑氏还收养了韩愈兄长的一个儿子,名叫老成。郑氏曾指着韩愈与老成,言辞悲切地说:"韩家两代,就剩你们两个了!"

十九岁时,韩愈来到长安参加科举考试,但没有考中。不过,韩愈并不气馁,随后又考了三次,终于在二十五岁那年考中进士。按照规定,举子考中进士后,还要参加吏部铨选,方能授官。于是,韩愈又去参加吏部考试,谁料又落第了,随后又连考了两次,还是失败。韩愈十分气闷,只好回到老家河阳。

直到二十八九岁时,韩愈的机会来了。曾任宰相的董晋出任宣武节度使。董晋十分欣赏韩愈,就将韩愈召到幕府,出任观察推官。董晋死后,徐泗濠节度使张建封便将韩愈召至其幕府,仍任命为观察推官。

公元 800 年,韩愈第四次参加吏部铨选。这一次,他终于考中了,随后被任命为四门博士。韩愈出任四门博士后,很喜欢提拔青年才俊。被他赏识和提拔者数不胜数,如孟郊、贾岛、李翱、张籍、李贺、李绅,以及后来官至宰相的牛僧孺。

相传，青年学子牛僧孺来到长安，先把行李寄放在城门口，然后带着自己的文章径直去拜见了韩愈、皇甫湜。二人看了他的文章，都赞赏不已。韩愈问牛僧孺："你现在住哪里？"牛僧孺说："我刚从家乡来，还没有听到先生对我文章的评价，所以不敢贸然进城。"韩愈说："看你的文章，不仅仅能中进士，还应当名垂千古。"于是，他们帮牛僧孺在城里租了房子，让他住下来。

第二天，韩愈和皇甫湜就趁牛僧孺不在家，故意前去拜访他，然后在门上写下："韩愈、皇甫湜同拜先辈牛僧孺，竟然没有遇见。"第二天，京城就传遍了韩愈拜访牛僧孺之事。许多官员、名士连忙驾车前去拜访牛僧孺。牛僧孺由此声名大噪，当年就考中了进士。

韩愈做了两年四门博士，就被升任为监察御史。当年，关中大旱，京畿乏食，京兆尹李实却不以为意，上疏说："今年虽然大旱，但收成很好。"皇帝信以为真，就没有免收租税。但老百姓日子实在过不下去了，都到了卖房卖瓦的地步。韩愈见状，便上疏疾呼，恳请皇帝免税。谁料，韩愈的上疏被李实截获，李实十分厌恶他，就将他贬为阳山县令。

当时和韩愈一起被贬的，还有张署。张署是河间人，排行十一，与韩愈同为监察御史。韩愈被贬为阳山县令，张署被贬为临武县令。阳山在今广东清远，临武在今湖南郴州。于是，韩愈与张署结伴而行，到了郴州，韩愈又独自去了阳山。

韩愈体胖，很不耐热，在阳山吃尽了苦头。广东的蛇多，蚊虫多，虎豹横行，猿猴整天在山上怪叫，飓风掀起的海浪就像丘陵一样朝人扑来。阳山县居民很少，县衙就是一座茅草屋，坐落在江边。韩愈与当地人语言不通，整日用木棍在地上画字，才可勉强沟通。

过了两年，唐德宗病逝，唐顺宗登基，天下大赦，韩愈得到赦免。可韩愈刚到郴州，唐顺宗因任用王叔文、刘禹锡等人变法，被宦官逼迫禅让，随后唐宪宗登基。有人从中作梗，让韩愈不要到长安来了，就在郴州待命。这时，张署仍在郴州，韩愈便和张署整日叉鱼、赏月。这首《八月十五夜赠张功曹》就是韩愈在郴州待命期间，八月十五与张署赏月时写的。

此诗是一首七古长诗，共二十九句。诗人用作文的手法作诗，颇有章法。前四句如同序言，交代写诗背景。中间二十句描写"君歌"，多怨愤之词。最后五句描写"我歌"，故作旷达之词，实际上表达的仍是无可奈何的郁闷之情。

不久，韩愈被授为江陵法曹参军。第二年，韩愈被召回长安，继续担任国子监博士，后升为员外郎。

第 59 夜　左迁至蓝关示侄孙湘　韩愈

云横秦岭,雪拥蓝关

一封朝奏九重天,夕贬潮阳路八千。

欲为圣朝除弊事,肯将衰朽惜残年。

云横秦岭家何在?雪拥蓝关马不前。

知汝远来应有意,好收吾骨瘴江边。

公元 815 年，韩愈任太子右庶子。此时，淮西节度使吴少阳去世，其子吴元济自封为淮西节度使，两年后派人刺杀了主张平叛的宰相武元衡，刺伤了宰相裴度，十分嚣张。韩愈上书力主讨伐，以绝后患。唐宪宗犹豫再三后，决定派裴度讨伐吴元济。裴度便聘请韩愈为行军司马。不久，李愬雪夜袭蔡州，活捉了吴元济，很快平定了淮西。回朝后，宪宗皇帝命韩愈撰写《平淮西碑》，并加封他为刑部侍郎。

韩愈的《平淮西碑》主写裴度的功劳，大将李愬看了，很不高兴，说碑文记载不实。唐宪宗知道后，便下令磨掉韩愈的碑文，并命翰林学士段文昌重写了碑文。

公元 818 年冬，一名功德使诏媚唐宪宗说凤翔法门寺藏有释迦牟尼的佛骨，十分灵验，三十年才开塔一次，开则岁丰人泰。唐宪宗妄想长生不老，就命人将佛骨迎到长安，供养三日。此事很快在全国掀起一股声势浩大的礼佛狂潮。于是，从凤翔到长安的路上，到处挤满了人，大家都想一睹佛骨真容，期待给自己带来好运。

时任刑部侍郎的韩愈对此等愚昧之行径十分反感，上《论佛骨表》，说："死人的遗骨怎么能进入宫中？恳求皇上将遗骨交给下臣，投入火中或沉入水中，以断绝天下人的疑惑……"唐宪宗看后，震怒不已，要将韩愈处以极刑。裴度、崔群等众大臣连忙求情，唐宪宗这才免了他的死罪，将其贬为潮州刺史。

韩愈出长安城时，正值寒冬季节，刚走到蓝田，又下起了大雪，这时，侄孙韩湘赶来送行。韩愈满腹牢骚，便写了这首《左迁至蓝关示侄孙湘》，抒发了内心的郁愤及前途未卜的感伤情绪。

韩愈到了潮州，听说当地有鳄鱼之患，便带了一头猪一头羊，投到江中，并写下《祭鳄鱼文》，对鳄鱼说："我是当地刺史，是朝廷的命官，限你三日，率领子孙，迁到大海中去，三日不够就五日，五日不够就七日，七日还不游走，我就派人用强弓毒箭把你们杀光！"鳄鱼听了，竟乖乖地游走了。从此，潮州再无鳄鱼之患。

不久，唐宪宗因服用大量的丹药暴病身亡，唐穆宗继位，将韩愈召回长安，拜为国子监祭酒，随后又升为兵部侍郎、吏部侍郎。

后来，韩愈升任为京兆尹兼御史大夫。

京城那些飞扬跋扈的神策军闻讯后,私下里
互相转告道:"他就是敢冲撞皇帝、敢烧毁佛
骨的韩愈,我们都小心点,可不要撞在他
手里!"

　　过了两年,韩愈病重。临终前,他担心
佛教徒造谣,说他毁佛,不得好死,就召了一
群和尚,对他们说:"你们看好,我是吃药无
效,不久就要死了。你们仔细检查我的手
足,不要骗世人说,我是生了癞死的。"韩愈
去世时,年仅五十七岁。后世十分尊崇他,
把他比作孔子。宋神宗追封他为昌黎伯,并
准许在孔庙里陪祀。

第 60 夜　春望词四首　薛涛
女校书与元稹的梓州之恋

花开不同赏，花落不同悲。

欲问相思处，花开花落时。（其一）

揽草结同心，将以遗知音。

春愁正断绝，春鸟复哀吟。（其二）

风花日将老，佳期犹渺渺。

不结同心人，空结同心草。（其三）

那堪花满枝，翻作两相思。

玉箸垂朝镜，春风知不知？（其四）

薛涛,字洪度,长安人。传说,薛涛八九岁时就能联诗对句了。一日,父亲薛郧坐在院子里,指着井边梧桐树说:"庭除一古桐,耸干入云中。"薛涛听了,随即应声道:"枝迎南北鸟,叶送往来风。"父亲听了,没有夸她,反而伤心得好几天都说不出话来。

后来,薛郧因得罪京城大官,被贬到四川,一家人便来到了四川。不久,父亲出使南诏,身染瘴气,不幸亡故,家里的生活一下子拮据起来。母亲便让她涂粉画眉,频繁参加士族举办的酒宴。在酒宴上,薛涛机巧善辩,雅句连连,一时声名鹊起,远播成都。

薛涛十六岁那年,韦皋出任剑南节度使。韦皋十分喜爱薛涛。当时,南诏进贡了一只孔雀,薛涛十分喜欢,韦皋便送给了她,让她养在园子里。韦皋镇蜀二十一年,功勋卓著,很多人都想巴结他。这些人知道薛涛是韦皋身边的红人,便送钱给她,请她在韦皋面前说些好话。薛涛恃宠而骄,来者不拒,竟全部收下,但随后又将这些钱上缴国库。韦皋知道后,十分生气,一怒之下,就把薛涛发配到松州。

后来,韦皋死了,武元衡入主四川。武元衡解除了薛涛的乐籍,并向朝廷奏请封薛涛为校书郎。朝廷没有准许，但薛涛"女校书郎"的名声一时传遍大江南北。

　　薛涛脱离乐籍后，便自立门户，住在成都西郊浣花溪的锦浦里。这时，元稹忽然闯入她的生活，让这个人到中年的才女，内心又掀起了万丈巨浪。

　　当时，薛涛四十一岁，元稹三十岁。元稹因为出任剑南东川详覆使，从长安来到了梓州，审查泸州监官任敬仲贪污案。在梓州期间，薛涛与元稹度过了一段甜蜜的日子。薛涛用《池上双凫》记录了两人的恋爱史和对婚姻生活的向往：他们像两只水鸟一样，栖息在池塘边，朝朝暮暮，翩翩而飞，在莲叶间忙忙碌碌，共同哺育雏鸟。（"双栖绿池上，朝去暮飞还。更忙将雏日，同心莲叶间。"）

　　但元稹在感情上非专一之人，三个月后，他被朝廷召回长安，随后，其妻韦丛去世，他出任浙东观察使，又迷上了另一位才女刘采春，就彻底忘了薛涛。薛涛在浣花溪畔，痴痴地等待，并为元稹写下了许多动人的情诗。其中，《春望词四首》最为著名。

　　这组诗细致入微地刻画了薛涛在一个春日对元稹的相望相思之情。第一首诗以春花寄托相思，诉说花开花落时的思念之情。第二首以春草、春鸟为意象，诉说相思之情无法传递的苦闷。第三首写春日将逝，心上人仍未归来，倍感惆怅。第四首写自己不堪面对春花，只好对镜流泪，至此已是痛苦至极。这组诗紧扣一个"望"字，把薛涛殷切盼望元稹归来之情，细腻而又委婉地表达出来，可谓笔闲而情切，意淡而味永。

薛涛始终没有等到元稹。后来，她伤心地离开了热闹的浣花溪，移居到冷清的碧鸡坊，为自己建造了一座吟诗楼。从此以后，薛涛整日一袭女冠服，默默地在吟诗楼里与道友品茶、吟诗，再不复往日的灿烂与张扬。

第 61 夜　节妇吟　张籍
一封写给叛乱分子的婉拒书

　　君知妾有夫,赠妾双明珠。感君缠绵意,系在红罗襦。妾家高楼连苑起,良人执戟明光里。知君用心如日月,事夫誓拟同生死。还君明珠双泪垂,恨不相逢未嫁时。

　　张籍,字文昌,排行十八,和州乌江人。相传,张籍十分喜欢杜甫的诗,经常一边读,一边用火烧掉,然后拌上蜂蜜,一口一口地吃掉。有一次,朋友看见他在吃纸灰,十分惊讶,就问道:"张籍,你怎么吃纸灰呢?"他回答道:"这哪里是纸灰? 这纸灰里有杜甫的诗。我吃了就能像杜甫一样写出好诗了!"

　　张籍年轻时,结识了孟郊,孟郊十分欣赏他,就将他介绍给了韩愈。韩愈已经考中进士,时任汴州进士的考官。于是,张籍就来到汴州参加乡试,并被韩愈推荐到长安应进士科考试。第二年,张籍就考中了进士。但过了七年,他才被朝廷补调为太常寺太祝。

　　这一年,平卢淄青节度使李师古病故,他的弟弟李师道自领其职。李师道暴虐专横,飞扬跋扈,是地方上的一股恶势力。李师道为了扩张势力,四处拉拢失意文人、中央政府官员,气焰十分嚣张,大有永久独立的野心。

　　李师道也向张籍发出邀请,让人送去一对夜明珠,恳请他辞去太常寺太祝一职,到青州来任职。但张籍受韩愈影响,在国家统一问题上,态度十分坚决。他认为,李师道没有朝廷任命,就自领平卢淄青节度使,是叛乱,是分裂国家。于是,在不得罪李师道的前提下,他写了这首《节妇吟》,以表明他的态度。

　　这首诗表面上看,是一位贞洁的已婚女子拒绝了一位公子的诱惑,但细细品来,却发现还有一重意思。因为此诗还有一个副标题:寄东平李司空师道。可见,这首诗中的"君"指代李师道,"妾"指代作者,"夫"与"良人"指代皇帝。这首诗潜台词是:坚决效忠皇帝,维护国家统一,反对藩镇割据。

不久,吴元济叛乱,李师道遥相呼应,公然反抗朝廷。后来,吴元济被诛杀,李师道恐慌不已,仓皇举兵叛乱,但很快就被朝廷镇压,随后被部下刘悟诛杀。

张籍在太常寺当了十年的太祝,工作太努力,竟得了严重的眼疾,几乎失明,旁人都叫他"穷瞎张太祝"。后来,韩愈推荐他为国子监博士,后又升为水部员外郎。

张籍任水部员外郎时,韩愈正任吏部侍郎。二人亦师亦友,在晚年关系尤为密切,韩愈经常开张籍的玩笑。著名的《早春呈水部张十八员外二首》就是这一时期韩愈给张籍的游戏之作。其一曰:"天街小雨润如酥,草色遥看近却无。最是一年春好处,绝胜烟柳满皇都。"其二曰:"莫道官忙身老大,即无年少逐春心。凭君先到江头看,柳色如今深未深。"大意是说:张籍啊,张籍,官做大了,竟忘了少年心。走,咱到郊外散心去。早春来了,长安城下了毛毛雨,北方的春雨贵如油,滋润着万物。地上的小草将要钻出地面,远看一片朦朦胧胧的绿意,近看却显得稀疏零星。一年中属早春最美,远远胜过满城烟柳的暮春。

张籍是个花痴,嗜花成癖。有一年,他听说长安一个贵侯家长出了一株硕大无比的山茶花,想据为己有,可他揣摩那人不会轻易给他,就提出,用自己的爱姬换。众人听说了此事,觉得张籍爱花胜过爱人,送了他一个"花淫"的绰号。

第 62 夜　偶书　刘叉
"不平则鸣"的愤怒诗人

日出扶桑一丈高,人间万事细如毛。

野夫怒见不平处,磨损胸中万古刀。

刘叉,自称彭城子,河朔人。他生得高大,威猛无比,曾在街市上专为人宰杀牲畜,还替人用笼子逮鸟雀。一日,刘叉喝醉了酒,被人激怒,便反手一刀将那人杀死了!酒醒之后,他懊恼不已,就逃到山里,隐姓埋名,潜心读书。

后来,朝廷大赦,他才从山里走出来。他穿着破烂衣服,跟着一群乞丐,到处乞讨酒食。他经常把讨来的钱财,散给同伴,一听到朋友有难,马上倾囊相助,绝不含糊。

一日,朋友姚秀才看中刘叉腰中的小剑,他当即解下相赠,并作诗道:"一条古时水,向我手心流。临行解赠君,勿报细碎仇。"

他最有名的诗作《偶书》,更是把这个愤世嫉俗的诗人活脱脱地刻画了出来。"野夫怒见不平处,磨损胸中万古刀",这个"野夫"见不惯世间不平之事,诗如其人,这大概是刘叉最真实的自画像了!

后来,刘叉听说韩愈侠义好客,喜欢接纳天下之士,便从山东步行来到了洛阳。刘叉作了两首诗,一首是《冰柱》,一首是《雪车》,敬献给韩愈。韩愈看了,大为赞赏,认为把卢仝、孟郊的诗全都比下去了。

但刘叉在韩愈的门下,并不低眉顺眼,言听计从。他对韩愈发起的"古文运动"很不以为然,写了一首《勿执古寄韩潮州》,劝诫韩愈。其诗曰:"古人皆执古,不辞冻饿悲。今人亦执古,自取行坐危。老菊凌霜葩,狞松抱雪姿。武王亦至明,宁哀首阳饥。仲尼岂非圣,但为互乡嗤。寸心生万路,今古梦若丝。逐逐行不尽,茫茫休者谁。来恨不可遏,去悔何足追。玉石共笑唾,弩骥相奔驰。请君勿执古,执古徒自隳。"大意是说:古人有啥好学的?学古人,死路一条。都活成了古人的面目,那今人还有什么活路?人还是要活出自己来。

但韩愈好像没有听进去。后来,刘叉又与韩愈的门生起争执,弄得大家都不愉快。

据元人辛文房《唐才子传》记载,一日,有人为韩愈送来了写墓志铭的润笔费。刘叉见了,径直夺了过去,说:"这些都是阿谀死人得来的钱,不如把这些钱给我,好让我多活几年!"韩愈和他的门人目瞪口呆,但也不好阻拦,就眼巴巴地看着刘叉拿着钱扬长而去!刘叉回到山东,后来便不知所终了。

第 63 夜　近试上张水部　朱庆馀
古人行卷诗的典范

洞房昨夜停红烛，待晓堂前拜舅姑。

妆罢低声问夫婿，画眉深浅入时无？

朱庆馀,字可久,绍兴人。小时候家境贫寒,只好发愤读书,希望通过科举改变命运。成年后,朱庆馀多次参加科举考试,但都不幸落第。他愤恨不平,作《行路难》,悲叹寒门学子要翻身,比登天还难。《行路难》曰:"世事浇浮后,艰难向此生。人心不自足,公道为谁平?德丧淳风尽,年荒蔓草盈。堪悲山下路,非只客中行。"

后来,朱庆馀还去了边关,希冀找到出路。边地风光与江南大不相同,风沙卷地,直接钻到马毛里,家家都看不到竹树,墙壁上挂满了刀弓,小孩都能探望烽火,妇女都会缝制军旗,战士们披着金甲,守卫着边关。但朱庆馀在边关始终没有找到出路,不得已又返回了长安。

在长安,朱庆馀遇到了自己一生的贵人张籍。当时张籍任水部员外郎,朱庆馀带着自己的诗去拜访他。张籍十分欣赏朱庆馀,就向他索要了新旧之作数十篇,然后,反复吟咏,精心修改之后,留下二十六篇。张籍带着这二十六篇文章,到处向人推荐。因为张籍位高名重,当时的士子名流连忙将朱庆馀的文章找来,恭恭敬敬地誊录,大声地吟咏。

临近考试,朱庆馀仍忐忑不安,于是,模仿张籍的《节妇吟》,写了一首"行卷诗",即这首《近试上张水部》。这首诗表面上像是一首闺妇诗,说一位新娘子刚嫁进门,第二天早晨,就要去拜见公婆。在见公婆之前,她精心打扮,化完妆后,低声问夫婿:"我的眉毛画得浓了,还是淡了,合不合流行的式样?"

其实,这首诗潜台词是说:张公啊,马上就要考试了,我就像一个刚嫁进门的新娘子,要去见公婆了。在临进考场之前,我想问一问你,我的文章,是好,还是不好,合不合主考官大人的心意?

张籍马上也回了一首诗,即《酬朱庆馀》。其诗曰:"越女新妆出镜心,自知明艳更沉吟。齐纨未足时人贵,一曲菱歌敌万金。"

这首诗表面上夸赞越女,说一位越地的采菱女要出去采菱了,她化完妆,在镜子旁照了照,觉得自己明艳动人,但她有点不自信,就在镜子前踌躇了一会儿。接着,她出门了,看到很多权贵人家的女子,穿着漂亮的衣服,她一点也没放在心上。随后,她一边采菱,一边唱歌,那歌声清脆悦耳,青春活泼,众人听了,都认为价值万金,无人可比。

其实,其真正的诗意是:朱庆馀啊,你的文章就像那采菱女一样,美极了,你不要担心,肯定会考中的。别的考生的文章都只不过是些华丽的辞藻罢了,你的文章内容扎实,价值万金,无人可与你相比!

后来,朱庆馀果然考中进士,并出任秘书省校书郎。他的诗歌得张籍之诗的神韵,通俗清新,含蓄隽永,颇有南方民歌的意味!

第 64 夜　元和十年自朗州至京戏赠看花诸君子　刘禹锡

看花与咏花

紫陌红尘拂面来,无人不道看花回。

玄都观里桃千树,尽是刘郎去后栽。

刘禹锡,字梦得,洛阳人,但他出生在嘉兴。因当年安史之乱爆发,中原大乱,父亲刘绪随家人逃难到嘉兴,并在此定居。刘禹锡童年时期,十分喜欢与擅长诗词的人交往。他经常脖子上挂一块木板,跟随那些年长的诗人,准备随时请教。后来,他听说湖州诗僧皎然诗艺精湛,便来到湖州,拜皎然为师,学习写诗。

十九岁时,刘禹锡来到长安,结交了很多名贤,并在二十二岁时一举考中进士。随后,他又应博学鸿词科、吏部取士科,皆顺利通过,被授为太子校书。谁料,不久,父亲病逝,他只好在家守丧三年。居丧结束后,刘禹锡为淮南节度使杜佑所聘用,出任掌书记。杜佑是当时著名的学者,正在编撰《通典》,刘禹锡可能帮了杜佑很多忙,深得赞许。后来,杜佑再次入京为相,任命刘禹锡为监察御史。

此时,韩愈、柳宗元也同为监察御史。三人结为挚友,互相唱和,被称为中唐文坛"铁三角"。刘禹锡任太子校书时,与教太子李诵下围棋的王叔文相互欣赏,并引为知己。唐顺宗李诵即位后,王叔文组阁,执掌朝廷大事,联合王伾、刘禹锡、柳宗元等人,实施了一系列"内抑宦官,外制藩镇"的措施,史称"永贞革新"。

这些改革措施触犯了宦官与藩镇的利益,遭到了联合反扑。以俱文珍为首的宦官借口唐顺宗中风,久病不愈,逼迫唐顺宗立李纯为太子。皇帝无奈,只好照办。随后,宦官又指使剑南节度使韦皋等藩镇主帅,请求皇太子代理国政。唐顺宗再一次让步,同意皇太子监国,随后又"内禅",自称太上皇。太子李纯继位,是为唐宪宗。唐宪宗上台后，立即将王叔文贬为司马，随后赐死，接着将刘禹锡、柳宗元等八人先后贬为司马。

刘禹锡先是被贬到连州，接着被贬到朗州。朗州即今天的湖南常德。刘禹锡被贬后，并没有消沉，而是不断作文以砥砺精神。他曾作《砥石赋》以自励，说自己是一把生锈的宝刀，被生活这磨刀石磨了一遍又一遍，但他相信，这口宝刀将来肯定会重新锋芒毕露，甚至比以前更加锋利。

他又作《秋词》二首。其一曰："自古逢秋悲寂寥，我言秋日胜春朝。晴空一鹤排云上，便引诗情到碧霄。"其二曰："山明水净夜来霜，数树深红出浅黄。试上高楼清入骨，岂如春色嗾人狂。"在这两首《秋词》诗里，他更是放出豪言，说："人人都认为秋天空寂萧条，可我说，秋天好得很，比那春天还好呢！你看，山明水净，晴空万里，一只白鹤直冲云霄，我一看秋日飞鹤图，就诗兴大发，想象自己也像白鹤一样，飞到天上，在云端引吭高歌！秋天实在是太美了！你看，秋高气爽，山也显得明亮了，水也变得清澈了，晚上起霜了，早晨起来，那树叶有的深红，有的浅黄，甚是赏心悦目！站在高楼上，秋风习习，十分凉爽，那比让人发狂的春色美多了！"

在朗州待了近十年，刘禹锡才被皇帝召回长安。回到长安后，他与柳宗元等人去玄都观游玩。正值三月，玄都观的桃花朵朵盛开，香气怡人。相传，玄都观的桃树是一个道士种的仙树，桃花盛开时，就像红霞一样，布满整个道观。大家心情舒畅，意气昂扬，刘禹锡更是诗兴大发，写下这首《元和十年自朗州至京戏赠看花诸君子》。

　　谁料,此诗被人传颂后,宰相武元衡认为刘禹锡用桃树比喻自己,讽刺自己是因排挤了王叔文等人才当上宰相。唐宪宗更是生性多疑,认为刘禹锡讽刺自己生生地挤掉了父皇李诵才当上皇帝的。唐宪宗一怒之下,便将刘禹锡贬为播州刺史。播州即今天贵州遵义。

　　母亲年纪大了,刘禹锡担心自己此去播州,再也见不到母亲,就决定带着母亲一起去。御史中丞裴度因与刘禹锡的母亲卢氏是远房亲戚,向皇帝求情说:"刘禹锡有罪,但他的母亲年老,让其母子生死离别,好不痛惜啊!"唐宪宗说:"为人之子,出言尤其要谨慎。刘禹锡自作自受,就是一个反面例子。"裴度说:"陛下侍奉太后,以孝闻名天下。请皇上也体恤一下刘禹锡母子啊!"唐宪宗听后,沉默良久,然后说:"我责罚的是儿子,但我不想伤他母亲的心啊!"唐宪宗下朝后,就对左右说:"裴度是在保护我,让我爱惜自己的名誉啊!"第二天,唐宪宗就宣布,将刘禹锡改任为连州刺史。连州在广东清远西北部,物产丰富,较之播州,已是天差地别了。

第 65 夜　再游玄都观　　刘禹锡

打不死的刘郎，今又回来了

　　余贞元二十一年为屯田员外郎，时此观未有花木。是岁，出牧连州，寻贬朗州司马。居十年，召至京师，人人皆言有道士手植仙桃，满观如红霞，遂有前篇以志一时之事。旋又出牧，于今十有四年，复为主客郎中。重游玄都，荡然无复一树，唯兔葵燕麦动摇于春风耳。因再题二十八字，以俟后游。时大和二年三月。

　　百亩庭中半是苔，桃花净尽菜花开。

　　种桃道士归何处？前度刘郎今又来。

刘禹锡在连州住了近五年,他的母亲就病逝了。刘禹锡便奏请朝廷,恳请护送母亲的灵柩回洛阳守丧。朝廷准允后,刘禹锡便一路北上。途经衡阳,他听说柳宗元在柳州去世,悲伤不已,写下《祭柳员外文》,以祭奠这位挚友。

不久,唐宪宗被宦官杀害,唐穆宗登基。第二年,唐穆宗任命刘禹锡为夔州刺史。在夔州,刘禹锡为挚友柳宗元编辑了遗稿。唐穆宗在位仅四年,因纵欲过度,迷恋丹药,一命呜呼了!唐穆宗死后,唐敬宗登基,又将刘禹锡调任为和州刺史。

和州,即今安徽和县。相传,刘禹锡在和州经常被地方官员欺负。地方官员给他安排了一个十分简陋的住所。刘禹锡不以为苦,反以为乐,并写了一篇《陋室铭》,让人刻在石碑上,立在门前。《陋室铭》曰:"山不在高,有仙则名。水不在深,有龙则灵。斯是陋室,惟吾德馨。苔痕上阶绿,草色入帘青。谈笑有鸿儒,往来无白丁。可以调素琴,阅金经。无丝竹之乱耳,无案牍之劳形。南阳诸葛庐,西蜀子云亭。孔子云:何陋之有?"

刘禹锡在和州居住了两年,唐敬宗便将他召回了洛阳。途经扬州,刘禹锡遇见了白居易。两人同病相怜,互赠诗歌,白居易给刘禹锡写了一首《醉赠刘二十八使君》,刘禹锡给白居易写了一首《酬乐天扬州初逢席上见赠》。刘禹锡诗曰:"巴山楚水凄凉地,二十三年弃置身。怀旧空吟闻笛赋,到乡翻似烂柯人。沉舟侧畔千帆过,病树前头万木春。今日听君歌一曲,暂凭杯酒长精神。"大意是说:我被流放巴山楚水二十三年,如今回来了,物是人非,世事早就变了。但沉舟侧畔,千帆竞过,病树前头,万木争春,人活着,怎能垂头丧气?我就是被他们踩扁,也要硬生生地站起来。来,干一杯,这酒好喝,长人精神啊!

第二年,因宰相裴度的举荐,刘禹锡再次回到长安,出任主客郎中。恰值三月,距上次游玄都观已有十四年了。刘禹锡不胜感慨,再次来到玄都观。谁料,玄都观里一棵桃树也没有了,只剩下一片杂草,在春风中摆动。刘禹锡便题了这首《再游玄都观》。

这首诗前有序言,其意说:"我贞元二十一年(805)出任屯田员外郎,当时此观还没有花木。这年,我被贬为连州刺史,不久又被贬为郎州司马。过了十年,我才被召回京城,人人都说有道士在观内种植了仙桃,满观灿如红霞,于是便有了前面那首诗,以记录那时的事。很快我又被贬,如今有十四年了,我再次做了主客郎中。今日我重游玄都观,空荡荡的,一棵树也没有了,只有兔葵、燕麦在风中摇摆。因而我再作二十八字诗,以等待后游者指教。大和二年(828)三月。"

后来,刘禹锡又出任了集贤殿学士、礼部郎中、苏州刺史、汝州刺史等职。晚年,刘禹锡定居洛阳,白居易也正好闲居在此。二人经常诗文唱和,短短数年,和诗竟多达138首。白居易将他们之间的唱和诗,编成了《刘白唱和集》。不久,刘禹锡病逝,享年七十一岁。白居易如失去了亲兄弟一样,伤心不已,便写《哭刘尚书梦得二首》,称赞刘禹锡为"贤豪",而后人多称刘禹锡为"诗豪"。

第66夜　长相思　白居易
白居易与湘灵的旷世苦恋

　　九月西风兴,月冷露华凝。思君秋夜长,一夜魂九升。二月东风来,草坼花心开。思君春日迟,一日肠九回。妾住洛桥北,君住洛桥南。十五即相识,今年二十三。有如女萝草,生在松之侧。蔓短枝苦高,萦回上不得。人言人有愿,愿至天必成。愿作远方兽,步步比肩行。愿作深山木,枝枝连理生。

◎ 坼(chè):裂开。

白居易，字乐天，河南新郑人。公元 771年，四十一岁的白季庚娶了自己妹妹十五岁的女儿陈氏为妻，第二年，陈氏便生下了白居易。

相传，白居易是一个神童。他五岁开始作诗，九岁熟知声韵。母亲陈氏对他的教育抓得很紧，督促他写诗、作文、温习功课。白居易自己也很努力，经常读书读得口舌生疮，写字写得手上磨出茧子，但仍手执书卷，学习不辍。

白居易十二岁的时候，其父因坚守徐州有功，被升任为徐州别驾。白居易一家便迁居在徐州城外的符离。第二年，因李希烈叛乱，中原大乱，白季庚便将家人转移到越中。在越中居住了三年，中原乱平，十六岁的白居易便带着自己的诗来到长安。

白居易去拜谒著作郎顾况，顾况看到白居易的名字，就打趣道："白居易，长安米贵，'白居'可不'易'啊！"随后，他看了白居易的诗，首篇即《赋得古原草送别》，大吃一惊，连忙说："能写出这样的诗，在长安白居，又有何不易呢？"于是，顾况四处夸赞白居易，白居易一下子声名大噪。

随后,白居易又从长安回到了符离。在符离,他爱上了一位美丽的邻家少女。这位少女名叫湘灵,住在白居易家的东边。白居易觉得湘灵就是月宫里的嫦娥,旱地里的莲花,要是能让自己变成一只鹦鹉,飞到她的窗下,和她说上两句话,他就是死了,也心甘情愿。后来,他们经常私下里幽会,沉浸在炽热的爱恋中不能自拔。

白居易二十二岁时,父亲在襄阳任上去世。白居易料理完丧事,仍回到符离。在守丧期间,白居易与湘灵很少相聚,但两人一往情深,发誓生死不离。因湘灵是农村姑娘,白居易是官宦人家,其家人坚决不同意他们结合。为了斩断这对有情人的交往,白家决定搬到洛阳居住。

临行前,湘灵送给白居易一双绣花鞋,愿他永远珍藏。白居易痛心不已,作《潜别离》《生离别》等诗。在这些诗中,白居易说:不得哭,不得语,悄悄地离去,暗暗地相思。我俩的心思,只有我俩知道,唉,这一去什么时候才是再会之日?什么最难,什么最酸?最难莫过生离别,最酸莫过心里苦。生离别,生离别,我心中的酸楚无断绝,想起了我就心烦气血衰,还不到三十就白了头。

　　第二年,因叔叔白季康任宣州溧水县令,白居易便以溧水县考生的身份参加了宣州乡试,并被宣歙观察使崔衍推荐到长安,参加进士科考试。在宣州期间,白居易想起仍在符离的湘灵,很是伤感,就写了这首《长相思》。这首诗以湘灵的口吻表达了刻骨的相思之情:愿做远方的野兽,两两比肩而行,寸步不离;愿做深山里的大树,枝枝相连,永世相伴。

　　随后,白居易来到长安,参加了礼部的进士科考试,并以第四名的成绩一举考中进士。同年,他又参加了吏部的书判拔萃科考试,亦一举登第,被授予秘书省校书郎。任满后,白居易又参加吏部的才识兼茂明于体用科考核,合格后被授予周至县尉。

　　公元 806 年冬天,新上任不久的周至县尉白居易与好友陈鸿、王质夫同游周至县南仙游寺。在仙游寺,他们谈起了五十年前距此地不远的"马嵬坡之变",都感慨不已。王质夫举着酒杯对白居易说:"这等旷世之奇事,只有旷世之奇才,才能把它精彩地写出来。不然,随着时间的消逝,就没人知道了!白兄你诗艺奇绝,为什么不把它写出来呢?"白居易听了,颇为心动,便以李隆基与杨玉环的爱情故事为题材,写了一首《长恨歌》。随后,陈鸿又写了一篇《长恨歌传》。

白居易的《长恨歌》,识者皆以为是白居易借李、杨之爱情,抒写其对湘灵姑娘的刻骨铭心的爱恋。《长恨歌》最后四句"在天愿作比翼鸟,在地愿为连理枝。天长地久有时尽,此恨绵绵无绝期",与《长相思》最末四句"愿作远方兽,步步比肩行。愿作深山木,枝枝连理生",可谓是同理异文,说的都是"愿天底下有情人,都成了眷属"的美好愿望。

可白居易与湘灵姑娘始终也没能成了眷属。直至多年后,已经三十七岁的大龄青年白居易才娶了杨虞卿的堂妹杨氏为妻。而湘灵姑娘已经三十多岁了,依然住在符离,没有嫁人。

过了两年,白居易的母亲竟在后花园赏花时落井而亡。白居易为其母守丧三年,其后升为左拾遗。不久,淮西节度使吴元济谋反,宰相武元衡力主平叛,谁料,竟遭刺杀。白居易上书要求严惩凶手,被政敌忌恨,说他越职言事。政敌搜罗白居易的诗文,弹劾他在母亲落井而亡为其守丧期间,作《新井篇》《赏花》诗,是为大不孝。吏部收到弹

劾后,将白居易贬为江州刺史。这时,中书
舍人王涯更是在背后再捅一刀,说白居易才
能低劣,不堪刺史一职,于是,吏部又将其贬
为江州司马。

到了江州,白居易在院子里晾晒衣物,
忽然看到湘灵当年送给他的一双绣花鞋,伤
心不已。他把鞋子拿在手中,反复观看,感
慨万千,鞋是一双,人却是孤单的一个。鞋
者,"谐"也,可他与湘灵的情事,终究没有和
"谐",真是人生第一大憾事! 更让人惋惜的
是,因为梅雨天,鞋子颜色已经暗淡,图案也
模糊不清了。

第 67 夜　钱塘湖春行　白居易
江南忆,最忆是杭州

孤山寺北贾亭西,水面初平云脚低。

几处早莺争暖树,谁家新燕啄春泥?

乱花渐欲迷人眼,浅草才能没马蹄。

最爱湖东行不足,绿杨阴里白沙堤。

　　白居易在江州谪居了三年。他被贬谪到这里的第二年秋夜，在浔阳江头送别友人时，偶听到琵琶声，邀琵琶女相见攀谈后，有感于其年老色衰、备受冷落的境遇与自己仕途不顺、屡遭贬谪何其相似，写下千古名篇《琵琶行》。其中"同是天涯沦落人，相逢何必曾相识"，温暖了世间无数失意人。

　　因淮西大捷，活捉了吴元济，唐宪宗异常兴奋，就宣布全国大赦。白居易亦在遇赦之列，随后，被任命为忠州刺史。后来，唐穆宗登基，白居易被召回长安，出任尚书司门员外郎，接着又升任主客郎中、中书舍人。

　　公元 822 年，已经五十一岁的白居易厌倦了朝堂之上的党派倾轧，请求外放。朝廷同意了他的请求，任命他为杭州刺史。白居易接到任命后，欣喜若狂。因为他早年避难越中，就曾在杭州一带游历过。当时，杭州刺史房孺复是名相房琯的儿子，苏州刺史是韦应物。韦应物嗜好诗歌，房孺复嗜好饮酒。两位太守经常诗酒唱和，很是让人艳羡。那时，白居易年龄尚小，还没资格参加两位太守的诗酒唱和。他发愿，他日若能在苏、杭两郡之中，得一郡而治之，此生足矣！

　　但谁知，白居易刚到杭州，当地老百姓就倾诉道："杭州之患，莫大于西湖。西湖就是我们杭州最大的祸害啊！"原来，唐代杭州春天多雨，秋天多旱。雨季一来，湖水满溢，城中顿时泥泞不堪；旱季一来，湖畔又多淤泥，湖水没法抽出来。加之豪强地主私占湖田，纵横拦截，任意盗水，导致杭州虽有湖，却不能为杭州人造福，只中饱了某些豪强的私囊。

白居易实地调查了一番,便着手规划疏浚湖水的工程。他先是修筑湖堤,加高数尺,又铲除私田,还湖于民,接着,疏通周围大小官河数十条,以便旱时放湖入河,从河入田,又设立专门军吏,雨季时泄湖,旱季时会同本地田户,定时定量放水灌溉。这一工程,耗时三年,终于在白居易离任前大功告成。白居易对此十分欣慰,在竣工之日,写下《钱塘湖石记》以记录此事,并告知后来的杭州刺史,务必明白此湖之利害。

这首《钱塘湖春行》就是白居易疏浚西湖后,在一个春日与友人纵马湖畔,游览新西湖时写的。此诗以诗人行踪为线索,从孤山寺、贾亭到湖东、白沙堤一路游览,路上早莺争暖树、新燕啄春泥、乱花迷人眼、浅草没马蹄,真是美不胜收,令人流连不已。值得注意的是,此处"白沙堤",即今日的"白堤",并非白居易所修建,据说此堤原是一条自然堆积的沙堤,后经人工填土,大概在唐大历年间,才逐渐形成白沙堤。

三年任期满,白居易要离开杭州了。临走时,白居易将自己的多半俸禄留在官库里,并嘱咐继任者若公家的钱不够用,可以挪用,并及时补上。这种措施前后施行了五十年,直到黄巢占领杭州,才将那些俸银一抢而光。

　　白居易离开杭州后,回到洛阳,先是做了一段时间太子左庶子,接着,就被任命为苏州刺史。白居易在苏州勤于政事,开凿了从虎丘至阊门的人工河道,即今天的山塘河,并在河岸两旁用从河道里挖出来的淤泥筑起了七里长堤,时人尊称"白公堤""七里山塘",即今天的山塘街。后来,白居易骑马摔了一跤,扭伤了腰,加之又生了眼疾,就奏请朝廷,请求致仕。白居易离开苏州时,苏州十万户居民拦路而哭,让他也很是感动。

第 68 夜　燕子楼三首　白居易

白居易"以诗杀人案"之始末

满窗明月满帘霜,被冷灯残拂卧床。

燕子楼中霜月夜,秋来只为一人长。(其一)

钿晕罗衫色似烟,几回欲著即潸然。

自从不舞霓裳曲,叠在空箱十一年。(其二)

今春有客洛阳回,曾到尚书墓上来。

见说白杨堪作柱,争教红粉不成灰。(其三)

◎ 钿(diàn):把金属宝石等镶嵌在器物上作装饰。

　　白居易从苏州回来后,曾任秘书监、刑部侍郎,但因为生病,他自请为太子宾客分司东都,回到洛阳,居住在履道里。太子宾客是正三品,年俸七八万钱,米四百石,另配有仆役三十人,警卫三十八人,车辆四乘,马四匹,驴六头,饲料钱每月六千钱,永业田二十五顷,职分田九顷。其后白居易又任太子少傅、刑部尚书,皆是正三品以上,其俸银与钱粮更是上了一个台阶。

　　白居易晚年生活优裕,经常和同在洛阳的刘禹锡诗酒唱和,并不时散钱财给穷人。但有一点颇为后世人所诟病,就是他蓄养了大量的家妓,并写了许多狎妓舞宴的诗。这些家妓大多十三四岁,有名字的有樊素、小蛮、菱角、谷儿、红绡、紫绡,其余没名字的,就不可胜数了。最让人感到愤怒的是,"十载春啼变莺舌,三嫌老丑换蛾眉",白居易只要觉得这些歌女老了丑了,就马上卖掉,另买一些年纪小的姑娘,而且十年中换过了三次。白居易自视为风雅之举,频频在诗中自夸、炫耀!

　　白居易此等做法,与早年给湘灵写情诗的他、中年写《卖炭翁》《观刈麦》《买花》的他,形成巨大反差。清人宋蓉塘就讥讽白居易,说他后期的诗"忆妓多于忆民"。近人王韬则将白居易、杜牧并举,说:"昔白香山离杭郡,忆妓多于忆民;杜樊川在扬州,寻春胜于寻友。"

　　此外,白居易晚年,最说不清道不明的,就是"以诗杀人案"。《全唐诗》《唐诗纪事》均记载了此事:关盼盼,风姿殊丽,善歌舞,是徐州有名的歌妓。徐泗濠节度使张尚书十分喜欢关盼盼,便纳她为妾。一日,白居易拜访父亲的老部下张尚书。张尚书设宴热情招待了白居易,并在酒酣耳热之际,让关盼盼跳舞助兴。

关盼盼舞姿翩翩,宛若天女。白居易大为赞叹,便模仿李白夸赞杨玉环的《清平调词》,赠诗一首,其中有两句曰"醉娇胜不得,风袅牡丹花",说关盼盼就像花中之王牡丹一样,醉态迷人。主客尽欢而去,此后,白居易一直没有张尚书与关盼盼的消息。

过了十二年,司勋员外郎张仲素拜访白居易,出示了《燕子楼》诗三首。白居易见言辞婉丽,便问是谁所作。张仲素说是关盼盼所作。这三首诗其一曰:"楼上残灯伴晓霜,独眠人起合欢床。相思一夜情多少,地角天涯未是长。"其二曰:"北邙松柏锁愁烟,燕子楼中思悄然。自埋剑履歌尘散,红袖香销一十年。"其三曰:"适看鸿雁岳阳回,又睹玄禽逼社来。瑶琴玉箫无意绪,任从蛛网任从灰。"张仲素说:"张尚书已经去世,葬在洛阳。徐州城有张氏旧宅,里面有一座小楼名叫燕子楼,关盼盼因眷恋张尚书,发誓不再嫁人,已在燕子楼住了十多年。"

白居易因感慨张尚书与关盼盼之情事,便想象关盼盼在燕子楼独守空闺、虚度青春的情态,写了《燕子楼三首》。

写完之后,白居易觉得意犹未尽,就又写了一首绝句:"黄金不惜买蛾眉,拣得如花

四五枝。歌舞教成心力尽，一朝身去不相
随。"其大意说：张尚书不惜黄金，买了四五
个像花儿一样的女孩，让人教她们唱歌跳
舞，费劲心力。可一旦张尚书去世了，竟没
有一个人为他殉情。

后来，张仲素回到徐州，把白居易写的
四首诗带给关盼盼。关盼盼反复读了几遍，
说："张尚书死后，我之所以没有为他殉情，
苟活至今，是怕百年之后，有人说张尚书重
色，让妾室自杀以陪葬，玷污他的名声。"随
后，关盼盼写了一首诗："自守空楼敛恨眉，
形同春后牡丹枝。舍人不会人深意，讶道泉
台不去随。"责备白居易逼迫自己殉情。后
来，关盼盼郁郁不乐，绝食而死。临死之时，
关盼盼吟诗"儿童不识冲天物，谩把青泥污
雪毫"，怒斥白居易像无知小儿一样，往自己
身上泼烂泥。白居易听闻此事，悔恨不已，
只好出资请人将关盼盼葬在张尚书坟墓
旁边。

此案疑点甚多。主要集中在两点：第
一，谁是张尚书？第二，白居易是否在诗中
表达了逼迫关盼盼殉情之意？关于张尚书，
有人说是张建封，有人说是张建封的儿子张
愔。持张建封之说者认为：张建封风流儒

雅,才情非凡,与关盼盼堪称郎才女貌;而张
愔乃鼠獐之辈,又岂能与关盼盼比翼齐飞?
持张愔之说者认为:白居易《燕子楼》三首
前有一个序,说"余为校书郎时,游徐、泗
间",白居易任校书郎时为公元802年,而
张建封已于公元800年去世,因此,只能是
张愔。关于白居易诗中是否有逼迫关盼盼
殉情之意,肯定者认为:白居易诗中"见说
白杨堪作柱,争教红粉不成灰""歌舞教成
心力尽,一朝身去不相随",说得再清楚不
过了。而否定者认为:这几句诗不过是白
居易的一种人生感慨,并无劝诱关盼盼殉
情之意。

张尚书应是张建封,理由是张愔在张建
封死后,自立为节度使,不服朝廷辖制,是朝
廷讨伐的对象,白居易不可能去赴一个叛贼
的酒宴。白居易晚年好畜家妓,在诗中逼迫
关盼盼殉情,亦在情理之中。白居易的这几
句诗,对于关盼盼来说,不啻于杀人的刀子,
催命的咒符。

白居易生命最后几年,患了风疾,半身
不遂。于是,他遣散了樊素、小蛮等歌妓,
卖掉了良马,并用元稹给自己的润笔费重
修了香积寺。此后,白居易笃信佛教,一心

向善,并出钱挖通了洛阳龙门潭一带的八
节石滩、九峭石,使船夫再也不用冬天跳到
水里去推船。公元 846 年,白居易去世,享
年七十五岁。

第 69 夜　莺莺歌　李绅
从悯农的诗人到忘恩的达官

伯劳飞迟燕飞疾，垂杨绽金花笑日。

绿窗娇女字莺莺，金雀娅鬟年十七。

黄姑上天阿母在，寂寞霜姿素莲质。

门掩重关萧寺中，芳草花时不曾出。

◎ 娅鬟（yàhuán）：古时少女的一种发式。

李绅，字公垂，亳州人。曾祖父李敬玄曾任唐高宗时期的宰相。父亲李晤曾任乌程县令，李绅就是在乌程县衙内出生的。

李绅六岁时，父亲病逝，母亲卢氏便悉心教育他。后来，母亲病重，他日夜侍奉，毫无倦色。十四岁时，其母也不幸病逝了。据说，李绅扶着灵柩返乡，一路哭泣，感天动地，竟有灵鸟衔着一枝瑞芝，放在了棺材上。

父母双亡后，李绅便寄身于寺庙，刻苦读书。在无锡惠山寺，他因经常偷拿经卷，作为读书的文稿，被僧人追赶着殴打。他在惠山寺住不下去了，又寄身于剡川天宫寺，仍苦读不辍。

后来，他四处游历，目睹农民终日劳累，却仍不得饱食，写下《悯农》二首。其诗一曰："春种一粒粟，秋收万颗子。四海无闲田，农夫犹饿死。"一曰："锄禾日当午，汗滴禾下土。谁知盘中餐，粒粒皆辛苦。"公元798年，二十六岁的李绅来到长安，带着自己的两首《悯农》诗，拜见了新科进士吕温。吕温赞叹不已，便对人说："我看了李绅的诗，觉得这个人将来必定会位至卿相。"

随后，李绅结识了韩愈。韩愈当时任四

门博士,很喜欢奖掖后生。韩愈十分欣赏李绅,便将他推荐给当时的主考官。可是给主考官打招呼的人实在太多了,李绅并没有考中。当年与李绅一起参加科举考试的,还有元稹、白居易,李绅可能是这年认识了元、白二人。后来,元稹考中了进士。为了掩饰自己抛弃崔莺莺的丑行,元稹写了一部传奇《莺莺传》。在这部传奇里,元稹先是说崔莺莺抛弃了自己,继而污蔑她是“妖女”。公元804年,李绅与元稹同宿靖安里第,元稹向李绅出示了自己写的《莺莺传》,李绅赞赏不已,并写下这首《莺莺歌》。

三十五岁时,李绅终于考中进士。在长安,他首先发起“新乐府运动”,写了许多《悯农》之类的新诗,元稹、白居易随之附和,中唐文坛顿时热闹起来。而李绅也从校书郎一路高升,先是右拾遗,随后是翰林院学士。在翰林院,他与元稹、李德裕被称为“翰林三俊”。李绅与李德裕私交甚深,因而被牛党认定为“李党”。

不久,李绅竟与恩师韩愈就“台参”问题展开了一场“互撕”。当时,韩愈任京兆尹兼御史大夫,李绅任御史中丞。名义上,御史大夫是正职,御史中丞是副职,可御史中丞

才是实际上的一把手。本来,韩愈是李绅的
恩师,李绅到御史台参谒韩愈,合情合理。
可李绅觉得自己才是御史台的老大,非让韩
愈来参谒自己。最后,两人闹得不可开交,
皇帝一怒之下,将他们降职,让韩愈任兵部
侍郎,李绅任户部侍郎。后来,李绅又出任
浙东观察使。

　　相传,因李绅心狠手辣,动辄使用酷
刑,江淮一带的百姓见了他就仿佛见了恶
虎一样,纷纷潜逃。下属向他汇报此等情
状,说:"户籍人口逃了很多!"他却说:"你
们见过成熟的麦穗吗? 留在手里的,都是
颗粒饱满的麦粒,飞走的,都是秕糠! 逃走
的人,就不必报上来了!"

　　一日,有个老和尚来访,想用因果报应
打动李绅。李绅问老和尚:"你从哪里来?"
老和尚说:"我从来处来。"李绅一听,大怒,
想起早年被惠山寺和尚痛打一事,便让人将
老和尚抓起来,痛打了二十大板,然后说:
"回你去处去!"

　　李绅最为人诟病的,就是忘恩负义。韩
愈曾有恩于李绅,李绅却与韩愈争谁来参谒
谁,丝毫不念当年推荐之恩。更为荒唐的
是,他的宗叔李元将在他落魄扬州时,曾救

济过他。李绅当了淮南节度使后,李元将来拜,自降辈分称弟、称侄,他都不高兴,直到李元将自称孙子,他才答应了。

后来,李党得势,李绅入京拜相。相传,李绅做宰相时十分奢侈,每一餐要耗费上千万钱。他喜欢吃鸡舌头,每餐耗费的活鸡就有二三百只,院子里堆积的鸡的尸骨,如同一座小山。

李绅做了四年宰相,因为中风,腿脚不利,再度出任淮南节度使。在此期间,李绅又制造了一桩骇人听闻的冤案。

据《旧唐书·李绅传》记载,青州人颜悦一家流落扬州。颜悦的女儿姿容殊丽,江都尉吴湘见后,聘其为妻。李绅听说颜氏绝代风华,欲将其送给李德裕做小妾。于是,李绅向吴湘提出将颜氏让给自己。吴湘严词拒绝,李绅恼羞成怒,指使人状告吴湘盗用"程粮钱"(相当于今天的差旅费),并强抢民女颜氏为妻。李绅令观察判官审理此案,判处吴湘死刑,将其打入死牢。

但此案报到朝廷后,谏官认为李绅与吴湘有嫌隙,怀疑李绅故意栽赃,便奏请朝廷重审此案。朝廷便派御史崔元藻来扬州审核。崔元藻调查后，发现吴湘确有贪污，但罪不至死，强抢民女一事纯属捏造。李德裕看了崔元藻的报告后大怒，将他贬为崖州司户参军，又令李绅按照原判处死吴湘。吴湘死后，颜氏悲痛欲绝，跳湖自尽。

第二年，李绅去世。不久，唐武宗去世，唐宣宗继位。唐宣宗十分厌恶李德裕，登基后就罢免了其相位，并将其贬到荆南。吴湘的哥哥吴汝纳随即为弟鸣冤，说李绅在淮南枉杀其弟。于是，三司复核，认为吴湘无罪。但此时李绅已经去世，依照唐律，仍削去其官职，并责令子孙三代不得出仕。

第 70 夜　题都城南庄　崔护

崔护与绛娘的爱情故事

去年今日此门中，人面桃花相映红。

人面不知何处去，桃花依旧笑春风。

崔护,字殷功,博陵人。容貌俊雅,为人孤洁,喜欢独处。据《本事诗》所记,贞元年间,崔护赴长安参加进士科考试,不幸落第。因为烦闷,他便独自一人到城外散心。此时,正值清明,落英缤纷,绿草如茵,他无意中走到城南一户人家门口。那户人家约有一亩地大,周围花木丛生,百草茂盛,门内寂静无声,仿佛没有人居住。

崔护有些口渴,便上前敲门,想讨一碗水喝。过了好一会儿,崔护才看见有一个女子从门缝里偷偷地看他。女子柔声问道:"你是谁?"崔护说了自己的姓名,然后说:"我因独自踏春,有些口渴,想讨口水喝。"那女子便端了一碗水出来,并打开门,让崔护坐在院子里喝水。崔护一边喝水,一边看那女子。她双手斜拢,两颊飞红,靠在一棵小桃树的斜枝上,含情脉脉地看着崔护。崔护与那女子彼此深情对视良久,两人都有相见恨晚之意。

崔护喝完水,便起身告辞。女子把崔护送到门口,仿佛有眷恋之情。崔护也频频顾盼,依依不舍地离开了。此后,崔护因家中有事,一直没有再来。

第二年清明,崔护想起那个女子,情不自禁,便前往城南寻找。到了那户人家门口,只见桃花依旧,门院如故,却大门紧锁,不见佳人的影子。崔护便在门扇上写道:"去年今日此门中,人面桃花相映红。人面不知何处去,桃花依旧笑春风。"

过了几天,崔护又去城南那户人家,想再次见到那个女孩。谁料,他刚走到门口,就听到门内有哭声。崔护十分惊讶,便叩门询问。这时，一位老者出来，问道："你是不是崔护?"崔护说："我是。"那老者突然拉着崔护，大哭道："你杀死了我的女儿绛娘!"崔护心中惊恐，不知如何回答。老者说："我有一个女儿，刚到及笄之年，为人聪慧，知书达理，还没有嫁人。但从去年清明开始，她经常神思恍惚，整个人好像丢了魂似的。前些日子，我和她一起出门，回来后，她看见有人在门上写了一首诗，读完后，进了门就病倒了，绝食数日而死了。我已经老了，就这么一个女儿，之所以迟迟没有将她嫁人，就是想找一位志诚君子，以便把女儿托付给他。可如今，我的女儿因你的诗不幸亡故，难道不是你杀了她吗?"说完，又拉着他大哭。

崔护听完，也十分悲痛，便恳求老者让他进到门内，为绛娘大哭一场。那老者同意后，崔护便进了屋子，只见绛娘衣服整齐地躺在床上，一动不动。崔护抱着绛娘，大声祷告道："崔护在此，崔护在此!"过了一会儿，绛娘睁开了眼睛，半日竟真的复活了。老者十分高兴，便把女儿许配给了崔护。

后来，崔护中了进士，随后通过吏部考核，外放为官。崔护的官越做越大，历任京兆尹、御史大夫、岭南节度使等职。

第71夜 渔翁 柳宗元

这个渔翁,不是那个渔翁

渔翁夜傍西岩宿,晓汲清湘燃楚竹。

烟消日出不见人,欸乃一声山水绿。

回看天际下中流,岩上无心云相逐。

◎ 欸(ǎi)乃:形容摇橹声。

　　柳宗元,字子厚,河东蒲州人。柳宗元祖上七代为官。其堂高伯祖柳奭曾为唐高宗时的宰相,父亲柳镇曾任殿中侍御史。在审理陕虢观察使卢岳遗产案中,其父因抗拒宰相窦参,刚正不阿,深得德宗皇帝赞赏,也常为后代士人所称道。

　　柳宗元出生在长安柳家的一所旧宅里。十二岁时,父亲柳镇入江西观察使李兼的幕府,柳宗元便跟着来到洪州。李兼幕府中的名士杨凭见柳宗元才思敏捷,就将他九岁的女儿许配给了他。二十一岁时,柳宗元考中进士。唐德宗问考官:"今年有没有才德不称而高中的人?"考官说没有。随后,唐德宗看到柳宗元的名字,并得知柳宗元是柳镇的儿子,就对柳宗元说:"啊,你就是那个反抗奸臣窦参的柳镇的儿子,我知道柳镇不会为儿子营私的!"

　　不幸的是,柳宗元刚考中进士,妻子杨氏就因难产而亡,孩子也没有活下来。不久,父亲也去世了。柳宗元连失两位亲人,悲伤不已,便居家为其妻、其父守丧。

　　二十六岁时,柳宗元通过吏部考核,被授予集贤殿书院正字,后又调任蓝田县尉、监察御史。在监察御史任上,他与刘禹锡交好,全力支持王叔文的变革。王叔文见他与自己政见相同,便将他提升为礼部员外郎。谁知,变法失败,柳宗元先是被贬为邵州刺史,接着又被降为永州司马。

　　柳宗元带着年迈的母亲卢氏一路南下。同行的还有卢氏的侄子卢遵、柳宗元的堂弟柳宗直。谁料,他们到达永州不到半年,卢氏就身染重病,因为没有医药,客死他乡。后来,柳宗直也不幸病逝。而柳宗元与丫鬟生的女儿和娘也因营养不良，不到十岁就病死了。

柳宗元刚到永州，生活十分狼狈。因为是贬官，没有官舍，他就只好带着家人暂时借住在龙兴寺。龙兴寺荒废已久，里面杂草丛生，到处都是乱石，鸟雀栖息于中庭，屋内老鼠横行。但就在这样的恶劣居所里，寺庙竟接连四次莫名其妙地失火。有一次，火势迅猛，大火封住了出口，柳宗元只好带着家人从狗洞爬出，才躲过一劫。

在这种艰苦的条件下，柳宗元感到十分苦闷。他曾在《囚山赋》里大发牢骚，说："永州城的远郊环绕的山就是一座牢笼，一座监狱，山里的树，山里的草，就像那些可恶的狱卒，整日监视着我，让我一点也不开心。唉，我又不是犀牛，为什么把我关在木笼里？我又不是猪，为什么把我圈在土牢里？"

后来，柳宗元搬出龙兴寺，住在愚溪旁。苦闷之余，他便徜徉山水，抒写性情。他写诗以对抗现实，所作《江雪》通过塑造天地间一渔翁垂钓江上的孤绝形象，营造了清幽孤寂的意境，诗曰："千山鸟飞绝，万径人踪灭。孤舟蓑笠翁，独钓寒江雪。"

柳宗元的足迹几乎遍布永州。著名的《永州八记》记录的就是他在永州零陵郡一带的游踪：西山、钴鉧潭、西小丘、小石潭、袁家渴、石渠、石涧、小石城山。在这八则游记里，柳宗元以山为友，拜石为师，随性而发，无所不至，或乱坐于草丛之间，或醉卧于山石之上，真是把永州的山水当作治病的良药，以慰藉他孤寂、迷惘而苦闷的心灵。

　　在永州后期,柳宗元逐渐在山水中获得了心灵上的平静与喜悦。他已把这山水当作自己的亲人,也愿意亲近当地土人,甚至有了"甘终为永州民"的心愿。他常以渔翁自况,啸傲于山水之间,望云卷云舒,在精神上已十分接近陶渊明了。这首《渔翁》可能是他在被贬永州后期所写。

　　此诗颇有"奇趣",渔翁独来独往,神龙见首不见尾,大约是高人、隐士一类的人物,和普通的渔翁大不相同。苏东坡认为末尾两句可删,更显余味无穷。后人有赞成的,有反对的。苏东坡不愧是诗人中的诗人,省掉末尾两句,其诗更为紧凑、整饬,留下的空白与艺术想象空间也愈大。

第 72 夜　与浩初上人同看山寄京华亲故

柳宗元

"柳"缘与"柳"怨

海畔尖山似剑铓,秋来处处割愁肠。

若为化得身千亿,散上峰头望故乡。

◎ 铓(máng):刀剑等的尖端。

柳宗元在永州生活了十年，才被召回长安。这年春天，柳宗元与刘禹锡同游玄都观。刘禹锡写下《元和十年自朗州至京戏赠看花诸君子》，宰相武元衡等人认为刘禹锡一伙在讥讽自己，便又将柳宗元贬为柳州刺史。

柳宗元到了柳州，决定做些实事。他种了一棵柳树，作了一首诗，说："柳州有个叫柳宗元的柳刺史，在柳江边种了一棵小柳树。小柳树啊，你快点长，一定要长成参天大树，只有这样，柳州人才不会说我没有在柳州做出政绩。"柳宗元、柳州、柳树，真是和"柳"有缘！

柳宗元在柳州政绩卓著。其中，最为人称道的，就是废除了当地典卖人口的恶习。当地土俗以人抵债，若债务到期，不能偿还，就将这个人变成奴仆，再无人身自由。柳宗元十分厌恶这种土俗，就设计了一套以做佣工来抵偿债务的办法，按时间计算报酬，借款一旦付清，就自动解除主奴关系。附近州县听说后，纷纷效仿，革除了当地的一大毒瘤。

他的另一大政绩，就是兴办学堂。柳州本来有孔庙，但当地人不喜欢读书，那文宣庙荒废不堪，竟成了老鼠和野猪的住所！柳宗元上任后，会同当地乡绅重修文宣庙，并撰写《柳州文宣王新修庙碑》，亲自授课。当地士子都把柳宗元当作老师，请他修改文章，指点作文技巧。

柳州民众迷信，不敢破土挖井，吃水十分困难。柳宗元亲自动土，带领众人给柳州打了许多口水井。后来，他又整饬柳州街道、房屋，在路两旁种了很多柳树与黄柑，让当地的面貌焕然一新。此外,他还组织民众开荒垦地,种树种菜。柳州城外西北有一片柑橘林,据说就是柳宗元当年种植的。

柳宗元在柳州造福一方百姓,可他自己的生活却极其凄苦。妻子早逝,他和一个丫鬟生的女儿和娘也不幸夭折。为了延嗣,他与当地农民雷五的姨母同居,生下两个儿子。柳宗元日渐消瘦,双目几近失明,脚气病加重,又因瘴气差点得了霍乱,以至于四十多岁的人骨瘦如柴,头发全白,就像七旬老翁一样。

在柳州,柳宗元日渐好佛。他与佛教结缘很早。其母卢氏就是一位虔诚的佛教徒。柳宗元曾与龙兴寺住持重巽和尚结为挚友。后来,浩初上人来永州拜谒柳宗元,恳请柳宗元为其师海禅师撰写碑文,两人从此结交。柳宗元被贬柳州,浩初上人专门来到柳州拜访他。

柳宗元见到浩初上人十分兴奋,便陪旧友一起登了柳州第一高峰峨山。峨山风景秀丽,青翠如盖,但常年云雾缭绕,云海腾波,远远望去,就像在一片云海上站立着的一只巨大的笨鹅。站在山顶,柳宗元想起长安的亲人,顿时泪如雨下,写下这首《与浩初上人同看山寄京华亲故》。此诗表达了对故乡的深切思念:若能化身千万亿,愿散落在每个峰顶,好眺望我的故乡。

送走浩初上人之后,柳宗元的病越来越重,几乎不能行走了。他想起父亲早逝,两个姐姐也在三十多岁就不幸病逝,堂弟柳宗直早逝,女儿和娘早逝,家族之人寿命均不长,便觉得自己大限将至。于是,他写下遗书,恳请老友刘禹锡在他死后,为他刊印文稿。这年六月,外甥女崔嫒病逝,接着,岳父杨凭病逝,不久,柳宗元也于十一月病逝于柳州,年仅四十七岁。

柳宗元去世时,刘禹锡正扶着母亲的灵柩回洛阳。当他听闻柳宗元的死讯时,顿觉心如被摘,如得狂病,一度惊悲交加,几乎昏死过去。后来,刘禹锡不负重托,悉心整理了柳宗元的文章,并编辑成集。柳州人民不忘柳宗元的恩情,在罗池旁修建了他的衣冠冢,并在附近建造了柳侯祠,以纪念他。

第73夜　武功县中作　姚合
一个江南诗人的"武功体"

县去帝城远，为官与隐齐。

马随山鹿放，鸡杂野禽栖。

绕舍惟藤架，侵阶是药畦。

更师嵇叔夜，不拟作书题。（其一）

邻里皆相爱，门开数见过。

秋凉送客远，夜静咏诗多。

就架题书目，寻栏记药窠。

到官无别事，种得满庭莎。（其九）

月出方能起，庭前看种莎。

吏来山鸟散，酒熟野人过。

岐路荒城少，烟霞远岫多。

同官数相引，下马上西坡。（其十三）

闭门风雨里，落叶与阶齐。

野客嫌杯小，山翁喜枕低。

听琴知道性，寻药得诗题。

谁更能骑马，闲行只杖藜。（其十八）

假日多无事，谁知我独忙。

移山入县宅，种竹上城墙。

惊蝶遗花蕊，游蜂带蜜香。

唯愁明早出，端坐吏人旁。（其二十一）

朝朝门不闭，长似在山时。

宾客抽书读，儿童斫竹骑。

久贫还易老，多病懒能医。

道友应相怪，休官日已迟。（其二十四）

姚合,字大凝,陕州人。姚合是唐玄宗时期的名相姚崇的曾侄孙。家族满门簪缨,文武将相遍布朝中与全国各地,其曾祖父、祖父、父亲皆有官职。姚合出生在吴兴,小时候就在江南一带生活;长大后,因受家族世代官宦的影响,自然而然地走上了读书应举的路子。

只是,他多次参加科举都未能高中,直到三十八岁那年才考中了进士。他先在魏博节度使田弘正的幕府做了一段时间幕僚。魏博节度使,即天雄军节度使,管辖着魏州、博州等河朔腹地,是唐代最为强大的割据势力。魏博节度使最初是一代枭雄田承嗣。田承嗣死后,其子、其孙相继暴卒,魏博将士拥立田承嗣的侄子田弘正为节度使。田弘正忠于朝廷,在平定吴元济、李师道叛乱的战役中屡建奇功。姚合就是在田弘正平定李师道叛乱过程中,加入其幕府的。此时,姚合斗志昂扬,意气风发,写了许多豪迈的军旅诗。

但谁料,朝廷出于对田弘正的猜忌,将其调为成德军节度使,姚合遂被补调为武功县主簿。武功县治在今陕西省武功县武功镇。武功镇是千古名镇,周人的祖先后稷曾在这里教农稼穑,遂成中国农业文明的发源地。隋文帝时期,李渊出任岐州太守,娶武功镇人窦氏为妻。后来,李世民在武功镇出生,并一直长到八岁才离开。因此,武功镇可以说是唐朝的发祥地。姚合出任武功县主簿,是朝廷对他的恩宠。只是,姚合出生于江南,来到武功镇后,只觉得此地偏僻荒凉,很是失落。

好在武功镇民风淳朴,安定平和,在动荡的藩镇之争中,这里仿佛世外桃源。姚合因职务清闲,以吏隐的身份,做了三年的逍遥客。其传世之作《武功县中作》三十首,就是这一时期写的,这里选录六首。

这六首诗写诗人亦官亦隐的生活情态,如庭前看种莎、酒熟野人过、下马上西坡、种竹上城墙等。在诗人笔下,武功镇简直就是世外桃源。马和山鹿一起放养,家鸡和野禽一起栖息。出门一趟,就不停有人跟他打招呼;宾客来了,就在自己书架上随意翻书。姚合的诗,质朴真诚,不事雕琢,读他的诗让人觉得生活就是诗,诗就是生活。

姚合的《武功县中作》三十首,语言浅显,感情平和,颇为时人所称颂。因这些诗歌都是姚合在武功县时所作,时人便称之为"武功体",又称他为"姚武功"。姚合是江南人,只因作了数十首关于武功县的诗,竟化身为武功人。大约是其平和的性格与武功县人的质朴表里如一,这才孕育出独特的"武功体"。

姚合性格一直很平和,这在官场上很受欢迎。姚合与李德裕、令狐楚、裴度、白居易、韩愈、刘禹锡等人关系一直很好。姚合从武功县簿(正九品上)卸任后,做过富平县尉、万年县尉,随后又历任监察御史(正八品下)、侍御史(从六品下)、户部员外郎(从六品上)、金州刺史(从三品)、杭州刺史(从三品)等,一路高升,从无贬谪,一生比较顺利。这在唐代诗人中较为罕见。后来,姚合因目疾辞官,不久去世,享年六十六岁。

第74夜　题李凝幽居　贾岛
月夜访友，"推"门还是"敲"门

闲居少邻并，草径入荒园。

鸟宿池边树，僧敲月下门。

过桥分野色，移石动云根。

暂去还来此，幽期不负言。

贾岛,字阆仙,范阳人。贾岛的家乡正好是范阳节度使安禄山的老巢。因此地连年征战,庄稼荒芜,贾岛家境极度贫寒。少年时期,贾岛和弟弟实在活不下去了,只好都出家为僧,才得以活命。贾岛出家后,法名"无本",意思是无根无蒂、空寂虚无。

贾岛十几岁时开始四处云游,二十一岁时来到长安,暂居寺庙中。但寺庙规定,过午不得出寺。贾岛很不以为然,我行我素,说:"这还不如牛羊呢,牛羊还能在日暮时分回来,何况我是一个大活人呢?"寺里没有办法,只好随他自由来去。

贾岛喜欢苦吟,经常在大街上走来走去,一会儿自言自语,一会儿呆若木鸡,一会儿高声吟咏,一会儿又哭又笑,疯疯癫癫,旁若无人,经常引得众人围观。但他毫不在意,经常一有诗意,便吟咏不辍。

相传,有一年秋天,风刮得很大,贾岛骑着驴,打着伞,在长安大街上艰难行走。忽然,他看见落叶纷纷,铺满一地,便诗兴大发,吟咏道:"落叶满长安。"可是不知该用哪一句作对。于是,他摇头晃脑,在大街上苦吟不已。忽然,灵光一闪,一句"秋风生渭水"脱口而出。可谁料,他的话还没说完,就一头撞在一行人的车子上。原来自己只顾吟咏,竟撞在京兆尹刘栖楚的车上了!刘栖楚二话不说,让人把贾岛抓起来,痛打了一顿,还把他关了一晚上才放回去。

后来,贾岛去长安郊外探访好友李凝。谁知,李凝不在家,但李凝的住处有荒园、小桥、池塘、流云,幽静雅致,颇为宜人。他便萌生了写一首小诗记录这次寻友不遇的念头。于是,他骑着驴子往回走,一边走,一边想,想到他去时看见小鸟栖息在池塘边的树上,想到他到达李凝家时,月儿弯弯,他去叩主人的门,便不由得吟道："鸟宿池边树，僧敲月下门。"可是，吟完这两句，他又觉得后一句用"僧推月下门"更好，一时拿不定主意。他反复吟咏着，并在驴背上反复做推门、敲门的动作。街上的人看了，惊讶不已，都以为他是个疯子。

这时，韩愈正驾车出巡，贾岛苦吟"推""敲"，不知不觉，竟撞到韩愈的车上。左右人见状，连忙将贾岛拉下驴，推到韩愈面前。贾岛说明了情况，韩愈站在车旁，想了一会儿，说："我觉得用'敲'更好些！你想，晚上去访友，即使友人不在，你也应敲门才能进去，这是生活常识啊！"贾岛听了，顿时心悦诚服。韩愈也为这个青年僧人的苦吟精神打动，便与他同行，一起谈诗论道。从此，二人成为好友。

上述两个传说是否属实，实难辨别。但贾岛善于苦吟，却是事实。他曾作《题诗后》，说："两句三年得，一吟双泪流。知音如不赏，归卧故山秋。"可见，贾岛在炼字锻句方面，下过狠功夫。这首《题李凝幽居》可谓是苦吟派的代表作。

贾岛自从与韩愈结识后，就在他的鼓励下，蓄发还俗，并决心考取进士。但贾岛的诗风幽僻古怪，与科举考试要求的试帖诗格格不入。因此，他多次应考皆未考中。贾岛愤懑难忍，作《病蝉》一诗，抒发怀才不遇的痛苦。其诗曰："病蝉飞不得，向我掌中行。拆翼犹能薄，酸吟尚极清。露华凝在腹，尘点误侵睛。黄雀并鸢鸟，俱怀害尔情。"

后来，贾岛因累试不第，便索性回去再当和尚了！据《唐才子传》，一日，贾岛正在长安法乾寺吟诗。这时，来了一个人，那人见贾岛桌上放着一卷诗,就拿起来要看。贾岛见了,以为那是个俗人,便一把夺过自己的诗,瞪着眼睛说:"看你衣着鲜丽,肯定是衣食自足之辈,像你们这样的人,怎么可能会懂诗呢?"那人听了,默然不语地离开了。

后来,寺庙住持知玄大师回来了。他告诉贾岛,刚才那人不是别人,正是当朝皇上。贾岛听了,恐惧不已。谁知,不久传来圣旨,贾岛被授为长江县主簿。

贾岛到了长江县,亦不改其性,终日吟咏作诗,不理政事。县官知道贾岛性格古怪,便随他去。后来,贾岛又被调往普州,出任司仓参军,主管州粮仓之事。但刚过了两年,贾岛便在普州病逝。

贾岛死后,后世一些诗人竟把他当作神一样供奉,还掀起一股疯狂的"贾岛热"。晚唐诗人李洞喜欢苦吟。他极其崇拜贾岛,就用纯铜铸造了一座贾岛像,把它绑在头巾上,顶礼膜拜。他还每天手持念珠,口里念着"贾岛佛",一天要念一千遍。李洞听说有人也喜欢贾岛的诗,就连忙手抄一卷赠送给那人,并郑重其事地说:"这和佛经一样,你读之前,一定要先漱口、洗手、焚香,恭恭敬敬地端坐!"

第75夜　春晓　元稹

元稹与崔莺莺的"西厢记"

半欲天明半未明,醉闻花气睡闻莺。

猧儿撼起钟声动,二十年前晓寺情。

◎ 猧(wō)儿:小狗。

元稹,鲜卑人,本姓拓跋,相传是北魏皇帝拓跋什翼犍的十四代孙。元稹八岁时,其父病逝,家道中落,不得已,其母郑氏便从长安老宅里搬出,带着他寄居到凤翔的舅舅家。在凤翔,元稹寄人篱下,读书十分刻苦。十五岁时,他参加了相对容易的明经科考试,一举及第。

但此后,他一直没有得到任命,只好四处游历。据元稹所作带有自传性质的传奇小说《莺莺传》,二十来岁时,他来到蒲州游玩,寓居在蒲州东十余里的普救寺,偶遇孀居在此的崔夫人。攀谈得知崔夫人姓郑,竟是他的远房姨母。不久,蒲州兵变,常有乱兵来此劫掠。崔夫人因为家资丰厚,惶惶不可终日。元稹见状,便自告奋勇,前往蒲州,请其友派兵保护普救寺和崔夫人。十多天后,兵变被平息,崔夫人感激元稹的救命之恩,便设宴招待元稹。

在宴席上,崔夫人让女儿莺莺出来拜谢元稹。元稹一见莺莺,惊为天人。此后,元稹整日思念莺莺,茶饭不思,几乎病倒。一日,他见到莺莺的婢女红娘,就连忙跪下哭道:"红娘,救我,我将死无葬身之地也!"红娘问其缘故,元稹刚说出缘由,红娘就羞得跑得远远的。

第二天,红娘来找元稹,说:"你既然爱我家小姐,为什么不让媒人去提亲?"元稹听了,说:"不行啊!我若要去提亲,少说也要几个月,到那时,只能去鱼肆找我这条枯鱼了!"红娘沉吟了一会儿,说:"嗯,这事不难,我家小姐最喜作诗,你写首诗,我替你送给她!"

元稹听罢,喜不自胜,立刻写了两首《古艳诗》。其一曰:"春来频到宋家东,垂袖开怀待好风。莺藏柳暗无人语,惟有墙花满树红。"其二曰:"深院无人草树光,娇莺不语趁阴藏。等闲弄水浮花片,流出门前赚阮郎。"这天晚上,红娘给元稹带来了一首诗,只见那诗写道:"待月西厢下,迎风户半开。拂墙花影动,疑是玉人来。"

此后,元稹通过红娘传递书信,竟与崔莺莺私定终身了。大约过了一个月,考核的日期快到了,元稹决定去长安参加吏部铨选。临行前,元稹在崔莺莺身边长吁短叹,作深情之态。崔莺莺见状,便对元稹说:"始乱之,终弃之,这就是你们书生的德性。我又没和你发过誓,非要你娶我。你何必在这里唉声叹气?你要是不高兴,我给你弹弹琴,就算我送你一程。"第二天,元稹便走了。

第二年,元稹没有通过吏部考核,便留在长安。他给崔莺莺写了一封信,诉说了他的情况。崔莺莺给他回了一封信,大意是说:"你去了长安,我就知道我被抛弃了。命里如此,我又能怎么办呢?只是想起你我在一起的甜蜜时光,我还是伤心不已,时常落泪。我这里有玉环一枚,青丝一缕,斑竹茶碾子一个,送给你,作为我们相爱的见证。好好吃饭,不要难过,忘了我吧!"

元稹接到信后,就到处拿给他的朋友看,说他被崔莺莺抛弃了。朋友都劝他不要伤心,他竟说:"我才不伤心。崔莺莺,妖孽也,她和妲己、褒姒一样,都是绝色的妖孽。妲己、褒姒把一个国家给灭了,真是可怕。我是品德高尚的人,但仍不能战胜像崔莺莺这样的妖孽,所以,我要远离她,这是用了忍情之计。"

后来,崔莺莺嫁了人,元稹也娶了妻。二十年后,元稹出任虢州长史,某日拂晓,于半睡半醒之间,听到窗外黄莺鸣叫,接着,远处古寺的钟声响了。此时此景,让他不由得想起当年情事,顿时心绪不宁,感怀不已,便写了这首《春晓》。

第76夜　离思 元稹

曾经沧海仍恋水,除却巫山犹喜云

曾经沧海难为水,除却巫山不是云。

取次花丛懒回顾,半缘修道半缘君。

元稹抛弃了崔莺莺之后,就在长安住了下来。为了博得名声,他将自己与崔莺莺的爱情经历写成了传奇《会真记》(亦名《莺莺传》)。因此篇传奇极为香艳,一时洛阳纸贵,元稹暴得大名。第二年,元稹通过吏部书判拔萃科考试,并被授予秘书省校书郎。

这时,京兆尹韦夏卿看中了元稹,决意将小女儿韦丛嫁给他。韦夏卿是当时名士,曾任吏部侍郎等职,可谓权高名重。元稹与韦丛结婚后,韦夏卿调任为东都留守,元稹便与韦丛居住在洛阳履信坊韦氏家中。

过了两年,韦夏卿去世,元稹便和韦丛搬到长安。随后,元稹参加了吏部才识兼茂明于体用科考试,及第后被授予右拾遗。此时,唐宪宗刚刚登基,元稹意气风发,不断上书论事,先是论如何讨伐刘辟,接着论如何使用人才,然后又论如何荡平西戎,语词恳切,句句中的,很快引起皇帝的注意。唐宪宗在延英殿接见了元稹。但宰臣十分讨厌他,就寻了一个事由,将他贬为河南尉。

随后不幸接踵而来。先是母亲郑氏病逝,接着妻子韦丛生了重病,一日病重一日。韦丛虽为大家闺秀,但自从嫁给元稹后,就像平民女子一样,给元稹做饭,缝衣服,甚至提着篮子到树底下拾落叶当柴烧,还到田地里挖野菜。有一次,元稹想喝酒了,她手中没钱,竟拔下头上的金钗,央求店家卖给她一些酒。

三十一岁时,元稹为其母守丧结束,宰相裴垍提拔他为监察御史,并让他以剑南东川详覆使的身份到梓州审查泸州监官任敬仲贪污案。在梓州期间,元稹与薛涛两情相悦,同居了三个

月。而此时,韦丛病入膏肓,几乎不能说话
了。审理完任敬仲贪污案,元稹便回到了长
安。仅过了一个多月,韦丛就病逝了。元稹
丧妻之后,接连写了许多悼亡诗,其中《离
思》五首,这里选其第四首。

　　其诗说:他的妻子就是沧海之水、巫山
之云,他见过像妻子这样的沧海之水、巫山
之云,就觉得别的地方的山啊,水啊,简直都
不能称作山和水。他很本分,人从花丛过,
都懒得看那些花儿一眼,一半是因为他修过
道,一半是因为他深爱着自己的妻子。

　　此后,元稹继续拈花惹草,写些肉麻的
情诗。他先纳妾安仙嫔,又娶妻裴淑,全然
忘了他对原配韦丛"曾经沧海难为水,除却
巫山不是云"的赞美之词。

　　后来,元稹为了升迁,竟巴结上了宦官
崔潭峻、魏宏简,让他们把自己写的《连昌宫
词》献给唐穆宗。唐穆宗看后,十分欣赏,接
连提拔元稹,官拜宰相。但在相位上,众官
员都偷偷嘲笑他,轻蔑地说:"哼,看看那个
元稹,沐猴而冠,人模狗样,他就是那个写
'曾经沧海难为水,除却巫山不是云',却到
处拈花惹草的滥情之人啊!"

　　著名宰相裴度曾当面斥责元稹说："元稹,奸佞小人也!"元代辛文房《唐才子传》说："人评元诗如李龟年说天宝遗事,貌悴而神不伤。"著名学者陈寅恪在《元白诗笺证稿》里说："综其一生行迹,巧宦自不待言,而巧婚尤为可恶也。岂其多情? 实多诈而已矣。"

第 77 夜　赠刘采春　元稹
元稹恋上"甜歌皇后"

新妆巧样画双蛾，谩裹常州透额罗。

正面偷匀光滑笏，缓行轻踏破纹波。

言辞雅措风流足，举止低回秀媚多。

更有恼人肠断处，选词能唱望夫歌。

元稹做了宰相之后,李逢吉诬告说他要谋杀裴度。后来虽然查明是李逢吉在背后捣鬼,但唐穆宗一怒之下,把元稹、裴度两人都罢了相。元稹刚做了三个月宰相就被罢为同州刺史,接着,又调任为浙东观察使兼越州刺史。

到了越州,元稹很想念成都的薛涛,便准备派人去接她。谁料,这时他听说越州有一名女歌手,名字叫刘采春,擅长唱参军戏,歌声十分悦耳,容貌比薛涛美多了,顿时忘了薛涛,迷恋起刘采春。

刘采春,堪称唐代"甜歌皇后"。相传,她的歌声一响,江淮一带万人空巷,人们就像潮水一样纷纷涌来,只为一听她那夜莺般的歌声。刘采春不仅人美、歌甜,还擅长作曲。她写的《啰唝曲》也很出名,广为传播,其三曰:"莫作商人妇,金钗当卜钱。朝朝江口望,错认几人船。"

刘采春与丈夫周季崇的戏班子来到越州后,元稹马上让刘采春到他的府上演出。元稹见了刘采春本人之后,为之倾倒,演出一结束,就为刘采春写了一首诗,即这首《赠刘采春》。

相传,元稹自从见了刘采春便日思夜想。为了得到她,元稹先是让人设计害死了周季崇,接着逼迫刘采春嫁给他。谁料,刘采春是个烈女子,竟宁死不屈,跳江自杀了。此事可能为人虚构,但元稹迷恋刘采春却是事实。

元稹越州任满后,众人在绍兴东武楼为他饯行。元稹喝醉酒后,写了一首诗,说:"役役行人事,纷纷碎簿书。功夫两衙尽,留滞七年余。病痛梅天发,亲情海岸疏。因循未归得,不是忆鲈鱼。"席上有人开玩笑说:"大人诗中说'不是忆鲈鱼',但我觉得,你好像恋着镜湖的那个'春'啊!"众人一听,这"春"即那"春"(刘采春),顿时哄堂大笑。

　　元稹回到长安后,又身居要职,但不久就被人赶出京城,出任鄂州刺史。第二年,元稹暴毙于武昌,享年五十三岁。

第 78 夜　纵游淮南　张祜

一生纵横三万里，终爱扬州好风光

十里长街市井连，月明桥上看神仙。

人生只合扬州死，禅智山光好墓田。

张祜,字承吉,南阳人。家世显赫,人称"张公子"。张祜年轻时四处游历,曾与吴楚狂士崔涯十分要好。崔涯自称"侠士",曾作诗曰:"太行岭上三尺雪,崔涯袖中三尺铁。一朝若遇有心人,出门便与妻儿别。"张祜经常与崔涯结伴而游,纵酒狂歌。众人皆曰:"张祜、崔涯,真侠士也!"

据唐人冯翊子《桂苑丛谈》所记,某夜,一个打扮十分威猛的壮士腰里佩戴着一把宝剑,手里提着一个布囊,来找张祜。张祜见那布囊里有一个东西,血从里面流了出来。那人对张祜说:"这里是不是张侠士家?"张祜说:"是的。"那人恭恭敬敬地给张祜鞠了一躬,说:"我有一个仇人,十年了我都没法找他报仇。今天晚上,我终于把他的头给割了,真是好不快活啊!"说着,那人指着布囊,说:"这就是我那仇人的头。"然后,他问张祜:"有酒吗?"张祜连忙让人倒酒。那人说:"离这儿三里路,有一位义士,我很想报答他。我听说您十分义气,请借我十万钱币,我想送给这位义士,从此以后,我为您做牛做马,赴汤蹈火,在所不辞!"张祜为人豪爽,又很喜欢那人豪爽的口吻,就立刻取来十万钱,送给他。那人说:"太豪爽了,我这辈子没有遗憾了!"

那人留下布囊就走了,临走时还说马上就回来。可过了五更,东方渐明,那人还没回来。张祜担心布囊里的人头给自己惹祸,就让家人埋掉。谁知,家人打开布囊一看,原来里面装着一个猪头。张祜这才明白自己被骗了。

后来,令狐楚出任天平军节度使,张祜前来拜访。令狐楚十分赏识他的才华,就亲自起草荐书,让他带着荐书去见皇帝。皇帝见了荐书后,就问元稹:"张祜的文章怎么样?"元稹是令狐楚的政敌,他见张祜是令狐楚推荐的,就说:"张祜的文章,都是些雕虫小技,真正的士子都耻于为之。陛下若鼓励这种文风,恐怕会有伤教化之风。"

张祜没有得到皇帝的接见,郁闷而归。他来到杭州,准备参加白居易在杭州主持的乡试。张祜自负诗名,认为自己必是解元。谁料,白居易颇爱徐凝诗。张祜对徐凝说:"我是第一名,你就不要争了!"徐凝说:"你有什么好诗句?"张祜说:"我的《题润州甘露寺》有'日月光先到,山河势尽来',《题润州金山寺》有'树影中流见,钟声两岸闻'。"徐凝说:"好是好,但不如我的'千古长如白练飞,一条界破青山色'。"张祜听了,惊愕不已。白居易最终将解元给了徐凝。

张祜很是失望,又去拜见李绅。他在名片上写着"钓鳌客",李绅看了十分生气,就让人把张祜叫了进来,没等张祜开口,就问道:"你这个秀才,自称钓鳌客,我问你,你用什么作鱼竿?"张祜答道:"天上的彩虹。"李绅又问:"用什么作鱼钩?"张祜说:"天上的新月。"李绅再问:"那你用什么作鱼饵?"张祜大笑道:"我就用你这个矮个子李作鱼饵。"李绅听了,低头不语。过了一会儿,他才说:"嗯,用我李绅作鱼饵,恐怕不难钓到一只鳌。"随后,李绅命人给张祜斟酒,还重重地赏赐了他。

张祜的求仕之路屡遭挫折,便放浪形骸起来。张祜很喜欢扬州,这首《纵游淮南》就是他旅居扬州时所作。

张祜晚年,喜欢苦吟。他在家中苦吟时,妻儿喊他,他都不应。妻子埋怨他,他说:"去去去,我正在口吐莲花,哪里有空理睬你们这些琐事?"他的妻子反驳道:"什么口吐莲花,我看都是些淫词艳曲罢了!"

张祜曾因《宫词二首》之"一声《何满子》,双泪落君前",声名传遍大江南北。他晚年穷苦潦倒之际,有人劝他,说:"何不再作一首《何满子》呢?"张祜答道:"《何满子》乃断肠之歌,岂能一唱再唱?"后来,他隐居丹阳,客死于斯。

第79夜   小儿垂钓   胡令能
一个手艺人的儿童诗

蓬头稚子学垂纶,侧坐莓苔草映身。

路人借问遥招手,怕得鱼惊不应人。

胡令能,河南圃田人。专门替人修锅、补碗、钉水缸,人称"胡钉铰"。

相传,他原先是一个粗笨之人,因家住战国时期思想家列子的祠堂附近,每每有了瓜果、名茶与美酒,不敢一人享用,必定会献到列子坟前,并祷告:"我是一个愚人,请赐我一颗聪慧的心吧!"一天晚上,胡令能正在睡觉,忽然梦见一人用刀子把他的肚子划开,将一本书放在他的心脏附近,然后,又用细线仔仔细细地缝好了。胡令能醒来之后,顿时觉得自己开窍了,随后他试着吟咏诗歌,竟口吐莲花。此后,他一边劳动,一边作诗,时间久了,他的诗歌竟有一卷之多。

胡令能作诗,率性而为,不事雕饰,常常能在平凡的生活中发现不平凡的美。胡令能现存诗歌四首,最为有名的,就是这首《小儿垂钓》。

这首诗大约也是他在乡里为人修补锅碗,走在路上,看见一个小孩正在河边学钓鱼,有感而发的产物。这个小孩头发蓬乱,正歪歪扭扭地侧身坐在莓苔旁,有模有样地在那里学着钓鱼。路人向他问路,他连忙远远地摆手,示意不要说话,害怕把水里的鱼儿给惊着了!

胡令能所写的生活诗在当地很有名,以至于太守很仰慕他,来拜访他的人络绎不绝。如果有人拿着钱,他必定拒之门外,但若带着茶、酒,他一定笑着把那人迎到屋内,热情招待。

一日,喜鹊叫,桃花开,一位韩少府驾着马车来到他家门前,胡令能笑呵呵地穿上衣服,走出草堂迎接。胡令能说:"韩少府你就是当代梅福啊,久仰久仰!"这时,胡令能发现了一个有趣现象,乡下的孩子不曾见惯这么华丽的马车,竟纷纷钻到芦花深处,藏起身体,偷偷地向外面看呢!他触景生情,写下《喜韩少府见访》:"忽闻梅福来相访,笑着荷衣出草堂。儿童不惯见车马,走入芦花深处藏。"

有一年春天,胡令能收到郑州一位崔郎中的邀请函,请他到崔府做客。胡令能到了崔府,发现一个有趣的场景:日暮时分,厅堂前鲜花娇美,一群绣女争相拿笔上绣床描画。更有趣的是,她们把绣障摆放在园子里,那些柳树上的黄莺误以为那些花是真的,竟纷纷从树枝上飞下,围着那些绣好的花,叽叽喳喳地叫。他因此写下《咏绣障》:"日暮堂前花蕊娇,争拈小笔上床描。绣成安向春园里,引得黄莺下柳条。"

胡令能不慕名利,不羡科举。他靠给人补锅碗等养活自己与家人,同时又不废吟咏之事,在唐代诗坛上独树一帜,令人钦佩。

第 80 夜　雁门太守行　李贺
想象中的"从军歌"

黑云压城城欲摧,甲光向日金鳞开。

角声满天秋色里,塞上燕脂凝夜紫。

半卷红旗临易水,霜重鼓寒声不起。

报君黄金台上意,提携玉龙为君死。

李贺,字长吉,河南昌谷人。据李商隐《李长吉小传》记载,李贺长相极为丑陋,身材细瘦,两眉相连,手指很长。

李贺喜欢苦吟,痴迷于作诗。据说,李贺每天早晨,太阳一出来,就背着一个布袋,骑着一头小毛驴,带着奴仆出门寻诗觅句。每当有所感时,他就连忙抓起奴仆递过来的纸笔一阵狂书,写好后就扔进布袋里,然后继续寻诗觅句。晚上回来,吃完饭,点上灯,他又从布袋里取出白天写的东西,铺开纸,研好磨,再工整地写一遍,然后,又放进另一个布袋里。每天如此,除非下雨,吊丧,或者大醉之日,否则他都要出门寻诗。

有一天,母亲让婢女把李贺布袋里的诗倒出来,竟有满满一桌子。母亲当即就哭了,说:"儿啊,你这是要把心给呕出来才肯罢休吗?"

十八岁那年,李贺带着自己的诗卷来到洛阳拜访韩愈。当时,韩愈正分司东都,任国子监博士。

那天,韩愈刚送走一个宾客,十分困乏,正要休息一下。这时,门人递上李贺的诗卷,韩愈便一边解衣带,一边读诗。当他读到《雁门太守行》"黑云压城城欲摧,甲光向日金鳞开"时,顿时困意全消,大呼快哉。于是,他马上系上衣带,让人把李贺请进来。

这首《雁门太守行》是想象之作。李贺此时还没参军,更未亲身经历过战争。他只是借用乐府古题,写了他想象中的一场战争。

韩愈十分欣赏李贺的诗,决意提携他。谁知,李贺的父亲此时去世了,李贺只好先回家为父守丧。过了两年,韩愈参与主持河南府试,李贺便前去应试,并一举高中。韩愈推荐李贺去长安,参加进士科考试。

谁料,由于元稹从中作梗,李贺落榜了。原来,李贺曾得罪过元稹。据说,因为韩愈的褒奖,众人都争相结交李贺。元稹也想结交他,让人递名片给他,他却说:"元稹不过是明经科出身,怎敢来拜见我李贺?"元稹惭愧而退,并记恨在心。元稹时为监察御史,认为李贺父亲的名字"李晋肃"中的"晋"与"进士"的"进"谐音,应当避讳,就放言取消李贺参加进士考试的资格。韩愈听说后,十分气愤,写了一篇《讳辩》,说:"如果照这样子,父亲名字里有个'仁'字,那儿子就不能做人了?"

　　李贺被剥夺了考试资格之后,愤然离开试院。韩愈、皇甫湜为了安慰他,就前去拜访。李贺感念韩、皇甫二君高谊,便写了《高轩过》一诗。诗末四句曰:"庞眉书客感秋蓬,谁知死草生华风。我今垂翅附冥鸿,他日不羞蛇作龙。"大意是说:我如今倒霉,你们两人还能来看我,他日我若变成巨龙,我也会毫不羞愧地说,是你俩提携了我!

　　第二年,韩愈从洛阳回到长安,出任尚书职方员外郎。在韩愈推荐下,李贺因父荫得官,当上了奉礼郎。

第 81 夜　马诗　李贺

属马的诗人，最爱写马

此马非凡马，房星本是星。

向前敲瘦骨，犹自带铜声。（其四）

大漠沙如雪，燕山月似钩。

何当金络脑，快走踏清秋。（其五）

奉礼郎品级为从九品上，比芝麻官还小，但为了生活，李贺还是做了三年。三年任期满，李贺就回昌谷养病去了。

一日，他忽然想起朋友张彻。张彻十分豪爽，是韩愈的侄婿。他十分敬佩李贺，曾和李贺一起喝过酒，还向李贺索要过诗。李贺听说张彻在昭义军节度使郗士美帐下做幕僚，便托张彻引荐自己。之后李贺顺利地来到郗士美帐下，与张彻同为幕僚。

但在郗士美的帐下，李贺觉得自己一直没有被重用，郁郁不乐。二十四岁那年，属马的李贺一口气写了二十三首马诗。这组诗基本上以马自喻，说自己是神马、龙马、汗血马、非凡之马，可惜无人赏识，只好沦为凡马、笨马、蠢马、病马，一顿饥，一顿饱，弄得毛发粗糙，瘦骨嶙峋，一副可怜相！这里选的是组诗中第四、第五首。名为咏马，实际上是借物抒怀，抒发诗人怀才不遇的愤慨与建功立业的抱负。

但很不幸，过了两年，李贺就生了重病，不得不再次回到昌谷调养。可他回家后没多久就病逝了，才二十七岁！

据李商隐《李长吉小传》记载，李贺死的那天，一个穿绯红色衣服的人骑着一条红色的龙，手里拿着一块木板，木板上用太古篆或霹雳石文写着一些字，来到他家，说要让李贺到天上当书记官。李贺不认识木板上的字，连忙从病榻上下来，跪在地上，说："我不愿到天上去，因为我还有老母亲要奉养呢！"

那红衣人笑着说道："天帝建造了一座白玉楼，召您去写篇记文。天上的差事，一点也不苦啊！"李贺听了，失声而哭，旁边的人都看得清清楚楚。过了一会儿,李贺气绝,只见有一道烟冉冉而上,耳边也响起了隐隐的行车声和乐声。李贺的母亲连忙让大家不要哭了,大概过了炊五斗黍的功夫,李贺就死了!

后来,李贺的母亲十分想念他。李贺晚上给母亲托梦说:"请不要牵挂我,我其实并没有死。我在天宫,天帝十分器重我,让我为他起草天上的文书。我在天上的日子,十分清闲,比在人间幸福多了!"李贺托梦故事记录在《太平广记》中。

第四季
冬之冷魂 晚唐篇

　　晚唐诗实为唐诗的另一高峰，只因出现了杜牧、李商隐、温庭筠等诗人。尤其是李商隐，几乎无人能与之比肩。李商隐的诗看似隐晦，颇似诗谜，可一旦堪破了谜底，读来便余韵无穷，令人神往。其诗堪称唐诗皇冠上最璀璨的宝石，不可匆匆读过，须凝神静气，细思其语，方可品得诗中三昧。

第 82 夜　寄房千里博士　许浑
房千里的"岭南之恋"

春风白马紫丝缰，正值蚕眠未采桑。

五夜有心随暮雨，百年无节待秋霜。

重寻绣带朱藤合，更认罗裙碧草长。

为报西游减离恨，阮郎才去嫁刘郎。

许浑,字用晦,丹阳人,武则天朝宰相许
圉师六世孙。许浑早年不喜功名,经常在山
林泉水之间悲歌长啸,吟诗作赋。他曾登天
台山,仰观瀑布,旁眺赤城,在云雾与悬崖之
间高声朗诵东晋文人孙绰的《游天台山赋》。

据《本事诗》记载,一日,他大白天梦见
自己登上一座高山,看见宫殿巍峨,凌空而
起,恍若仙境,让人心迷。这时,两三个砍柴
的山里人经过。许浑问这些人:"这是什么
地方?"那些人回答道:"昆仑山。"走了一会
儿,他又看见几个人正在远处饮酒。那些人
向许浑招手,邀请他一起饮酒,一直喝到晚
上才结束。

这时,一位美丽的仙女拿了一张纸,请
许浑赠诗。许浑正写着,忽然就梦醒了。他
想起梦中的奇遇,觉得那仙女可能就是许飞
琼,便写下《记梦》诗:"晓入瑶台露气清,庭
中惟见许飞琼。尘心未断俗缘在,十里下山
空月明。"

谁知,过了两天,许浑又梦见自己到了
仙山中,许飞琼忽然来了,对他说:"你作诗
就作诗,为什么要在诗中写我的名字? 请把
我的名字去掉。"不得已,许浑只得将那首诗
第二句改为"天风吹下步虚声",许飞琼一

看,说:"好,这样才是好诗!"

四十一岁时,许浑考中进士。过了四年,卢钧调任岭南节度使,邀请许浑做自己的幕僚。许浑欣然从命,只身前往广州,途经襄阳,遇见好友房千里。房千里听说许浑要去番禺,就托付他照料在岭南相识的一个女人。

原来,房千里考中进士后,被授予博士官衔,去岭南游玩。在岭南,房千里遇到奇人韦滂。韦滂膂力过人,善于骑射。韦滂见房千里孤身一人,便从南海请来赵氏,让赵氏做了房千里的小妾。房千里十分喜爱赵氏。但过了些日子,房千里照镜子时,忽然看见自己头上已有白发,顿生归乡之情。赵氏含泪恳请房千里带走她,但房千里没有答应,只写了一首诗《寄妾赵氏》,答应将来一定会用一艘大船接她回去。

房千里恳请许浑到了广州一定要关照赵氏。许浑答应了,到了番禺,便到处打听赵氏的住处,准备接济她一些钱粮。谁料,寻访的人回来却说道:"赵氏已跟韦滂住在一起了!"许浑一听,目瞪口呆。他和房千里、韦滂都有朋友之交,告诉韦滂吧,恐怕伤了自己与韦滂的感情,不告诉吧,似乎有负房千里之托。想来想去，许浑便决定写一首诗，委婉告诉房千里实情。此即《寄房千里博士》。

房千里收到许浑的诗后，悲愤不已，从此发愤图强，志在著述，并根据自己的经历写了一部传奇《杨倡传》。

后来，许浑也从广州返回了汴京，先后出任过当涂县令、太平县令、监察御史等职，后病逝于故土。

第 83 夜　赠去婢　崔郊

一首诗拯救了一桩姻缘

公子王孙逐后尘，绿珠垂泪滴罗巾。

侯门一入深如海，从此萧郎是路人。

　　唐宪宗元和年间,有一位书生名叫崔郊。他诗文俱佳,颇通音律,但因家境贫寒,寄居在姑母家,攻读诗文,温习功课,以期考中进士。

　　崔郊的姑母家有一个婢女,不仅生得端庄秀丽,还精通音律。崔郊十分喜欢她。

　　可是,到了一年科考时,崔郊不得不打点行李,去长安应考。谁知,崔郊回来后,这个婢女竟不见了! 崔郊询问再三,姑母才说了实情。原来,司空于頔听说了这个婢女,愿出四十万钱买下她。姑母因贪恋财物,便将她卖给了于頔。

　　于頔为人极为残暴。他的下属姚岘不堪受其虐待,竟愤然投河自尽了! 于頔的部下判官薛正伦有一个十分漂亮的女儿,被于頔的儿子于敏看中,于頔竟趁薛正伦死后家中无人做主时,强抢其女为自己的儿媳妇。于頔父子横行乡里,要想从于頔手里夺回姑母的婢女,恐怕比登天还难。

　　崔郊十分想念意中人,便经常在于府附近徘徊,渴望能再见她一面。寒食节那天,那婢女回家探亲,恰好遇见了崔郊! 当时,崔郊骑着马,站在柳荫下,哭泣着对她发誓:“山裂了,河枯了,我对你都始终不变心!”随后,他写了一首诗赠给她,洒泪而别! 这首诗就是著名的《赠去婢》。

　　谁料,有一个嫉妒崔郊的人竟把这首诗抄了一份呈给于頔。于頔看后,就让人把崔郊喊来。崔郊不知是祸是福,心里忐忑不安。于頔对崔郊说:“你就是那个写‘侯门一入深似海,从此萧郎是路人’的人吗?”崔郊没有言语。于頔哈哈大笑道:“四十万算什么,为什么不写一封信,早早告诉我呢?"然后,他让那婢女出来和崔郊相见,并让崔郊把她带了回去。

临走时,于顿还赠送了许多嫁妆。两人感激涕零,如在梦中。此事随即传为佳话。

崔郊与婢女的故事收录在唐代笔记小说《云溪友议》中。

第 84 夜　赠终南兰若僧　　杜牧

方外之人, 禅味悠长

北阙南山是故乡, 两枝仙桂一时芳。

休公都不知名姓, 始觉禅门气味长。

杜牧,字牧之,京兆万年(今陕西西安)人。他的祖父就是著名史学家杜佑。杜佑曾撰《通典》,并献给唐德宗。德宗阅后大喜,将杜佑提拔为宰相。杜佑做宰相这一年,杜牧正好在长安安仁坊出生。

杜牧幼年时,其祖父任宰相,伯父、父亲都在京城任官,富贵一时,无人可比。谁料,他十岁时,祖父去世,接着,父亲杜从郁病故。他的家境一落千丈,三四十间房子因为抵债全被卖掉了。一家人只好四处迁徙,先是寄居在延福寺,后又搬到祖宅樊川别墅,这才勉强有了一处稳定居所。但因为没有经济来源,一家人生活十分困顿,晚上连个照明的蜡烛都没有。

杜牧读书十分勤奋。在樊川别墅,杜牧饱读祖父遗留下的藏书,并发愤著述,发言为声。杜牧有感于藩镇割据,便肆力于兵法,专门研究《孙子兵法》,并在祖父杜佑《通典·兵典》的基础上,写成《孙子兵法注》。

二十三岁时,杜牧见唐敬宗登基后大兴土木,建造宫殿,便以秦始皇的故事,借古讽今,写出了《阿房宫赋》。此文一出,士子争相传诵,杜牧顿时名扬天下。名儒吴武陵读后,更是大为赞叹。

相传,杜牧二十六岁那年在洛阳参加进士科考试。当年主考官是礼部侍郎崔郾。崔郾曾主持过两次贡士科考试,选拔的贡生都是当时才俊,令人信服。当崔郾由长安赴洛阳时,许多公卿贵族聚集在长乐传舍,为其送行,冠盖相连,场面十分盛大。

这时,太学博士吴武陵骑马赶了过来。崔郾有点惊讶,连忙离席迎接。

吴武陵说："崔兄，皇帝让你主持进士科考试，我怎么能不尽一点微力呢？前些天，我看见十几个太学生争着看一卷书，我凑过去一看，原来是杜牧写的《阿房宫赋》。此人真是王佐之才啊，你千万不要错过！我知道你官位大，事务忙，没有时间读这篇文章，我这就给你读一遍。"于是，吴武陵从袖子里抽出这篇文章，高声朗读了一遍。崔郾听后，又接过看了一遍，也十分称赞。

吴武陵说："请你把第一名给杜牧！"崔郾说："第一名已经有人了。"吴武陵说："不行的话，第五名也行！"崔郾还没来得及回答，吴武陵说："你要不答应，就把这篇赋还给我吧！"崔郾连忙说："好好好，就照你说的办！"吴武陵连忙称谢告辞。

崔郾回到席上，对众人说："刚才吴武陵给我推荐了第五名进士。"众人连忙问："谁啊？"崔郾说："杜牧。"其中一个人说："杜牧？听说这个人品行不好，私生活很混乱啊！"崔郾说："我已经答应吴武陵了，哪怕杜牧是个杀猪的屠夫，我也不会变的！"

后来，杜牧果然以第五名的成绩高中进士。第二年三月，杜牧参加了吏部贤良方正直言极谏科考试，也考中了，被授予弘文馆校书郎、试左武卫兵曹参军。他连登两科，十分欢喜，便和朋友去长安郊外游玩。

在一个寺庙，杜牧看见一个穿着粗布僧袍的和尚独自坐在墙角，便上前攀谈。这个和尚的谈论十分精妙，常常出人意表。和尚问杜牧姓名，杜牧就告诉了他。那和尚又问道："你是做什么的？"旁边的朋友连忙说："你连他都不知道？他是今年的新科进士。"和尚回过头,笑着说:"这些我都不知道。"杜牧正在兴头上,听闻此言,如同有一桶凉水从头上浇下,顿觉十分惭愧,写下这首《赠终南兰若僧》。

诗中"休公",指南朝宋、齐年间的僧人惠休,人称"休上人",善诗文,词采绮艳。此处以"休公"指代修行深厚的僧人。此诗表达了红尘名利心的可笑和佛门的意味深长,欲抑先扬,发人深省。

第 85 夜　张好好诗　杜牧
再见已作商人妇

　　牧大和三年,佐故吏部沈公江西幕,好好年十三,始以善歌来乐籍中。后一岁,公移镇宣城,复置好好于宣城籍中。后二岁,为沈著作述师以双鬟纳之。又二岁,于洛阳东城重睹好好,感旧伤怀,故题诗赠之。

　　君为豫章姝,十三才有余。翠茁凤生尾,丹叶莲含跗。高阁倚天半,章江联碧虚。此地试君唱,特使华筵铺。主公顾四座,始讶来踟蹰。吴娃起引赞,低回映长裾。双鬟可高下,才过青罗襦。盼盼乍垂袖,一声雏凤呼。繁弦迸关纽,塞管裂圆芦。众音不能逐,袅袅穿云衢。主公再三叹,谓言天下殊。赠之天马锦,副以水犀梳。龙沙看秋浪,明月游东湖。自此每相见,三日已为疏。玉质随月满,艳态逐春舒。绛唇渐轻巧,云步转虚徐。旌旆忽东下,笙歌随舳舻。霜凋谢楼树,沙暖句溪

蒲。身外任尘土，樽前且欢娱。飘然集仙客，讽赋
欺相如。聘之碧瑶珮，载以紫云车。洞闭水声远，
月高蟾影孤。尔来未几岁，散尽高阳徒。洛城重
相见，婥婥为当垆。怪我苦何事，少年垂白须。朋
游今在否，落拓更能无？门馆恸哭后，水云秋景
初。斜日挂衰柳，凉风生座隅。洒尽满襟泪，短歌
聊一书。

◎ 跗(fū)：同"柎"，意为花萼。　◎ 婥婥(chuò)：姿态柔美绰约。　◎ 当垆
(lú)：卖酒。

　　杜牧考中进士后,先是在京城做了两年校书郎,后来尚书右丞沈传师外放江西观察使,杜牧便跟着他去了洪州,出任江西团练府巡官。

　　在洪州,杜牧认识了官妓张好好。张好好是江西姑娘,十三岁成为官妓,擅长歌舞。杜牧经常陪她去龙沙洲看秋浪,在明月下畅游南昌东湖。他们三天不见,就像离别了许久一样,十分想念对方。

　　第二年,沈传师调任宣歙观察使,杜牧与张好好跟随他去了宣州。过了两年,沈传师的弟弟沈述师来访,看中了张好好。沈传师便给张好好脱了官籍,让她成为自由之身。随后,沈述师以千金之价,将张好好纳为小妾。

　　后来,沈传师被调回长安,杜牧应淮南节度使牛僧孺之邀去了扬州。

　　又过了两三年,杜牧赴长安出任监察御史,分司东都。谁料,杜牧竟在洛阳东城遇见张好好在当垆卖酒。杜牧大吃一惊,连忙问究竟发生了什么。张好好告诉杜牧,沈述师两年前病逝,自己被沈家人赶了出来,嫁给了一个卖酒的商人。杜牧听后,感慨良久,写下这首《张好好诗》。

　　这首诗前有序言,简要介绍了诗人与张好好相识、分别与重逢的过程。沈著作即沈传师的弟弟沈述师。双鬟,原指未婚女子梳成的两个环形发髻,这里代指一千万钱。汉辛延年《羽林郎》诗:"两鬟何窈窕,一世良所无。一鬟五百万,两鬟千万余。"

诗的正文共五十八句,分四个部分。前二十四句,写张好好初次亮相,便以绝世的色艺,赢得了沈传师的青睐。接着十四句,写张好好"玉质随月满,艳态逐春舒。绛唇渐轻巧,云步转虚徐",愈发丰满,逐渐成熟。沈传师移镇宣州时,也带上了张好好。接下来的八句,写沈述师娶走了张好好,"洞闭水声远,月高蟾影孤",诗人和张好好从此天各一方。最后十二句,写诗人与张好好在洛阳骤然重逢,张好好成了当垆卖酒的商人妇,诗人虽然年轻,却垂着长长的白胡子。两人感慨良久,相对洒泪。

此诗与白居易《琵琶行》有异曲同工之妙。

第 86 夜　遣怀　杜牧

从扬州到长安,他声名远扬

落魄江湖载酒行,楚腰纤细掌中轻。

十年一觉扬州梦,赢得青楼薄幸名。

　　杜牧离别沈传师，去扬州做牛僧孺的幕僚。牛僧孺十分赏识这个前宰相的孙子。但杜牧的私生活极不检点。扬州是一个非常繁华的城市。一到太阳西落，青楼之上便点起上万只绛红色的纱灯，照耀在夜空中。许多美丽的女子穿着漂亮的衣服，在烟花柳巷中穿行着。杜牧也出没其间，每天晚上都要去逛逛。

　　杜牧每夜逛青楼，牛僧孺都十分清楚，但出于对杜牧的爱护，他一直没有声张，只是让三十个士卒每天晚上都换成平常人的衣服，悄悄地跟在杜牧后面保护。杜牧自以为没人知道他逛青楼的事，所以每夜都玩得十分尽兴。

　　后来，杜牧被授予监察御史，要离开扬州去长安。牛僧孺为他设宴饯行。在宴席上，牛僧孺规劝杜牧："你气概非凡，定能飞黄腾达，只是我担心你在情事上不节制，恐怕会伤害你的身体。"

　　杜牧听了，十分窘迫，连忙撒谎道："我这个人十分检点，不会出现您担忧的事。"牛僧孺笑而不答，只是让人取来一个小盒子，当着杜牧的面打开，只见盒子里面都是那些士卒给牛僧孺的密报，上面写着："某夕，杜书记过某家,无恙。""某夕,杜书记宴某家,无恙。"杜牧看了,十分惭愧,连忙表达了对牛僧孺的感激之情。

后来,杜牧回到了长安,仍对扬州的生活念念不忘,觉得在扬州的日子,简直就像梦一样,让人留恋,又倍感空虚。这首《遣怀》诗,就是对那段荒唐生活的记录。

杜牧多情的名声不仅在青楼中口耳相传,就是在长安、洛阳两地,很多人也知道这个风流才子的故事。

据《本事诗》所记,杜牧任东都监察御史时,司徒李愿也闲居洛阳。李愿家的歌妓十分出名,洛中一带的名士登门拜谒李愿,就是为了一睹他家的歌妓。

一日,李愿大宴宾客,洛阳的许多高官都被邀请了。因为杜牧是监察御史,专门监督百官的一举一动,李愿就没敢邀请他。可杜牧也很想一睹李愿家歌妓的风采,就捎了一个口信,委婉地表达了想参加宴会的意愿。李愿不得已,又下了请帖,让人把杜牧请来。

杜牧当时正在花下独自喝酒,已经喝得半醉,收到李愿的请帖后,马上乘着车来了。

宴会上有一百多名歌妓,杜牧看了一遍,然后喝了满满三杯酒,走到李愿面前,说:"我听说你有一个歌女,名字叫紫云,不知是哪一位?"李愿用手指了一下。杜牧瞪大眼睛,看了紫云姑娘好大一会儿,竟对李愿说:"果然名不虚传,请司徒大人将紫云姑娘送给我吧!"

众人一听,哄堂大笑。那些歌妓也回过头来,笑了起来。杜牧又自饮了三杯酒,朗声吟道:"华堂今日绮筵开,谁唤分司御史来。忽发狂言惊满座,三重粉面一时回。"吟罢,气定神闲,旁若无人,仿佛什么事也没发生一样。

第87夜　叹花　杜牧
一首"惜花诗"引发的谜案

自恨寻芳到已迟，往年曾见未开时。

如今风摆花狼藉，绿叶成荫子满枝。

相传,杜牧在宣州时,听说湖州是浙西名郡,风景秀丽,且多有绝色女子,便前往游玩。

湖州刺史崔某和杜牧交情深厚,很了解杜牧的心思。杜牧到了之后,崔某便每日带杜牧游玩、喝酒,凡是湖州青楼女子,都会尽力传唤过来。可杜牧看了这些青楼女子,摇头说道:"漂亮是漂亮,但还不够美丽。"崔某问杜牧何意。杜牧说:"请举办一场龙舟赛,让湖州的男男女女都来参加。等人们都来齐了,我就在人群中边走边看,或许能找到我喜欢的女子。"崔某照杜牧说的举行了一场龙舟赛。

那一天,湖州的人都来观看龙舟赛,两岸的人黑压压的,就像两堵墙一样。杜牧在人群之中,四处游走,就是为了找到一个绝色女子,可到了傍晚时分还没如愿。正灰心之际,他眼睛一亮,看见一个老妇引着一个十多岁的绝色女子,便让人将那对母女请到船上。

那对母女上了官船,惶恐不已,不知发生了什么。杜牧对老妇人说:"我看上你女儿了,只是我现在还不能娶她。不过我将来肯定会娶她。"老妇说:"他年若失信,怎么办?"杜牧说:"十年之内,我必主政湖州,若过了十年,我还没来,就随你所愿,让她嫁给别人吧!"老妇答应了,杜牧就用重金下了聘礼。

谁知,杜牧此后出任过监察御史、黄州刺史、池州刺史、睦州刺史,就是没能做上湖州刺史。他很是着急,想调到湖州做刺史。公元848年,周墀做了宰相。杜牧与他关系十分亲密,便以给弟弟治疗眼疾为由,恳请周墀让他担任湖州刺史。过了两年,杜牧如愿以偿,终于做了湖州刺史。

到了湖州,杜牧派人寻访当年那对母女。谁知,那女子已于三年前嫁人了,并生了两个孩子! 杜牧十分生气,就发函将那对母女带来。老妇怕杜牧强抢自己的女儿,就只带着两个孩子来了。杜牧责备老妇,说:"你不是以前把女儿许给了我,怎么能出尔反尔?"老妇说:"你以前约定的时间是十年,如今已经过了十四年,我并没有违约啊!"杜牧一听,自知理亏,只好送了一些钱,让那老妇回去了。随后,杜牧郁闷不已,便写了这首《叹花》诗。

此事不知真伪。《叹花》诗本是一首咏物诗,但因杜牧风流成性,后人便借其诗中的"寻芳""未开""绿叶成荫""子满枝"等字眼,给杜牧附会了一段情事。

只是,杜牧出任湖州刺史,却是事实。湖州乃富庶之地,做湖州的刺史,相较于做京官收入高多了。湖州任满后,杜牧回到长安。他修葺了祖父留下来的樊川别墅,整日和一些老朋友诗酒唱和。不久,杜牧在老宅里溘然长逝,享年五十岁。

第 88 夜　长安秋望　赵嘏

异乡闻笛,倚楼长叹

云物凄清拂曙流,汉家宫阙动高秋。

残星几点雁横塞,长笛一声人倚楼。

紫艳半开篱菊静,红衣落尽渚莲愁。

鲈鱼正美不归去,空戴南冠学楚囚。

　　赵嘏,字承祐,淮安人。赵嘏年轻时与人游戏,不幸被人弄瞎了一只眼睛。但身体上的残疾,并未掩盖他的诗才。他曾在宣歙观察使沈传师的手下做事,与杜牧同为幕僚。杜牧十分欣赏他,说他是"风骚将",即诗坛领袖,必将名动京师,誉满天下。

　　赵嘏起先家住浙西,非常宠爱一个美姬。等到进京赶考,便留下她来侍奉母亲。但谁料,这年中元节,那个姬妾在逛盂兰盆会时,被浙西大帅看中并抢走。第二年,赵嘏考中进士,便写了一首诗:"寂寞堂前日又曛,阳台去作不归云。当时闻说沙吒利,今日青娥属使君。"浙西大帅读到这首诗后,便派人将姬妾送还给赵嘏。

　　赵嘏这时因事外出,途经山西绛县横水驿。他看见对面来了许多人马和轿子,十分好奇,就问了一句。来人回答道:"浙西大帅派我们护送新晋进士赵嘏的娘子入京。"那姬妾听到赵嘏的声音,立刻认出了他。赵嘏连忙下马,揭开帘子,也认出了她。两人顿时抱作一团,失声大哭,住了两晚,姬妾就去世了。赵嘏悲痛不已,将她葬在横水之北。

　　这个故事见于《唐才子传》,大约是虚构的。据说故事中的诗是赵嘏写给元稹的,诗

名为《座上献元相公》，它委婉地讽刺元稹强
占刘采春，是沙吒利一类之人！

　　赵嘏在长安应进士科考试并不顺利。
从大和六年（832）到会昌四年（844），他大部
分时间都淹留长安，就是为了进士考试，并
非像故事中第二年就考中进士。他最为出
名的《长安秋望》，就是他在长安时写的。

　　此诗传开后，果然"一日名动京师，三日
传满天下"。杜牧亦赞叹不已，直呼赵嘏为
"赵倚楼"。赵嘏终于在埋没多年后，考中进
士，并在第二年被任命为渭南县尉。

　　赵嘏的名声传到唐宣宗的耳朵里。他
问宰相："诗人赵嘏是不是一个好官？把他
的诗拿过来，我看看。"谁料，皇帝看的第一
首诗是《题秦诗》，其中有诗句说道："徒知
六国随斤斧，莫有群儒定是非。"大意是说：
秦始皇只知道用武力灭六国，不肯用儒生
来治国。唐宣宗觉得有讽喻之意，很不高
兴，于是提拔赵嘏的事也就不了了之。赵嘏
当上渭南县尉，过了两三年就去世了。

第 89 夜　无题　李商隐
一段伤心的隐秘爱情

相见时难别亦难，东风无力百花残。

春蚕到死丝方尽，蜡炬成灰泪始干。

晓镜但愁云鬓改，夜吟应觉月光寒。

蓬山此去无多路，青鸟殷勤为探看。

李商隐,字义山,号玉谿生,河南荥阳人。他家三代单传,都不长寿,父亲李嗣活了四十多岁。李商隐小时候十分勤奋,"五岁诵经书,七岁弄笔砚"。不幸的是,李商隐十岁时,父亲在浙西幕府去世。父亲死后,家道中落,生活十分拮据,他不得不给人抄书,以帮衬家用。

幸运的是,李商隐有一位隐居不仕的从叔,精通五经,学问极好。于是,母亲便把李商隐托付给这位从叔,让他跟随从叔学习诗文。十六岁时,李商隐就以《才论》《圣论》名扬乡里。十八岁时,从叔病故,李商隐便带着自己的诗文,去洛阳拜见名贤。

据说,李商隐先是拜见了白居易。白居易当时正闲居洛阳,读了李商隐的诗文后,大为惊叹,竟对李商隐说:"我来世一定做你儿子!"李商隐后来生了一个儿子,就为其取名"白老"。谁料,此儿迟钝笨拙,一点诗人的灵性都没有。温庭筠就戏谑地说:"要是说这个娃是白居易转世,这不是羞辱白居易吗?"

后来,李商隐还去拜见了令狐楚。令狐楚读了李商隐的诗文,也大加赞赏。令狐楚不仅亲自指点他写作四六骈文,资助他上京赶考,还命儿子令狐绪、令狐绹与李商隐一起学习。随后,令狐楚还聘李商隐为幕僚,带着他一起去了郓州、太原等地。

李商隐多次参加科举考试,但都没有考中。后来,他有些心灰意冷,就去济源西北的玉阳山学道。玉阳山有东西两座山峰,东峰上有玉阳观,西峰上有灵都观。在玉阳山上,李商隐遇见了宋华阳。

宋华阳是灵都观的一位女冠的侍女。这位女冠是一位公主,在灵都观做女道士。宋华阳也随公主做了女道士。宋华阳还有一个姐姐,也在灵都观做女冠。在中元节的一次法会上,李商隐与宋华阳相识,并私定情事。他们暗传情书,在月下幽会。宋华阳的姐姐经常在他们中间,帮着传递情书。

但后来,二人情事泄露,为世不容。公主一怒之下,就将宋华阳遣送回宫了。随后,李商隐也被逐出道观。李商隐为宋华阳写过很多情诗,著名的如《燕台诗四首》《碧城三首》《嫦娥》《圣女祠》《重过圣女祠》《赠宋华阳真人兼寄清都刘先生》《月夜重寄宋华阳姊妹》以及多首《无题》诗。其中,以这首《无题》(相见时难别亦难)最为著名。这首诗写的是两人被逐出道观,被迫分手时的情景。

　　后来,李商隐在洛阳又遇见了宋华阳。只是,宋华阳坐在一辆有帘子挡着的马车上,李商隐连话都没来得及说,车子就隆隆地驶远了。李商隐怅然若失地站在大街上,不知时间过了多久。过了些日子,李商隐遇见宋华阳的姐姐,才得知宋华阳已经移居长安永崇坊华阳公主的遗观。

　　宋华阳是李商隐的初恋,也是他一生的痛。他后来常常用诗咀嚼着这段爱情。"春心莫共花争发,一寸相思一寸灰""刘郎已恨蓬山远,更隔蓬山一万重""阆苑有书多附鹤,女床无树不栖鸾""一春梦雨常飘瓦,尽日灵风不满旗",这些晦涩朦胧的诗句里,满是眼泪,其实写的都是他们未能修成正果的爱情。

第 90 夜　柳枝五首　李商隐
是爱,还是遗恨

花房与蜜脾,蜂雄蛱蝶雌。

同时不同类,那复更相思。(其一)

本是丁香树,春条结始生。

玉作弹棋局,中心亦不平。(其二)

嘉瓜引蔓长,碧玉冰寒浆。

东陵虽五色,不忍值牙香。(其三)

柳枝井上蟠,莲叶浦中干。

锦鳞与绣羽,水陆有伤残。(其四)

画屏绣步障,物物自成双。

如何湖上望,只是见鸳鸯?(其五)

柳枝是李商隐的近邻。她的父亲是一位商人,在一次大风暴中外出经商,溺死湖中。母亲十分溺爱柳枝,任她恣意成长。

柳枝长到十七岁,喜欢涂抹脂粉,经常把头发高高地绾起来。还没做完这些事情,就站起离开梳妆台,吹着树叶,嚼着花蕊,一会儿调弦,一会儿按管,弹奏天海风涛之曲,像含着说不尽的情思,道不完的苦痛。邻居们知道她十年来沉迷歌舞,怀疑她醉生梦死,是断然不会娶她的。

李商隐的堂兄李让山住在柳枝姑娘家附近。一日,春色正浓,柳树成荫,李让山骑着马从柳枝家门口经过,看见她正站在柳树下,就下了马,当着柳枝的面,吟咏起李商隐的《燕台诗》。柳枝听完,惊呆了,就问道:"是谁,心中竟有这番感情? 是谁,竟作出这样的诗歌?"李让山说:"这是我的堂弟李商隐作的!"柳枝听罢,竟从衣服上扯断一根带子,交给李让山,说:"请你的堂弟明天到这里来,我想请他送我一首诗。"

第二天,李商隐就骑着马来了。柳枝打扮整齐,梳着两个可爱的发髻,手里拿着一把扇子,风吹起衣袖遮住了她半张脸,她指着李商隐说:"你是不是李让山的堂弟李商

隐?"李商隐说:"是。"柳枝对李商隐深情地
说:"过三天,我应当去水边醑酒洗衣,我会
用博山炉焚上香,等着您的到来。"

李商隐答应了。可到了那天,一个要去
京师参加考试的朋友和他开了一个天大的
玩笑,竟偷了他的行李,先行去了京师!李
商隐没办法,只好去追那朋友。因为这事,
他竟爽了柳枝的约。

这年冬天,李让山也来到长安赶考。他
来到李商隐的住所,李商隐问起柳枝的事。
李让山说:"她被东边的一个诸侯娶走了。"
李商隐听了,很是感伤。第二年,李让山要
回洛阳,李商隐送他到戏水亭。分别之际,
李商隐写了《柳枝五首》以及序文,并嘱咐李
让山把这些诗写在他与柳枝姑娘相会的那
棵柳树下面。《柳枝五首》仿佛在表达相爱
却不能相守的遗恨。

从这组诗以及序文可以看出,李商隐对
柳枝姑娘的感情是矛盾的。他爱柳枝姑娘,
或许因门第观念作祟,嫌弃她是商人的女
儿,竟借口要追回行李而失约,可谓薄情。
可当他听说柳枝姑娘被东边的诸侯娶走了,
竟懊恼不已,悔不当初,无奈之下,他只好作
了这五首诗为薄情自辩。

第 91 夜　夜雨寄北　李商隐
一封家书，两地牵挂

君问归期未有期，巴山夜雨涨秋池。

何当共剪西窗烛，却话巴山夜雨时？

　　李商隐的应举之路，一直不顺畅。他从十六岁就开始参加科举考试，一直考到了二十六岁，还没考中。幸运的是，在他二十六岁这年，令狐绹的好友高锴主持进士科考试，他的应试之路才出现了转机。

　　一日，高锴在朝堂上遇见了令狐绹，问道："八郎（令狐绹排行第八）之友，谁最善良？"令狐绹说："李商隐，李商隐，李商隐。"令狐绹连说了三遍"李商隐"的名字，然后，恭恭敬敬地退下来，并没有说任何推荐的话。

　　这一年，李商隐果然高中进士。可就在这一年，令狐绹的父亲、李商隐的恩师令狐楚突然病危，李商隐闻讯，急忙奔赴汉中。令狐楚去世后，李商隐为他撰写墓志铭，并和令狐绹兄弟一起将灵柩护送回长安。

　　参加完令狐楚的葬礼，李商隐接受了泾原节度使王茂元的邀请，去了泾州，做了王茂元的幕僚。这时，与李商隐同时中第的韩瞻迎娶了王茂元的大女儿。王茂元也十分中意李商隐，有意将小女儿王晏媄许配给他。于是，在韩瞻的撮合下，李商隐迎娶了王晏媄。

　　令狐楚是牛僧孺一党，而王茂元属于李德裕一党。李商隐曾受恩于牛党核心人物令狐楚，却娶了李党一派的女儿。此事让令狐绹十分恼火，他认为李商隐此举就是"背恩"，一直耿耿于怀。后来，王茂元去世，令狐绹身居高位，一直打压李商隐，让其在地方节度使的幕府里长期沉沦，没有出头之日。

　　王茂元去世后，李党遭到清洗，李党骨干人物郑亚被贬为桂管观察使。郑亚十分欣赏李商隐，就召他做幕僚。但李商隐很倒霉，在桂林还不到一年，因郑亚再次被贬而失去了工作，只好从桂林返回郑州。这首《夜雨寄北》就是李商隐在返途中，因大暴雨而滞留巴蜀时写给妻子的一首情诗。

李商隐在家待了两年，又受到武宁军节度使卢弘正的邀请，出任其幕僚。卢弘正是著名诗人卢纶的儿子，其人严于治军，善于理财，是晚唐很有才干的大臣。可惜的是，卢弘正在徐州只做了一年多的节度使就病逝了。李商隐再次失去了工作。

更为不幸的是，李商隐的妻子王晏媄也不久去世。李商隐闻讯，连忙从徐州赶回郑州，却连妻子最后一面也没见上。此时，李商隐穷困潦倒，儿女幼小，处境极为凄凉。而昔日挚友令狐绹已经做了宰相。李商隐屡次给令狐绹写信解释，但令狐绹一直没有原谅他的"背恩"之事。后来，李德裕去世，令狐绹出于同情，才荐举李商隐做了太学博士。但这是一个冷官，李商隐勉强接受了。

公元851年秋，柳仲郢出任东川节度使。柳仲郢向李商隐发出邀请，封他为节度使判官。李商隐十分钦佩柳仲郢，就欣然接受了。柳仲郢是大唐名臣，任京兆尹时，曾在街上当场杖杀一个飞扬跋扈的神策军小将。在梓州，柳仲郢颇为照顾李商隐，见他妻子亡故，孤苦一人，就欲将官妓张懿仙赐给他。李商隐十分感激柳仲郢，但还是婉言谢绝了。

李商隐在给柳仲郢的上书中说道："张懿仙是天上的织女，云里的月亮，花丛里的红牡丹，我虽然在诗歌里描写过美丽的南国女子和丛台歌妓,但说真的,我并不是一个风流的人。况且,直到现在,我还一直深深地怀念着我的妻子。"

柳仲郢很欣赏李商隐的为人,回朝出任吏部侍郎,便推荐李商隐做了盐铁推官。盐铁推官的品阶虽然比太学博士(正六品上)低,但待遇丰厚,这对生活比较窘迫的李商隐来说,无疑是帮了大忙。李商隐在盐铁推官任上工作了两三年,罢职后回到郑州闲居。

第 92 夜　锦瑟　李商隐
一首自悼词，两行伤心泪

锦瑟无端五十弦，一弦一柱思华年。

庄生晓梦迷蝴蝶，望帝春心托杜鹃。

沧海月明珠有泪，蓝田日暖玉生烟。

此情可待成追忆，只是当时已惘然。

公元 858 年,李商隐从盐铁推官任上罢职,独自一人回到郑州老家。这年,李商隐四十六岁,儿子李衮师才十二岁,女儿也才十四岁,都未成年。此时,李商隐百病缠身,孤苦伶仃,想到父亲就是在四十多岁去世的,他自感大限将至,很是灰心。

少年时的发愤求学,青年时的奋发有为,中年时的屈居幕僚,晚年时的穷困病老,是他一生的写照。他备感惘然,便写下自抒怀抱的《锦瑟》。这首《锦瑟》像谜一样,让人捉摸不透,姑妄言之。

作者以"庄生晓梦迷蝴蝶""望帝春心托杜鹃""沧海月明珠有泪""蓝田日暖玉生烟"分别暗喻他这一生四件大事:政治抱负的破灭、令狐绹对自己的误解与打击、长期屈居幕府的生活、爱情婚姻生活。这些往事一桩桩都破灭了,如今追忆起来,真是备感生命的无常与幻灭。

"锦瑟无端五十弦,一弦一柱思华年",这句大意是说:锦瑟没来由地偏偏有五十根弦,每一丝每一柱都引我思念花一样的年华。

"庄生晓梦迷蝴蝶"引用庄周梦蝶的故事。一日,庄周正在睡觉,忽然梦见自己变成蝴蝶。在梦中,蝴蝶翩翩飞舞,自由自在。过了一会儿,庄周醒了,不由得感叹道:"不知庄周梦见了蝴蝶,还是蝴蝶梦见了庄周?"人生仿佛大梦一场!李商隐引用这个典故,暗喻自己青年时代胸有万丈凌云壮志,本想在政坛上有一番作为,可是,在牛李党争之下,他一直走背运,后来几番折腾,终究也只是地方节度使的幕僚。自己青年时的理想,在梦醒之时,碎落了一地!

"望帝春心托杜鹃"说的是杜宇的故事。杜宇是古代蜀国君主,为人忠厚,教民务农,后来,蜀国洪水泛滥,杜宇一筹莫展。这时,一个叫鳖灵的人走了出来,愿意带领百姓治水,于是,杜宇任命鳖灵为相,前去治理洪水。鳖灵凿石壁,通淤泥,终于将洪水引出。杜宇见鳖灵治水有功,就将君位禅让给鳖灵。谁知,流言却说杜宇趁鳖灵在外治水,和鳖灵的妻子私通,出于羞愧,才禅让君位。杜宇气愤填膺,一病而亡,死后,化作杜宇鸟,整天在树林里鸣叫:"冤枉啊,冤枉啊!"李商隐引用此典,暗喻自己曾受恩于令狐楚,最后却娶了王茂元的女儿,被令狐绹指责为"背恩"。李商隐认为自己就像杜宇一样,被令狐绹冤枉了,他虽然娶了王茂元的女儿,但对令狐楚父子仍是一片春心,内心仍铭记着令狐楚的恩情!

"沧海月明珠有泪"说的是,明月照在沧海上,宛如白昼,可在海底,却有一颗遗珠,因为被别人遗忘,而暗自流泪。李商隐运用"遗珠"这个意象,暗喻自己常年沉沦幕府的生活。他一生先后在令狐楚、王茂元、郑亚、卢弘正、柳仲郢五个幕府里走马灯似地转来转去,也就做了一个小小的幕僚,一直没有被提拔过,就像那遗珠一样,屈沉海底,真是让人伤心啊!

"蓝田日暖玉生烟"说的是,蓝田的美玉在日光的照耀下,生出一层淡淡的烟,然后轻轻地飘去了!这里用"蓝田玉",暗喻自己一生中遇到的女子,包括宋华阳、柳枝姑娘、妻子王氏,都在其人生不同阶段,如温润的玉一样,给予他情感上的慰藉。可如今这些女子,有的无缘相聚,有的远走他乡,有的已经病逝,一个都没在眼前，只留下他们往日爱的痕迹，尚存心间。这些爱的痕迹在太阳底下一照，都如那袅袅的青烟一样，飘逝得无影无踪。

"此情可待成追忆，只是当时已惘然"说的是，李商隐从追忆中醒悟过来，顿感生之惘然、无常与幻灭。这种幻灭感有两重含义：一种是人生的幻灭，即当时的惘然之情，指的是李商隐遭遇政治抱负破灭、友人冷遇、屈居幕府、心爱女子离去，是一种现实的幻灭，具有切肤之痛，在当时就能感受到。一种是生命的幻灭，即如今的迷惘之情，指的是因过往之事的幻灭，对整体生命产生的幻灭感，是一种精神上的幻灭，虽不再有切肤之痛，实际上已经心死。这双重的幻灭感，让李商隐觉得，这种生之无常，哪里需要追忆才能感受到，当年屡遭挫折时，就已感受到了，如今从头追忆一生，更感生命无常，万事皆空。

写完《锦瑟》后不久，李商隐就寂寞地死了。死后，他的挚友崔珏接连写了两首《哭李商隐》。崔珏在诗中为李商隐打抱不平，说他"虚负凌云万丈才，一生襟抱未曾开"。

第 93 夜　商山早行　温庭筠

鸡声,茅店,月,人迹,板桥,霜

晨起动征铎,客行悲故乡。

鸡声茅店月,人迹板桥霜。

槲叶落山路,枳花明驿墙。

因思杜陵梦,凫雁满回塘。

温庭筠,字飞卿,山西太原人。幼年丧父,生活十分困苦。父亲的生前好友段文昌得知后,主动收养了他,并把他带到长安,和自己的儿子段成式一起学习。

后来,段文昌去世,温庭筠成年,因李翱的荐举,以布衣身份随侍太子李永。李永比较贪玩,喜欢出宫和一群游手好闲之徒游玩。杨贤妃曾害死了李永的母亲王德妃。她担心太子登基后复仇,就在唐文宗面前说李永的坏话。唐文宗一怒之下,就要废了太子。群臣连忙替太子说话。唐文宗只好将太子关在少阳院,命宦官看守。谁料,没过多久,太子就暴薨于少阳院。

李永死后,温庭筠的东宫捷径之路被堵。无奈之下,他只好去参加科举考试。但谁料,唐文宗因太子李永暴薨,自责不已,不久便病重身亡。唐文宗死后,唐武宗登基。唐武宗大开杀戒,处死了杨贤妃及诸王。温庭筠感受到了杀机,连忙放弃考试,逃到了江淮一带。

据说,温庭筠在江淮一带时,扬州盐铁转运使姚勖很是爱惜他的才华,就给了他一大笔钱。谁料,温庭筠竟拿着这些钱和一群无赖之徒去逛青楼。姚勖得知后,十分生气,就让人将温庭筠抓来,狠狠地打了一顿,然后驱逐出扬州。

温庭筠后来又回到长安,参加科举考试。但他屡试不第,竟成了科场老油条。相传温庭筠经常替人作弊,手段极其高超。沈询主持科举时,特地将他安置在帘前应试。谁知,他先行交卷出来后,竟对人说:"我又帮八个人做了试卷。"

温庭筠久试不第,便经常和裴度的儿子裴诚、令狐绹的儿子令狐滴等一起厮混。这时,词在民间悄然兴起,其中《菩萨蛮》最为流行。唐宣宗十分喜欢《菩萨蛮》。令狐绚为了讨好唐宣宗,就让温庭筠作了一首《菩萨蛮》,然后以自己的名义献给了唐宣宗,并嘱咐温庭筠保密。谁料,温庭筠很快就告诉了别人。令狐绚得知后,十分恼火,便向皇帝密奏,说温庭筠有才无德,不宜中第。

唐宣宗为了验证令狐绚的说法,便微服私访,来到温庭筠住的旅舍。温庭筠不认识唐宣宗,斜着眼睛,很傲气地问:"你是谁? 是司马、长史之类的官吗?"唐宣宗说:"不是。"温庭筠又问:"那你是六参、主簿、县尉之类的官吗?"唐宣宗说:"也不是。"后来,温庭筠东猜西猜,也没有猜出这人是谁。唐宣宗回去后,就将温庭筠贬为随县尉,逐出了京城。

这首《商山早行》就是温庭筠从长安出发,到湖北随县,途经商山时写的。通过鸡声、茅店、月、人迹、板桥、霜这六个意象,刻画早行山间的景色,全诗流露出游子在外的孤寂之感和思乡之情。

荆南节度使徐商十分欣赏温庭筠的才华,就直接将他调到荆州。过了两年,因徐商内调,出任御史大夫,温庭筠又失去工作,只好四处羁游求仕。

有一年,他到了扬州,此时令狐绚正任淮南节度使。温庭筠因怨恨令狐绚在相位上打压自己,就故意不去拜见他,还和一群浮浪子弟整日喝酒闲逛。一日,温庭筠的钱用光了,就跑到扬子院要钱。扬子院的官员碍于令狐绚的情面,就给了他一些钱。

谁知,他又拿着这些钱去喝酒,一直喝到晚上,醉倒在大街上。这时,巡逻的士卒看见街上躺了一个醉汉,就把他抓了起来,狠狠地揍了一顿,不仅打破了他的脸,还打坏了他的牙齿。温庭筠气愤不过,就向令狐绹诉冤。令狐绹将这些士卒抓起来审理,士卒反诉温庭筠的丑行。令狐绹听了,就把这些士卒放了。温庭筠气愤不过,就去长安,遍访公卿,请求主持公道。但谁也不愿理会。

这时,徐商升任为宰相。他见温庭筠自甘沉沦,很是惋惜,就提拔他为国子监助教。这年秋天,温庭筠以国子监助教的身份,主持国子监考试。考试结束后,温庭筠将合格考生的诗文张榜公布,以示公平。可此举惹怒了另一宰相杨收。杨收是一个生活奢华的奸相,很讨厌这些"声词激切"、专门讨伐奸佞之徒的诗文,一怒之下,将温庭筠贬为方城尉。不久,温庭筠死在贬所。

第 94 夜　樊夫人答裴航　裴铏

魂系蓝桥,终见云英

一饮琼浆百感生,玄霜捣尽见云英。

蓝桥便是神仙窟,何必崎岖上玉清。

裴铏，传奇文学的鼻祖。他早年热衷于科举考试，但因无人荐举，一直未能发达。后来，他为了考中进士，写了大量的传奇，作为行卷之用。可时运不济，他仍与科举无缘。不得已，他只好在淮南节度使高骈手下做了掌书记。高骈晚年沉迷于成仙，裴铏投其所好，写了许多求仙问道的传奇。其中以《裴航》最为有名。兹述如下：

长庆年间，有一位书生名叫裴航，因科考失利，心情郁闷，便去鄂渚游玩散心。在鄂渚，他拜访了昔日好友崔相国。崔相国见裴航来看他，十分高兴，就赠送裴航二十万钱。裴航得了钱后，租了一艘大船，准备沿着湘汉之水回到长安。

同船有一位樊夫人姿容秀丽，裴航十分倾慕，很想结识她。他写了一首诗，请樊夫人的侍女袅烟传递给樊夫人。可是，过了许久，仍无音讯。裴航便问袅烟："不知夫人心意如何？"袅烟说："我也不知道，夫人见到你的诗，就是不言语，好像没有这么回事一样！"裴航没办法，只好等船停靠在岸时，买了一些奇珍异果，献给樊夫人。樊夫人见他心诚，便让袅烟召他来见。

裴航到了樊夫人的船舱里，只见樊夫人宛若仙人，端坐在上。他大气都不敢出，深深地拜了拜。樊夫人说："我已经有丈夫了。他如今在汉水之南，准备弃官修仙，目下正召我前去商量此事，我怎么可能情系他人呢？请您看在同船的情面上，不要以为我在戏弄你。"裴航连忙说："不敢，不敢。"说完，裴航惭愧而退。随后，樊夫人写了一首诗，让袅烟送给了裴航。此诗即这里的《樊夫人答裴航》。

裴航看了，只觉莫名其妙，不知诗为何意。他很想让樊夫人指明诗中意趣，但樊夫人再也不愿见他，只让袅烟来问候他而已。到了襄汉，樊夫人便领着袅烟不辞而别。裴航遍寻不着，她们仿佛灭迹匿形，不知所踪。

快到长安时，裴航经过蓝桥驿，因为口渴，他就去路旁求水喝。路旁有三四间低矮的茅草屋，有一个老婆婆坐在屋前搓麻线。裴航走上前，深深鞠了一躬，请求老婆婆给他一碗水喝。老婆婆对着屋子喊了一声："云英，端一碗水来。有一个小伙子要喝水。"裴航觉得这个名字十分熟悉，忽然想起樊夫人诗中有云英的名字，惊讶不已。

过了一会儿，一个姑娘从草帘子下面，伸出一双玉手，递给他一碗水。裴航喝了水，只觉异香遍体，浑身清爽。于是，他趁着还碗之际，掀开帘子，看了一眼那个叫云英的女子。只见云英"脸欺腻玉，鬓若浓云"，真乃天仙下凡，嫦娥重生。裴航惊得腿都挪不动了，对老婆婆说："我的仆人和马都累了，我想给您一些钱在此休息，不知是否方便？"老妇人说："请自便。"

于是，裴航让仆人牵着马过来。良久，裴航说："我看到您家的女子，很喜欢，愿重礼相聘娶她为妻，不知您是否同意？"老婆婆说："我就这么一个孙女，已经许配给别人了，只是没有迎娶罢了。我如今又老又病，昨天有个神仙给了我一种丹药，需要用玉杵捣一百天才能捣碎。你若给我找一个玉杵，我就把孙女嫁给你。其他金银财宝，我一概不取。"裴航说："请给我一百天时间，我必定带玉杵而来，请不要再将她许配给别人！"老妇人说："好。"

裴航一到长安,就在街衢闹市四处高声喊道:"谁家有玉杵啊?"没有人回应。后来,他碰见一个卖玉的老头。那老头说:"近日虢州药铺老板卞老给我写了一封信,说他那里有一根玉杵要卖,我写一封信,你去找他。"裴航感激不已,带着信来到了虢州。卞老说:"非二百缗钱不卖,一分也不能少。"裴航倾其所有,并卖掉仆人、宝马,这才凑够了钱。

裴航带着玉杵回到蓝桥。老婆婆说:"你是一个志诚君子,我怎么能因为爱惜孙女,让你空手而归呢?"云英忽然出来,笑着说:"你若有诚心,请再把我奶奶的药捣上一百天,我才好嫁给你。"裴航当即应诺。他白天捣药,晚上休息,一点也不敢懈怠。老婆婆晚上会把药收到内室。一天晚上,裴航听见有捣药的声音,连忙窥探,只见一只玉兔正拿着玉杵帮他捣药。他惊讶不已,暗下决心,一定要把药捣完。

过了一百天,裴航终于将药捣好。老婆婆服了丸药,对裴航说:"我要到洞府告诉亲戚们来迎接你。你在这里稍等一会儿。"说着,她就带着云英回到山里。过了一会儿,只见许多车马和仆人来迎裴航。裴航到了

山中,只见一处宅邸富贵华丽,珠翠珍玩数不胜数,仙童侍女如
云缭绕。

　　裴航入了仙府,与云英行了夫妻之礼。随后,裴航被引导着
拜见众宾客。其中有一位仙女问裴航:"你不认得我了?"裴航
说:"我们不是亲戚,我好像没见过你!"仙女说:"你忘了那日船
上之事?"裴航顿时惊诧不已。旁人说:"她是云英的姐姐云翘夫
人,刘纲仙君的妻子。"老婆婆便让裴航与云英住在玉峰洞里。
后来,裴航也成了神仙。

　　太和年间,裴航和友人卢颢在蓝桥驿之西相遇,裴航向他讲
述了自己得道之事。卢颢很是羡慕,就问裴航成仙之道。裴航
说:"《老子》曰'虚其心,实其腹',当今之人心愈实,哪里能领会
得道之理呢?"

第 95 夜　献钱尚父　贯休

"十四州"与"四十州"的故事

贵逼人来不自由,龙骧凤翥势难收。

满堂花醉三千客,一剑霜寒十四州。

鼓角揭天嘉气冷,风涛动地海山秋。

东南永作金天柱,谁羡当时万户侯。

◎ 骧(xiāng)：马昂首奔跑,此处指龙飞腾。　　◎ 翥(zhù)：鸟向上飞。

贯休,俗名姜德隐,浙江兰溪人。姜德隐从小就喜欢礼佛,看见寺庙、佛器与和尚,就莫名地心生欢喜,必定要恭恭敬敬地合掌作揖。七岁时,在他苦苦央求下,父母把他送到兰溪县和安寺,出家当了一个侍僮,法号"贯休"。

贯休十分聪明,过目不忘,日诵《法华经》一千字,还常和隔壁的一个童子隔着篱笆论诗互吟,其他僧人见了,都惊讶不已。十五六岁时,贯休就颇有诗名了。二十岁,他受具足戒,正式成为一名僧人。随后,他四处漫游,南下罗浮,西至荆楚,拜谒过缙云使君段成式,还和南楚才子一起赠别轩辕先生。后来,黄巢起义,天下大乱,贯休只好回到了家乡。

乾宁初年,贯休前往杭州,准备拜谒镇海军节度使钱镠。他向钱镠献了一首诗,钱镠看后,十分高兴,便接见了他,还赏赐了他很多财物。贯休献的诗,就是这里的《献钱尚父》。

据民间传说,贯休并没有得到钱镠的接见,原因是贯休拒绝了钱镠的一个无礼要求。钱镠看了贯休的诗后,十分高兴,就派了一个使者传话道:"告诉那个和尚,让他把诗中的'十四州'改成'四十州',才可以来见我。"贯休听罢,对使者说:"我不会添加州的个数,也不会改自己的诗,我就是闲云野鹤,天下之大,哪里不能飞啊?"

可据贯休之诗来看,这分明是一首阿谀之作,其目的不过是通过拍钱镠的马屁,讨些钱财罢了。民间之所以虚构这么一个故事,就是讽刺一下钱镠的野心。贯休得到了钱镠的钱财,又去了江陵,投靠荆南节度使成汭。成汭早年也做过和尚,但为人凶狠残忍,曾因听信谗言,亲手将儿子全都杀死了。

一日,成汭过生日,众人献诗祝贺,贯休也写了一首。成汭没时间亲自阅览,就让幕史郑准以诗歌的优劣排名。谁知,郑准竟将贯休的诗排为第三名。贯休十分生气,说:"这样品评人物,怎么能长久?"成汭听说了,却没生气,十分礼遇贯休。过了一段时间,成汭向贯休请教作文的笔法,贯休很不屑地说:"这个事嘛,要焚香净身,登坛拜师,才肯相授,怎么能这么随随便便呢?"成汭讨了个没趣,借机将贯休发配到黔中。

后来,成汭被杀,贯休去了四川,受到了

蜀王王建的热情接纳。王建特地为贯休修建龙华禅院，并恳请他做禅院住持。不久，王建又封他为"禅月大师"。贯休在蜀中迎来了他人生中最灿烂的一段时光。

贯休善诗，更善于画罗汉。贯休画里的罗汉，有庞眉大目者，有朵颐隆鼻者，有倚松石者，有坐山水者，外貌奇特，十分夸张，皆有古野之貌，一点也不像凡间的人。有人问他："这些罗汉，你在哪里见到过？"贯休说："这些都是我从梦中看见的。"

贯休活了八十一岁，是唐代长寿诗人之一。他的诗，如猛虎长啸，如山岩崩塌，自有一种豪爽之气；他的画，狂态飞逸，古怪粗野，自有一种拙朴之美，很是让人惊叹。

第 96 夜　归五湖　罗隐

一船明月一竿竹,我今去矣

江头日暖花又开,江东行客心悠哉。

高阳酒徒半凋落,终南山色空崔嵬。

圣代也知无弃物,侯门未必用非才。

一船明月一竿竹,家在五湖归去来!

罗隐,字昭谏,后改名隐,自号江东生,浙江余杭人。据民间传说,罗隐是紫微星转世。母亲怀他时,梦见一位神仙说:"你的儿子将来要当皇帝!"母亲非常高兴,生下罗隐后,就骄傲得不得了。一日,她和邻居吵架,吃了亏,就气哼哼回到家,将正洗的筷子插在灶王爷的头上,然后转过头对罗隐说:"儿啊,你要是当了皇帝,就先把隔壁的叔婆杀了。"灶王爷听后,连忙报告给玉帝。玉帝十分生气,就派神仙将罗隐的龙骨拆了,只留了一张当皇帝的嘴。此后,罗隐家就变得一贫如洗,以至于到了出门乞讨的地步。但因罗隐有一张皇帝的嘴,说什么都很灵验,人们很欢迎他来自家乞讨,讨些口彩,占点便宜,称他是"乞丐的骨头,皇帝的嘴"。

只是,真实的罗隐并未做过乞丐。罗隐年轻时,才思敏捷,诗文俊爽,很受当地人称赞。罗隐颇受鼓励,决心在科场上扬名,博得一官半职。

可谁料,他二十七岁开始应试,参加了十次进士科考试,都未中第。他第一次参加进士考试时,曾在钟陵的一次筵席上与歌女云英同席。过了十多年,罗隐还没考中进士,再次经过钟陵时,又一次遇见了云英。云英见到他,高兴地拍着手,说道:"哎呀,罗秀才,你怎么现在还是白衣啊?"罗隐很是尴尬,就写下一首诗送给她:"钟陵醉别十余春,重见云英掌上身。我未成名君未嫁,可能俱是不如人?"

罗隐屡试不第的原因,大概是他长得实在太丑了。《旧五代史》称其"貌古而陋",但到底"古""陋"到什么程度,不得而知。相传,宰相郑畋的女儿十分喜欢读罗隐的诗,最后竟因诗生情，爱上了罗隐。但她不好意思说出口，于是每次读到罗隐的诗句"张华谩出如丹语，不及刘侯一纸书"时，就故意在其父面前读上三遍。恰巧，罗隐以诗求谒郑畋，郑畋便召他来府上相见。罗隐来后，郑畋故意让女儿在帘子后面偷看。郑畋的女儿见罗隐相貌奇丑，连忙掩着鼻子走开，自此再也不吟诵罗隐的诗了！

好友刘赞见罗隐久试不第，就写了一首诗劝他回乡，其诗曰："人皆言子屈，独我谓君非。明主既难谒，青山何不归？年虚侵雪鬓，尘枉污麻衣。自古逃名者，至今名岂微！"罗隐读后，顿时有了归乡之念，便作了这首《归五湖》（又作《曲江春感》）。

离开长安之前，罗隐还不死心，去拜见精通相术的罗尊师，请他给自己算算命。罗尊师说："你意在科举，但依我看，你就是考中进士，也不过做一个主簿、县尉之类的小官，但你若东归，必定荣华富贵。这两个决定，你自己选择吧！"罗隐听了，很是犹豫。回到寓所，隔壁有个卖饭的老太婆，见罗隐闷闷不乐，就问："脸色这么差，是不是有什么决断不下来的事？"罗隐就告知了这个两难的选择。那老太婆说："罗隐啊，你好糊涂，全天下的人都知道你的大名，为何非要用科举来证明自己呢？听我老婆子的话，赶紧东归，急取富贵，这才不枉一生。"

罗隐听罢，决心不再浪费光阴于科举考试了，便回到了余杭。罗隐在余杭隐居了五年。公元893年，钱镠被任命为镇海军节度使，罗隐就想去拜谒。但他担心钱镠不接纳自己，就写了一首《过夏口》，置于其诗卷之前。《过夏口》中有两句诗"一个祢衡容不得，思量黄祖谩英雄"，其意自比祢衡，暗示钱镠是英雄。钱镠看后大笑,赠书信说:"仲宣远托刘荆州,都缘乱世;夫子辟为鲁司寇,只为故乡。"这是把罗隐比作王粲、孔子。罗隐看了书信后,说:"钱镠这么看重我,我怎能不去呢?"

罗隐入钱镠的幕府后,先是任掌书记,后又为观察判官。罗隐在任时,十分留意百姓疾苦。他发现在西湖打渔的人,每天都要向钱镠缴纳数斤新鲜的鱼,如果不够斤数的话,还要到集市上去买。罗隐一打听,才知道这叫"使宅鱼",意即"节度使家的鱼"。渔民十分痛恨这一赋税,但敢怒不敢言。

一日,罗隐陪同钱镠饮酒,墙壁上正好挂着一幅《磻溪垂钓图》。钱镠指着这幅画,让罗隐据画作诗。罗隐应声而道:"吕望当年展庙谟,直钩钓国更谁如?若教生在西湖上,也是须供使宅鱼。"大意是说:姜太公当年在磻溪钓鱼开创了周朝的兴盛,可如今,若他生在西湖边,就会很不幸,得给您缴纳"使宅鱼"。钱镠听后,大笑不已,连忙让人取消了这项赋税。

罗隐去世时,大约七十七岁。因他在任上关心百姓疾苦,并想办法为民解忧,当地

人就编了许多关于他的传说,如罗隐与钱王
洗浴、罗隐与富阳毛纸、罗隐戏神仙,等等。
甚至在罗隐还活着的时候,就有人把他当作
神供奉,出现了许多罗隐庙、罗隐寺、罗隐
洞。据说"客家山歌"也是罗隐自创的。江
西兴国地区有一首民歌就是这样唱的:"会
唱山歌歌驳歌,会织绫罗梭接梭。罗隐秀才
造歌本,一句妹来一句哥。"

第97夜　白菊三首　司空图

请随我到墓中一游

人间万恨已难平，栽得垂杨更系情。

犹喜闰前霜未下，菊边依旧舞身轻。（其一）

莫惜西风又起来，犹能婀娜傍池台。

不辞暂被霜寒挫，舞袖招香即却回。（其二）

为报繁霜且莫催，穷秋须到自低垂。

横拖长袖招人别，只待春风却舞来。（其三）

司空图，字表圣，山西永济王官谷人。司空图年轻时，一直在王官谷读书。直到三十岁时，他才出谷，前往长安赶考。在此之前，他曾行卷河中节度使夏侯孜，夏侯孜十分欣赏他，就把他推荐给同州刺史王凝。后来，王凝主持礼部考试，多选拔寒俊之士，司空图得以考中进士。同时登科的进士，十分鄙薄司空图，认为他是走后门才考中的，就给他取了一个"司徒空"的外号。王凝听说了，立即召集众进士，说："今年的进士中，司空图最优秀！"

王凝因做主考官时未选拔权贵之子，被人陷害，贬为商州刺史。司空图感激王凝的知遇之恩，追随去了商州。后来，王凝去世，司空图来到洛阳。因前宰相卢携对其赞赏有加，卢携再次出任宰相时，就推荐他为礼部郎中。

但谁料，过了些年，黄巢大军杀入长安，唐僖宗仓皇出逃。司空图追随不及，陷在乱军中。司空图弟弟的一个奴仆是黄巢手下的人，对司空图说："我的主子礼贤下士，你若去投奔他，肯定会受到重用，不然，死在沟壑里，都没人知道。"司空图拒绝了他的建议，最后想办法逃出长安，回到王官谷。

后来，朝廷多次征召，司空图都婉言谢绝了。在王官谷，他经常穿着布衣，拄着一根顶端雕有斑鸠的拐杖，赶集，逛社火，参加求雨等祭祀活动，和老百姓平起平坐，一点傲气都没有。

河中节度使王重荣十分器重司空图，多次馈赠财物，司空图都没接受。后来，王重荣请他写了一篇碑文，送了他一千匹绢丝。司空图让人将这些绢丝放在集市上，任人拿取，一点也没留给自己。四邻八乡的人都仰慕司空图的贤德，全跑到王官谷来避难，就连强盗们也都绕开王官谷，说："王官谷有个司空图，是当代的王蠋，是个大贤人啊！"

司空图不仅看淡钱财，也勘破了生死。他早就给自己做好棺材，筑好了坟墓。每当风和日丽之时，他就领着几个朋友进入自己的坟墓，坐在自己的棺材上，一边喝酒，一边作诗。有一年，朝廷来了一位使者，司空图就邀请这位贵客到自己的坟墓里游玩。那位使者面露难色，有点惊恐地看着他。他就说："达人大观，生死一致，你怎么连这都看不开呢？生和死有什么区别呢？我们不过暂时到死亡之域逛一逛，预习一下死后的日子罢了！"那人听完，吓得落荒而逃。

在王官谷,司空图肆力于诗歌创作。这组《白菊三首》,就是其隐居王官谷时写的,可以看作其自我写照。

公元 907 年,唐哀帝李柷被迫逊位于朱温,唐朝灭亡。次年,李柷被朱温杀害。司空图听闻此事,扼腕叹息,数日不言,最后,竟面朝长安,吐血数升,绝食而亡!后人在评价司空图时说:"唐末人品,以司空表圣为第一。"

第98夜　寒食夜　韩偓
冬郎与表妹秋千上的恋歌

恻恻轻寒翦翦风，小梅飘雪杏花红。

夜深斜搭秋千索，楼阁朦胧烟雨中。

韩偓,小名冬郎,长安人。韩偓的父亲韩瞻曾与李商隐同年考中进士,还各娶了王茂元的女儿。因此,韩瞻与李商隐既是同年,又是连襟,两家关系非同寻常,经常相互走动。韩瞻与大王氏的儿子韩偓比李商隐与小王氏的女儿大两岁。公元851年,李商隐要去梓州,入东川节度使柳仲郢的幕府,因妻子已经去世,他便将儿女寄养在韩瞻家,请妻姐代为照顾。

临行之前,韩瞻在家中设宴,招待李商隐。十岁的韩偓即席赋诗,其中有一句"连宵侍坐徘徊久",众人看了,都惊艳不已,李商隐更赞其有"老成之风"。李商隐到了梓州,想起韩偓赋诗之事,仍激动不已,就回赠了这位小诗人两首绝句。其一曰:"十岁裁诗走马成,冷灰残烛动离情。桐花万里丹山路,雏凤清于老凤声。"其二曰:"剑栈风樯各苦辛,别时冰雪到时春。为凭何逊休联句,瘦尽东阳姓沈人。"

后来,韩瞻接到调令,出任果州刺史,韩偓和母亲大王氏跟随。大王氏便把李商隐的儿女寄养在其舅李执方家。

待再次回到长安时,韩偓已经十八岁了。这时,李商隐早已去世,他的女儿年方十六,成了一个大姑娘。据黄世中《论韩偓及其"香奁诗"》考证,韩偓回到长安后,就疯狂地爱上了李商隐的女儿。其《香奁诗》中的许多情诗,就是写给表妹的恋歌。

这些诗大多用白描,直叙他们相遇、相知、思念、苦恋的过程。有的诗十分大胆,直接描写表妹的发髻、服饰、手,但大多数诗是他们恋爱过程中的甜蜜细节。如:

有一次,他们一起去踏青,十分尽兴,可是临分别时,要各自回家,都十分不舍。表妹就站在车前,故意慢慢地整理衣服、头发,迟迟不肯上车离去。(《踏青》:"踏青会散欲归时,金车久立频催上。收裙整髻故迟迟,两点深心各惆怅。")

还有一次,他们偶然相见,却只能相互瞥了一眼。韩偓看见了表妹的背影,就十分想念,以至于晚上表妹就到他的梦里来了。在梦里,她用一双满含秋水的眼睛深情地望着他。(《偶见背面是夕兼梦》:"酥凝背胛玉搓肩,轻薄红绡覆白莲。此夜分明来入梦,当时惆怅不成眠。眼波向我无端艳,心火因君特地然。莫道人生难际会,秦楼鸾凤有神仙。")

到后来,他们相见的次数越来越少了。有一年寒食,因为不能相见,韩偓痴痴地看着月亮,想着他们在一起荡秋千时的情景,那时表妹站在秋千旁,怎么也不肯上秋千,娇羞的样子,真是让人着迷。(《想得》:"两重门里玉堂前,寒食花枝月午天。想得那人垂手立,娇羞不肯上秋千。")

这首《寒食夜》,写的也是他们恋爱时期的一个美丽回忆。

《香奁集》有一千多首,后来韩偓将其删定为九十七首。韩偓自称写这些诗是因为"不能忘情",是为了记录下他与表妹之间的爱情。后来,表妹嫁人了,他仍眷眷不能忘情,便在《别绪》诗中发誓道"此生终独宿,到死誓相寻",真是一往情深,至死不渝。

直到四十几岁时,韩偓才考中进士,随后出任左拾遗等职。后因协助宰相崔胤诛杀宦官头子刘季述,韩偓救出了被刘季述幽禁的唐昭宗。唐昭宗十分感激,三四次让他出任宰相,都被他拒绝了。朱全忠(即朱温)见唐昭宗独宠韩偓,很是不安,就将他贬为濮州司马。其后一贬再贬。

后来,朱全忠弑杀了唐昭宗。为了安抚人心,朱全忠多次召韩偓进京。但韩偓不愿同流合污,便弃官而逃。他一路潜逃到福建泉州某个山村,就在那个小山村里隐居起来。最后,韩偓客死南安县龙兴寺。

第 99 夜　赠邻女　鱼玄机

"大唐豪放女"的女性主义宣言书

羞日遮罗袖，愁春懒起妆。

易求无价宝，难得有心郎。

枕上潜垂泪，花间暗断肠。

自能窥宋玉，何必恨王昌。

　　鱼玄机,原名鱼幼薇,字蕙兰,长安人。其父是一位落魄文人,爱女如命。在父亲的悉心栽培下,鱼幼薇五岁诵诗,七岁便能作诗,十一岁就诗名远扬。不幸的是,父亲因病去世,母女俩迫于生计,只好在长安平康里的风月场所为人浣洗衣服。

　　相传,温庭筠是鱼幼薇的初恋情人。一日,温庭筠听说平康里的一家青楼里出了一位才女,名叫鱼幼薇,很是好奇,便登门造访。鱼幼薇见了温庭筠,不甘示弱,就让温庭筠出题考考她。温庭筠指着院门外的一棵柳树,让她写一首诗。鱼幼薇略一思考,便随口吟道:"翠色连荒岸,烟姿入远楼。影铺秋水面,花落钓人头。根老藏鱼窟,枝低系客舟。萧萧风雨夜,惊梦复添愁。"温庭筠听后,大为赞赏,与鱼幼薇结为诗友。

　　此后,温庭筠经常去找鱼幼薇。日子久了,鱼幼薇竟爱上了他。但温庭筠自觉老丑,比鱼幼薇大四十多岁,就将好友李亿介绍她。李亿是唐宣宗时期的状元,风流倜傥,可谓是鱼幼薇的佳偶。李亿也十分喜欢鱼幼薇,纳她为妾。但其妻裴氏善妒,李亿不敢将鱼幼薇带回家,只好带着她远赴太原,在河东节度使刘潼的手下做了一名幕僚。

　　但过了两年,刘潼出任西川节度使,李亿只好带鱼幼薇回到长安。裴氏听说李亿要带着鱼幼薇回家,立刻带领一群丫鬟,手持棍棒、藤鞭,站在门内。鱼幼薇刚一进门,裴氏便喝令丫鬟将她摁倒在地,狠狠地揍了一顿,并逼迫李亿把她休掉。李亿无奈,只好将鱼幼薇送到咸宜观,做了一名女道士。

　　鱼幼薇进了咸宜观,自感与李亿再无前缘,便取名为"鱼玄机",安心做了一名女道士。随后,她以诗为媒,开始大胆追求自己的爱情。她曾追求过邻居李郢。一日,她听说李郢出门钓鱼,就给他寄了一首《闻李端公垂钓回寄赠》。其诗曰:"无限荷香染暑衣,阮郎何处弄船归? 自惭不及鸳鸯侣,犹得双双近钓矶。"李郢收到她的诗,很快回复了她,委婉地谢绝了"鸳鸯侣"的请求。

　　后来,鱼玄机听说温庭筠从扬州回到长安,便连写了两首诗《寄飞卿》《冬夜寄飞卿》,向温庭筠含蓄地表达了自己的爱意。但温庭筠因已近暮年,又官司缠身,并未回复。

　　过了几年,西川节度使刘潼因征讨南诏有功,回京述职,被唐僖宗封为检校礼部尚书。鱼玄机闻讯,立即给刘潼写了一首《寄刘尚书》诗。刘潼看后,心里痒痒的,就来到咸宜观,看望自己老部下曾经的小妾,并有意纳鱼玄机为妾。但因其妻极力阻扰,此事便不了了之。

　　自从刘潼来过之后,鱼玄机的名气骤然大增。京城内外,无人不知,无人不晓。咸宜观也变得异常热闹。许多士子让人挑着礼物,担着酒,带着自己的诗作,前来咸宜观,请求与鱼玄机和韵。鱼玄机开门纳客,来者不拒,并在道观门口贴上"鱼玄机诗文候教"的红纸告示。

　　在此期间,鱼玄机不仅与多名男性交往,如道友左名场、乐师陈韪,还收获了一大批女性追随者。鱼玄机常以老师自居,教导这些女性追随者如何处理男女之间的关系,如何大胆地追求爱情。著名的《赠邻女》，就是一位失恋的邻家女向其倾诉被人遗弃的苦闷时，鱼玄机开的爱情良方。鱼玄机在诗中说"易求无价宝，难得有情郎"，鼓励邻家女大胆追求真爱。

这首诗可以说是鱼玄机的爱情宣言。在传统社会，只有男子追求女子，哪有女子追求男子的，可大唐"第一豪放女"鱼玄机就是如此生猛，直接鼓励邻家女追求自己的心上人，真可谓石破天惊，惊世骇俗！清人黄周星在《唐诗快》里评论此诗时，说："鱼老师可谓教猱升木，诱人犯法矣！罪过！罪过！"

但乐极生悲，泰极否来。据皇甫枚《三水小牍》记载：鱼玄机有一位女僮，名叫绿翘，十分聪明，也颇有姿色。一日，鱼玄机被邻家女邀请，要出门一趟。临行时，她对绿翘说："你不要出去，如果有熟悉的客人来访，就说我在某处。"到了傍晚，鱼玄机回来了。绿翘迎上前，说："方才有某客来过，听说您不在，就骑着马走了！"这个客人是鱼玄机的一位相好。鱼玄机怀疑绿翘可能与他有染。到了晚上，鱼玄机就让人关上门，点上灯，亲自审问绿翘。绿翘坚决否认此事，说:"我跟随你多年,一直小心行事,从来不敢忤逆你。况且今天这个客人来时,我就隔着门说你不在,客人没说话,就骑着马走了。如果说什么私情,那肯定有好几年了,你怎么没有发现呢?"

鱼玄机听后,大怒,竟让绿翘脱光衣服,用竹子狠狠地毒打她。绿翘一直不承认自己与那人有私情。鱼玄机让嫉妒冲昏了心智,竟用竹棍连打了绿翘数百下,直打得绿翘遍体鳞伤,气息奄奄。绿翘临死之前,要了一杯水,泼在地上,愤怒地说:"你在道观里,妄想修炼长生不老之术,却整日不忘男欢女爱,今日反猜测我不贞洁。我死之后,必定上诉老天,绝不能让你这样的淫荡之徒苟活于人世!"鱼玄机见绿翘死了,十分害怕,便将她埋在后院。有人问起绿翘,她就说:"这个贼没良心的,今年春天,趁着雨天逃走了!"

但谁料,有一次,鱼玄机在家中招待客人。一位客人发现后院地上有血痕,而且腥臭不已。他出去后,悄悄告诉仆人。仆人又告诉了他的兄弟。仆人的兄弟是一个街卒,曾问鱼玄机借钱未果,因此怀恨在心。街卒偷偷跑到咸宜观门口察看,偶然听人说,好久不见绿翘了。于是，他马上喊来几个街卒，拿着铲子闯进鱼玄机家的后院挖掘，很快就挖出了绿翘的尸体。

街卒见状，把鱼玄机抓了起来，送到官府。官府稍加审问，鱼玄机就招供了。京城人士听说了此事，纷纷为鱼玄机求情。可谁知，此案报到了京兆尹温璋那里。温璋是唐代有名的酷吏。他早就听说鱼玄机淫乱道观之事，为了显示自己惩治淫乱之功，当即判处鱼玄机死刑，秋后斩首。鱼玄机因妒杀人，死时才二十几岁！

第100夜 秦妇吟 韦庄

战乱之中的女人有多苦

　　中和癸卯春三月，洛阳城外花如雪。东西南北路人绝，绿杨悄悄香尘灭。路旁忽见如花人，独向绿杨阴下歇。凤侧鸾欹鬓脚斜，红攒黛敛眉心折。借问女郎何处来？含嚬欲语声先咽。回头敛袂谢行人，丧乱漂沦何堪说。三年陷贼留秦地，依稀记得秦中事。君能为妾解金鞍，妾亦与君停玉趾。前年庚子腊月五，正闭金笼教鹦鹉。斜开鸾镜懒梳头，闲凭雕栏慵不语。忽看门外起红尘，已见街中擂金鼓。居人走出半仓惶，朝士归来尚疑误。是时西面官军入，拟向潼关为警急。皆言博野自相持，尽道贼军来未及。须臾主父乘奔至，下马入门痴似醉。适逢紫盖去蒙尘，已见白旗来匝地。扶羸携幼竞相呼，上屋缘墙不知次。南邻走入北邻藏，东邻走向西邻避。北邻诸妇咸相凑，户外崩腾如走兽。轰轰昆昆乾坤动，万马雷声从地涌。火迸金星上九天，十二官街烟烘焖。日轮西下寒光白，上帝无言空脉脉。阴云晕气若重围，宦者流星如血色。紫气潜随帝座移，妖光暗射台星拆。家家流血如泉沸，处处冤声声动地。舞伎歌姬尽暗捐，婴儿稚女皆生弃。东邻有女眉新画，倾国倾城不知价。长戈拥得上戎车，回首香闺泪盈把。旋抽金线学缝旗，才上雕鞍教走马。有时马上见良人，不敢回眸空泪下。西邻有女真仙子，一寸横波剪秋水。妆成只对镜中春，年幼不知门外事。一夫跳跃上金阶，斜袒半肩欲相耻。牵衣不肯出朱门，红粉香脂刀下死。南邻有女不记姓，昨日良媒新纳聘。琉璃阶上不闻行，翡翠帘间空见影。忽看庭际刀刃鸣，身首支离在俄顷。仰天掩面哭一声，女弟女兄同入井。北邻少妇行相促，旋拆云鬟拭眉绿。已闻击托坏高门，不觉攀缘上重屋。须臾四面火光来，欲下回梯梯又摧。烟中大叫犹求救，梁上悬尸已作灰。妾身幸得全刀锯，不敢踟蹰久回顾。旋梳蝉鬟逐军行，强展蛾眉出门去。旧里从兹不得归，六亲自此无寻处。一从陷贼经三载，终日惊忧心胆碎。夜卧千重剑戟围，朝餐一味人肝脍。鸳帏纵入岂成欢？宝货虽多非所爱。蓬头垢面犹眉赤，几转横波看不得。衣裳颠倒言语异，面上夸功雕作字。柏台多士尽狐精，兰省诸郎皆鼠魅。还将短发戴华簪，不脱朝衣缠绣被。翻持象笏作三公，倒佩金鱼为两史。朝闻奏对入朝堂，暮见喧呼来酒市。一朝五鼓人惊起，叫啸喧争如窃语。夜来探马入皇城，昨日官军收赤水。赤水去城一百里，朝若来兮暮应至。凶徒马上暗吞声，女伴闺中潜生喜。皆言冤愤此时销，必谓妖徒今日死。逡巡走马传声急，又道官军全阵入。大彭小彭相顾忧，二郎四郎抱鞍泣。沉沉数日无消息，必谓军前已衔璧。簸旗掉剑却来归，又道官军悉败绩。四面从兹多厄束，一斗黄金一升粟。尚让厨中食木皮，黄巢机上刲人肉。东南断绝无粮道，沟壑渐平人渐少。六军门外倚僵尸，七架营中填饿莩。长安寂寂今何有？废市荒街麦苗秀。采樵斫尽杏园花，修寨诛残御沟柳。华轩绣毂皆销散，甲第朱门无一半。含元殿上狐兔行，花萼楼前荆棘满。昔时繁盛皆埋没，举目凄凉无故物。内库烧为锦绣灰，天街踏尽公卿骨。来时晓出城东陌，城外风烟如塞色。路旁时见游奕军，坡下寂无迎送客。霸陵东望人烟绝，树锁骊山金翠灭。大道俱成棘子林，行人夜宿墙匡月。明朝晓至三峰路，百万人家无一户。破落田园但有蒿，摧残竹树皆无主。路旁试问金天神，金天无语愁于人。庙前古柏有残枿，殿上金炉生暗尘。一从狂寇陷中国，天地晦冥风雨黑。案前神水咒不成，壁上阴兵驱不得。闲日徒歆奠飨恩，危时不助神通力。我今愧恧拙为神，且向山中深避匿。寰中箫管不曾闻，筵上牺牲无处觅。旋教魔鬼傍乡村，诛剥生灵过朝夕。妾闻此语愁更愁，天遣时灾非自由。神在山中犹避难，何须责望东诸侯。前年又出杨震关，举头云际见荆山。如从地府到人间，顿觉时清天地闲。陕州主帅忠且贞，不动干戈唯守城。蒲津主帅能戢兵，千里晏然无犬声。朝携宝货无人问，暮插金钗唯独行。明朝又过新安东，路上乞浆逢一翁。苍苍面带苔藓色，隐隐身藏蓬荻中。问翁本是何乡曲？底事寒天霜露宿？老翁暂起欲陈辞，却坐支颐仰天哭。乡园本贯东畿县，岁岁耕桑临近甸。岁种良田二百廛，年输户税三千万。小姑惯织褐绅袍，中妇能炊红黍饭。千间仓兮万丝箱，黄巢过后犹残半。自从洛下屯师旅，日夜巡兵入村坞。匣中秋水拔青蛇，旗上高风吹白

虎。入门下马若旋风,馨室倾囊如卷土。家财既
尽骨肉离,今日垂年一身苦。一身苦兮何足嗟,山
中更有千万家。朝饥山上寻蓬子,夜宿霜中卧荻
花。妾闻此父伤心语,竟日阑干泪如雨。出门惟
见乱枭鸣,更欲东奔何处所?仍闻汴路舟车绝,又
道彭门自相杀。野色徒销战士魂,河津半是冤人
血。适闻有客金陵至,见说江南风景异。自从大
寇犯中原,戎马不曾生四鄙。诛锄窃盗若神功,惠
爱生灵如赤子。城壕固护效金汤,赋税如云送军
垒。奈何四海尽滔滔,湛然一境平如砥。避难徒
为阙下人,怀安却羡江南鬼。愿君举棹东复东,咏
此长歌献相公。

◎ 欹(qī):倾斜不正。　◎ 炯(dòng):火貌。　◎ 象笏(hù):古代大臣上朝
时拿着的象牙制的供绘画和记事的手板。　◎ 刲(kuī):割取。　◎ 斫
(zhuó):砍伐。　◎ 毂(gǔ):车轮中心可以插轴的部分,借指车轮或车。
◎ 枿(niè):树木砍伐之后留下的桩子。　◎ 恧(nǜ):惭愧。　◎ 戢(jí)兵:
息兵。戢,收敛,收藏。　◎ 廛(chán):古代指一户平民所住的房屋和宅院,泛
指城邑民居。又指一亩半。　◎ 绤(shī)袍:用粗质丝织物做的袍子。

　　韦庄,字端己,长安人。韦庄出身于京兆韦氏,相传是韦应物的四世孙,就住在皇宫附近。八岁时,因家境衰落,便迁居到长安附近的下邽。

　　韦庄二十多岁开始漫游江南。他十分喜欢江南,一生多次漫游江南。他曾写词赞美江南:"人人尽说江南好,游人只合江南老。春水碧于天,画船听雨眠。垆边人似月,皓腕凝霜雪。未老莫还乡,还乡须断肠。"在江南,韦庄结识了诗僧贯休。贯休称赞韦庄:"脱颖三千士,馨香四十年。"

　　可此时天下局势大乱,王仙芝、黄巢相继起义,江南也不安定。于是,韦庄回到长安,参加科举考试。谁料,黄巢大军竟一路向西,攻克了长安。唐僖宗仓皇逃往成都,韦庄也连忙逃到山中避难。不久,他因牵挂城中家人的安危,又返回长安。在长安,他生了一场大病,被困约三年之久。后来,他绕道云阳,再从商南来到洛阳。在洛阳,韦庄碰到一个逃难至此的秦地女子。那女子憔悴不堪,惊魂未定,韦庄温言劝慰,女子便诉说了她这三年的逃难经历。韦庄依此写了一首诗,这就是著名的《秦妇吟》。《秦妇吟》是唐代较长的一首诗,共1 666字,其主旨大略是反战,表现的是对和平生活的渴望。

　　此诗共二百三十八句,分四个部分。前面十六句,叙述诗人与秦地来的女子相遇,女子因诗人的询问,便开始诉说自己丧乱漂沦的苦难史。中间一百七十二句,是这位秦妇的叙说。她说贼兵攻入京城后,百姓四处逃难,东邻女、西邻女、南邻女、北邻女均惨遭不幸,她忍辱做了贼兵的女奴,整日以泪洗面。后来,官兵围了长安,粮食紧缺,以至"一斗黄金一升粟",到处都是饿死的人。她趁机逃出了京城，一路上荆棘满地，田园破败，来到了新安。接着二十八句，写秦妇碰到了一位新安老翁，她本以为到了官军的地盘就无虞了，但谁料，官军比贼兵还可恨，"入门下马若旋风，罄室倾囊如卷土"，百姓的财物都被搜刮一空。最后二十二句，写她听人说江南生活比较容易，便决定东下，同时劝告诗人也东下，将这首长诗献给镇守江南的同平章事周宝。

相传，《秦妇吟》一出，朝野传颂，许多人竟制成幛子悬挂在墙壁上，韦庄也因此被称为"秦妇吟秀才"。但因此诗犯了很多人的忌讳，尤其是诗里写的"官军如匪"的事实，以及"内库烧为锦绣灰，天街踏尽公卿骨"，让朝廷与王公贵卿如芒刺在背。韦庄为了避祸，便自禁此诗，在撰写"家戒"时，告诫家人，不可垂挂《秦妇吟》幛子。

韦庄写完《秦妇吟》后，就来到了润州，并把此诗献给了镇海军节度使、同平章事周宝。周宝看后，大喜，就让韦庄在其手下做了幕僚。但谁料，过了两年，周宝手下大将张郁醉酒后造反，赶走了周宝。

后来韦庄年近六十，才考中进士，释褐为校书郎。随后，韦庄以判官的身份，随谏议大夫李询入川，调解西川节度使王建与东川节度使顾彦晖之间的军事纠纷。但王建根本不听，并劝韦庄到其幕府入职。韦庄没有听从。过了几年，因宦官政变，朝廷大乱，韦庄想起王建的建议，便给他写了一封信，表达入蜀的意愿。王建派人接韦庄入蜀，并封为掌书记。后来，朱温称帝，韦庄便劝王建也自立为帝。王建称帝后，便拜韦庄为宰相，蜀国的册书赦令、郊庙之礼，皆由韦庄亲自撰写、制定。

相传，韦庄有一个侍姬，十分艳丽，擅长词赋。王建听说后，就以教宫人为由，强行把她带走了。韦庄十分想念她，就写了一首《谒金门》："空相忆，无计得传消息。天上嫦娥人不识，寄书何处觅？　新睡觉来无力，不忍把伊书迹。满院落花春寂寂，断肠芳草碧。"侍姬听闻此词后，悲伤不已，竟绝食而亡。此事可能是谣传。

韦庄极端吝啬，做饭要数一数米粒，称一称柴禾，如果家里吃肉，少一片他都能觉察到。他的一个儿子在八岁时不幸夭折，妻子用儿子平时穿的衣服装殓了。韦庄见了，竟剥下孩子身上的衣服，并让人用一张席子裹了。孩子下葬后，韦庄还舍不得那张席子，也扛回去了！

第 101 夜　题双女坟　崔致远
"朝鲜半岛汉文学鼻祖"的人鬼恋

谁家二女此遗坟，寂寂泉扃几怨春。

形影空留溪畔月，姓名难问冢头尘。

芳情傥许通幽梦，永夜何妨慰旅人。

孤馆若逢云雨会，与君继赋洛川神。

崔致远，字孤云，新罗人，出身于一个没落的贵族家庭。十二岁时，父亲为了重振祖业，逼迫他乘坐商船到中国留学。临行之际，父亲严厉地告诫道："十年考不上进士，就不要说你是我儿子，我也不会认你！去了以后，要勤学苦读，万万不可怠惰！"

崔致远到了长安，进入国子监学习。他时刻不忘父亲的训诫，发奋苦读。功夫不负苦心人，公元874年，崔致远参加宾贡科考试，考中进士。这年崔致远十八岁，比他与父亲的十年之约，整整提前了四年。

崔致远考中进士后并没有回国，而是来到洛阳，继续苦读。三年候选期过后，他被吏部任命为宣州溧水县尉。在溧水县，崔致远经历了一件十分奇特的事。

一日，他去县南招贤馆游玩，忽见馆前有一座大冢，名曰"双女坟"。崔致远不知坟中埋的是谁，但感叹二女青春早逝，便在石门上题了一首诗，即《题双女坟》。晚上，崔致远正在院中散步，忽见一个女子手持两只红袋，里面各装了一首诗，对他说道："我叫翠襟，我家八娘、九娘，感谢你为她俩写的诗，特来献上自己的两首诗，请不吝赐教。"崔致远十分惊讶，就问："谁是八娘、九娘？"翠襟说："八娘、九娘，就是今日您诗中所咏之人。"

过了一会儿，只见两个女子飘然而至，一个美如明月，一个貌如瑞莲。崔致远明知是鬼，但喜二女清新脱俗，便邀请她们到书斋中畅谈。其中年长的女子说："我家是做生意的，家中富有。但我和小妹从小雅好诗书，十分喜欢读书人。谁料，我十八岁、小妹十六时，父亲竟将我许给了一个盐商，将小妹配了一个茶叶贩子。我和小妹郁闷不已,整日长吁短叹,最后,因伤心过度,相继亡故了!今日得君诗歌相酬,大慰平生,请不要因为我们是泉下之人,就有所猜嫌。"

崔致远笑道:"玉音昭然,岂有猜嫌。"于是,三人"指月为题,以风为韵",通宵达旦,联句为诗,不知不觉之中,天将破晓。临别之际,二女含泪道:"欢乐的时光实在太短暂了,今夜一别,又是天人永隔,真是让人好不痛心啊!他日你若重经此地,请修剪一下我们的坟头,洒扫一下我们的墓地吧!"说完,二女如影子一样消逝了!

第二天,崔致远又来到双女坟前,只见树木蔽天,荒草萋萋,令人不胜惋惜。他遵从嘱咐,修剪了坟头,洒扫了墓地,并赋诗文,以祭奠这两位不幸的女子。

崔致远与双女的人鬼之恋,显然是模仿了《游仙窟》等唐传奇,写的不过是自己的春梦罢了。其目的大约有二:一是宣泄自己的性苦闷;二是以诗文炫才,博得名声。

在溧水县任职期满后,崔致远本想奔赴长安,参加博学鸿词科的考试。但谁料,黄巢起义,京城大乱,长安去不成了。于是,他在友人顾云的推荐下,做了高骈的幕僚。高骈的祖上是渤海人士,而崔致远是新罗人,两人地域上相邻,又都喜欢写诗,因此过从甚密。

过了几年,弟弟崔栖远以新罗国入淮海使录事的身份来到扬州,并给崔致远带来了一封家书,说父亲年纪大了,很想见他。于是,崔致远便向高骈表达了归国之意。高骈当即上奏朝廷,唐僖宗应允了。

回到新罗后，新罗宪康王任命崔致远为侍读兼翰林学士、守兵部侍郎，因权臣的猜忌崔致远被贬官。后来，新罗真圣女王继位。为了巩固与唐朝的关系，女王两次派遣崔致远出使大唐。第一次，因新罗连年饥荒，到处都是土匪拦路抢劫，未能成行。几年后，崔致远第二次出使大唐。可到了中国，正逢宦官韩全海率禁军劫持唐昭宗去了凤翔，长安大乱。崔致远等了好久，才在太师侍中的帮助下，见到了唐昭宗。

回到新罗后，崔致远见新罗王朝已走到穷途末路，便辞去官职，归隐山林了。

崔致远一生著述丰厚，其诗文有一万余篇，多用汉文写成，丰赡多姿，对后来的高丽文学有着开创之功，其人被尊奉为"朝鲜半岛汉文学鼻祖"。